るりが、るりらしくいられるように。
いつも笑っていてくれるように。

ねこみみ精霊に転生したら、
王子に溺愛されちゃいました！

装画　　　なおきち。

カバーデザイン　MOBY design

目次

第二の人生は樹の精霊⁉

カリカリカリカリ、静かな教室に鉛筆の走る音だけが響く。残り十五分という先生の言葉を耳にして、欠伸をしながら鉛筆を回した。

ああ、答案用紙が目に染みる。

白い。白すぎる。驚きの白さだ。

なんでこんなに白いかって、別に漂白剤を使ったわけじゃない。ちょーっと一夜漬けを目論んで、ちょーっとそれに失敗しただけ。

失敗って言っても寝ちゃったわけじゃなくて、ちゃんと起きてはいたんだ。寝不足のせいで目がしぱしぱするくらいには、ちゃんと夜中まで起きていたんだ。

ただささ、夜中って妙に腹減らない？

これからも長く起きてるわけだし、一旦夜食でも食うかってならない？

そんで、湯気の上がるラーメンを食べるとき、ちょっとテレビつけたくならない？

——深夜番組って、なんであんな面白いんだろうな。

適当につけたテレビ番組にちょっとうっかり見入っちゃって、それが終わる頃にはいい感じにお腹がいっぱいになってて、あと十分休憩、とちょっとソファーに寝転がったところまでは覚えてる。そんで、そのまま朝までタイムスリップした結果、見事に真っ白な答案用紙が出来上がりましたとさ。めでたしめでたし。

って、全然めでたくねーんだけど。

「テストやばくね?」

「わかる」

「まじやべーわ」

テストが終わって、友達とやべーやべーと笑いながらの帰り道。

そんじゃ、と皆と別れてから、目をこすりつつ家に向かう。マジで、眠い。歩いたまま寝れそう。ふわあと何度めかの欠伸をして、ふらふらと横断歩道を渡り始める。

やばい。眠い。ベッドが恋しい。

やたらめったらいい天気なのが、最高に眠気をかきたててくる。家まで帰れる気がしない。このままどっかで寝転がりたい。

ああ、今ここに、ふかふかのベッドがあったら最高なのに。

そんなことを考えながらもう一度大きく欠伸をしたとき、けたたましいクラクションが鳴り響いた。

＊　＊　＊

瞼《まぶた》を閉じていても、いい天気なのがわかる。そよそよと吹く風が睫毛《まつげ》を優しく揺らしていくし、身体もぽかぽかと暖かい。最高のお昼寝日和だし、誰に起こされるでもなくそよ風に吹かれて起きるなんて、これまた最高の目覚めかもしんない。

ふあー、よく寝た。

寝っ転がったまま欠伸をして、んんんっと大きく伸びをする。

と、その視界の端を掠めたその手が、なんか妙に透けている。

『へ？』

目の前に手を持ってきて、ぐーぱーぐーぱー。うん、空の青が眩しいね。完ッ全に透けてるね。

え、なんで？

なんで俺透けてるんだっ？

むむ、と眉間に皺《しわ》をよせて記憶を探る。えーっとたしか、一夜漬けしたテストがボロボロだったんだよな。深夜番組が面白くて、夜ふかしした挙句に寝落ちして、一晩漂白剤に浸け置きしたシャツより白い答案用紙を作り出したんだよな。で、友達とバカな話をしながら帰って、途中でじゃあなって別れて、半分寝かかったような状態でふらふら歩いてて……、あー、そういえば、けたたましいクラクション聞いたなあ。目を開けたらでっかいトラックも見えて『あ、死ぬ』って思ったなあ。

ってことは、俺、死んだ？

そんで幽霊になったから透けてるのか？

うーん、でも、ともう一度手をぐーぱー動かしてみる。

思い通りに動かせるけど、記憶にある俺の手とは全然違うんだよな。半分透けててもわかるくらい色は白いし、手首も指もほっそいし、見るからに小さい。ていうかぶっちゃけ子どもの手だ。どこからどう見ても子どもの手。間違っても男子高校生の手じゃない。

手の大きさからすると、小学生くらいだろうか？　一年生ほどちっこくはないけど、六年生ほどしっかりしてない。間を取って四年生くらい？

………………全然知らなかったけど、幽霊になると若返ったりするんだろーか？

あ、死ぬって思ったとこで記憶止まってるし、たぶん死んだのは間違いない。俺が寝ぼけてよく確認せず渡ったのか、あっちが前方不注意で突っ込んできたのかはわかんないけど、まあ、たぶん、あれは無理だ。

享年十七歳。童貞のまま逝くなんて、なんて可哀想なんだ俺。幽霊でも彼女とかできるんだろーか。……小学生サイズでも？

他にも幽霊とかいるんだろうか、ときょろきょろ周りを見渡してみて、違和感にんんー？　と首を傾げる。気のせいかもしんないけど、なんかここ、日本じゃないっぽい？

この辺はなんか馴染《なじ》み深い紅葉とか桜っぽい木とかあるけど、すぐ近くにはヨーロッパ風のお城がある。

そんでもっと遠く、眼下に広がる街並みも完全にヨーロッパ感。いや、ヨーロッパ行ったことないから完全に想像なんだけど、テレビとかで見るようなヨーロッパ感。赤っぽい煉瓦づくりの建物とか、馬車とか。

え、馬車?

馬車って、現代でもフツーに使われる乗り物だったっけ? 牧場とかテーマパークとかで、体験できるくらいじゃないっけ? あんな、見るからに生活感溢れる感じで使われる乗り物だったっけ?

……もしかして、幽霊って、国も時も超えちゃうの?

『あーら、おめざめ?』

ふふっと色っぽい声がして見上げたら、桜っぽい木のところに半透明の美女がいた。

うわ、美女。でも透け透けってことは、あの人も幽霊なのかな? 第一村人ならぬ第一幽霊発見?

まだ若いのにかわいそうに。成仏してください。なむなむ。

『失礼ね、幽霊じゃないわ。あなたまだ起きたばっかりでわからないかもしれないけど、私たちは精霊よ。樹の精霊』

へーそっかそっかー、精霊だから透けてんのかーなっとくなっとく。

……って、ええ!?

今、私たちって言わなかったか!?

『やぁだ、本当にこの子わかってないわ』

『ホントね。それにニンゲンみたいな話し方ね』

『可笑しいわ』

『楽しいわ』

きゃらきゃらと楽しげな笑い声がして、そこかしこの木々から透け透けな人たちが顔を出す。

この人たちみんな、樹の精霊ってやつなんだろーか？　だから大人なのに木登りしてるんだろーか？　あんなひらっひらのドレスで木に登るなんて、精霊でもなきゃやらないか。どこかに引っ掛けて破れそうだし。

って、待て。

てことは、俺も精霊ってことだよね？

さっき、おねーさんもそう言ってたよね？

だから、幽霊じゃないけど、透けてる。うん、ここまではオーケー。ここは日本じゃないし、たぶん現代でもない。あの世界に精霊？　がいたのかどうかは知らないけど、見えなかった俺からしたら、精霊は十分ファンタジー。樹の精霊って、確かゲームにも出てきたし。えーっと、なんだっけ、ド、ドラ、ドライアイ……じゃなくて、ドライアド？　だったっけ？

それとおんなじような存在ってことだろ？

……てことは、もしかして、流行りの異世界転生ってやつ？

俺、勇者でも魔法使いでも僧侶でもなく、精霊に転生しちゃったってこと!?

はあ、そっかー、第二の人生は精霊かー、実はちょっと猫とか憧れてたけどなー、残念。

よくわかんないけど、これが夢じゃないのはなんとなくわかる。精霊のおねーさんたちの言うことも、わりとすんなり受け入れられる。

これあれかな、一回死んで悟り開いちゃった的なやつかな?

でもそっかー、精霊かー、ちょっと新しいなー。魔法とか使えたりするんだろーか? 樹の根っこ操っていたずらしたり?

ちょっとやってみたいかもしんない。

――で、俺はなんの樹の精霊なわけ?

根っこが動かせそうなやつ……とくるーりと周りを見渡したら、…………うん、なんか俺の命が繋がってる感じの樹がある。枝が多くて、ねこじゃらしみたいなふわふわがたくさんついてる、ちょっと地味なやつ。名前は全くわかんないけど。

だって男子高校生だ。花とか木とか、桜と紅葉で精一杯。

なんなら桜と梅の違いさえあやふやな男子高校生にわかるはずないだろ!

『なんて呼びましょう』

『どうやって呼びましょう』

『まさかネコヤナギに精霊が生まれるなんて思わなかったわ』

『あの子がきっと喜ぶわ』

『ネコヤナギだからにゃーちゃんなんてどうかしら』

『それがいいわ、かわいいおみみ』

『そうしよう』

『ええ、そうしましょう』

ま、まてまて待って!!

にゃーちゃんってなんだ!? その呼び名はさすがにねーだろ!!

ネコヤナギだからにゃーちゃんって! いかにも安直すぎるだろ!!

俺は! 俺の名前は――――!

……だめだなんも思い出せねー!

日本の男子高校生だったとか、通学路の光景とか、くっだらないことばっか話す友達とか、口うるさい先生の名前だって思い出せるのに、自分の名前が思い出せない。

混乱のままぱくぱくしてるうちに、呼び名はにゃーちゃんで決定した。

……元男子高校生にはキツいもんがある!

＊　＊　＊

そんなこんなで突然始まった第二の人生!

学生のお仕事は勉強だけど、精霊のお仕事は何にもない。というか、楽しくしてることがお仕事? らしい。精霊が元気だと樹も元気になって、たくさん花を咲かせるんだとさ。そうして樹が元気になると、精霊ももっと元気になるんだって。なるほど、いいことずくめだね。

ずっとすることがないのは暇そうだなって思ってたけど、これまた案外悪くない。

お日様はぽかぽかして気持ちいいし、鳥たちの話を聞くのも楽しいし、雨が降ると樹が喜んでるのが伝わってきて、俺までなんか嬉しくなるんだ。やっぱ樹の精霊だから、命が繋がってるんだろうね。苔がえぐれて水たまりさえできちゃうような結構激しい雨だったけど、雨が身体をすり抜けていく変な感じも、なんかすっげー楽しかった。


で、今日はすっきり晴れた空の下で、水たまりぱちゃぱちゃ遊びです!

え? 元男子高校生が水たまりなんかで遊ぶのかって?

そりゃ確かに前世では遊ばなかったけど……なんだろう、精神は肉体に引きずられんのかな? 推定年齢十歳そこそこのサイズ感だし?

こら、そこ! 勘違いすんな!

元から精神年齢が低かったわけではないから!

きっと、これも樹の精霊になったせいだから! 雨がすごく嬉しいように、水たまりも楽しいだけだって!

心の中で言い訳をしつつ、水たまりを見たら入らずにはいられない小学生みたいに、ちょこちょこと走ってそこに向かう。樹の精霊ではあるんだけど、それなりに動くこともできるんだよな。だいたい樹の根っこの端から両手広げた分くらいまでは全然へーき。それ以上も頑張れば行けるのかもしんないけど、その範囲を超えそうになるとちょっといやーな気持ちになるから、たぶんあんまり離れるのは良くないんだと思う。やっぱ本体は樹だからね。離れすぎて迷子になったら、どうなっちゃうかわかんないしね。

そんなわけで、水たまりもちゃんとその範囲にあるいい感じのを選んだ。

どんなのがいい感じかって？ そりゃ、適度に大きくて、あんまり泥が混じってなくて、空を綺麗に映すやつ。

これでちょっと深かったら最高なんだけど──と、深さを確かめるために覗き込んで、

………そこに映った自分の姿にそのままあんぐりと口を開けた。

『え、え、えええええええ‼』

辺りに響き渡る絶叫に、精霊のおにーさんもおねーさんもビクッてなってこっちを見る。いつもツンと澄ましているのに珍しい。けど、今はそんな場合じゃない。だってさ、あのさ、……なんてファンタジーなんでしょう！　って感じなんだよ。

水たまりに映った俺の顔は、芋い男子高校生だった前世の俺とは全然違う。転生してるわけだからこれは当たり前かもしんないけど、似てるところがまったくない。他の精霊たちに比べたらすこーし地味っちゃ地味だけど、俺の価値観からしたら、モデル？　人形？　ってレベルに整ってるし。肌はスケスケだけど陶器みたいに真っ白だし、瞳は深みのある青だし。髪の毛は、『あー、ネコヤナギにこんな花芽がくっついてたな』って感じの、白銀のほわほわした感じな。……まぁここまでなら、すげーと思えど絶叫はしないよね。

あんぐり口を開けたり、変顔したりして、本当に自分か確かめるくらいで終わるよね。

問題は、耳。

それから、――しっぽ。

人間にあるはずのない、ながーいしっぽ。え、精霊は人間じゃないって？　わかってる。わかってるけどさ！　他の精霊はすっげー美形な人間みたいな姿してんじゃん！　なのに俺はさ、頭のてっぺんに髪と同じ白銀色のふあふあの耳が生えててさ？　お尻からもふさふさのしっぽが生えててさ？　逆に人間のころ耳があったところにはふつーに髪の毛しかなくてさ。

これってよーするに、つまりあれだろ。

――猫耳しっぽとか、いったいどこの萌えキャラだよ!?

むしろなんで今まで気づかなかった？　いやでも、フツー自分の耳なんてそんなに意識しないよねー。まさかこんな耳がついてるなんて思わないよねー。試しにぴくぴく動かしてみるけど、やっぱり耳もしっぽも自在に動かせちゃうんだよねー。

——そっか、それで『にゃーちゃん』なのか。

他の精霊はフツーの人型なのに、俺だけ明らかに猫だもんね。ネコヤナギだけにね。

猫耳もしっぽも生えてるもんね。ネコヤナギだけにね。

『本当だよ。びっくりするだろう?』

『にゃーちゃん、うるさいわよう』

『だいたいにゃーちゃんってば、いつまで裸でいる気なの?』

精霊たちが一斉にぺらぺら話し出して、目を白黒させつつごめんと謝る。いつもツンとしていたり、のんびり昼寝してたりするのに、話すときはみんな一斉に話すんだよな。頼むからひとりずつ話してほしい。うるさくしてごめん、初めて顔見てびっくりして、とひとつずつ答えていきながら、裸という質問に首を傾げる。

裸? 裸。……うん、たしかに裸だ。

半透けボディに気を取られてたけど、たしかに服はまったく着てない。すっぽんぽんというやつだ。少年らしいぺたんこボディが、雨上がりの陽射しに透けている。

——なんで俺だけ裸なんだ?

他の精霊《ひと》たちは、なんかおしゃれな服を着ている。

桜のおねーさんは薄紅色の着物みたいな形の服だし、松のおにーさんは深緑の執事服みたいな感じ。総じて露出度は高めだけど、美男美女だから違和感もない。透けてるからか、いやらしさもない。けどその服、いったいどんな素材でできてんの?

精霊って、モノもすり抜けちゃうんじゃないの？　雨とか貫通しまくってたけど？

『そうよ。だから、力を集めて服を作るの』

『なんていうか、こう、ぎゅーっていう感じよね』

『そうそう、むー、えいっていう感じ』

自分の力を集めたものだから、どんな服も自由自在。色もカタチもばらばらなのは、本人の趣味が大きいんだって。でも、しばらくは色々遊んだりしても、結局樹の特徴に似せたものに落ち着くんだとか。精霊が作ったものなら精霊も触れるし、たまに服を交換して遊んだりもするんだとか。へぇー、すっげえ魔法みたい。っていうか魔法なのか。

作り方の説明はさっぱり伝わってこないけど、言われた通りに手を差し出して、むーん、えいっとやってみる。

『違うわ、もっと力に集中して』とか言われるけど、力っていったいなんだろうね。超能力？　魔力？　……あ、もしかして、精霊力？　そんなのあるかはよくわかんないけど。わからないなりに四苦八苦してたら、ようやくぽぽぽんと服が出来た。

耳やしっぽと同じ白銀色の、ふあふあした服とショートパンツ。……胸のあたりとお尻がぎりぎり隠れてるだけだけど、これは服と言っていいんだろうか。おへそはもちろん、背中もほとんど丸出しで、パンツにはしっぽ用の穴が空いている。防御力は限りなく低い。

やたらめったらふわふわしてる可愛いデザインだし、捕まりそうなくらいに露出も多いんだけど、これは俺が着てもセーフなものなの？　…………まぁ、精霊だし別にいっか。

思うままに衣装チェンジなんてハイレベルなことはできそうにないし、芋い男子高校生にファッションセンスを求めてはいけない。精霊のおにーさんやおねーさんにはずーっとすっぽんぽんを見られてたわけだし、今更恥ずかしいも何もない。この世界にはごく稀《まれ》に精霊を見ることができる人もいるらしいけど、ほんっとーにごく稀らしいし。だったら別に、誰かに見られる心配もないし。ずーっとすっぽんぽんのまま遊んでた俺に、もう恥じらいとかないからね！

と、半《なか》ばやけくそで開き直って、結局着替えるのはやめにして。

……それをすぐ後悔することになるなんて、そのときの俺はまったく思っていなかった。

＊　＊　＊

精霊として目覚めて、そろそろ二週間くらいだろうか。

身体が透けててびっくりしたり、猫耳が生えててびっくりしたり、すっぽんぽんでびっくりしたり、本当に色々あったけど、まあ、慣れてしまえばこっちのものだ。

ちょっとおへそ丸出しだけど、ちゃんと裸族は脱したし！

男も女もとにかく美人すぎる精霊さんたちの前で、モロダシのマルダシだったたなんて、もうすっかり忘れたし！　記憶の底に封じ込めたし！

——んー、いい天気。

のびーっとして、晴れた空とか心地よい風とかをめいっぱい感じる。精霊に転生してどうなるかと思ったけど、勇者とかに転生してチートでばんばん戦う日々より、絶対こっちの方が楽しいよなー。ぬくぬく日向ぼっこして、水たまりで遊んで、ずっとずーっとまったりしてればいいんだし。魔王と戦ったり、試練を乗り越えたり、仲間の死に涙したりもしなくていーし。平和な日本の平均的男子高校生だから、ふつうに痛いのも大変なのも嫌なんです。できれば猫みたいにのんびり暮らしたいのです。

ちょーっと残念なのは移動範囲が狭めなことくらいだけど、これもまぁ全然許せる。なんせ精霊だから、心だってほら、広くなるってもんじゃない？　人間だったらこんな生活一日でも無理！暇すぎる！　って感じだろうけど、心の広い精霊サマはお日様とお水があればオールオッケー。樹の精霊だけにね！　楽ちんでいーね！

風が髪の毛をかきまぜていったり、小鳥がとまって枝を揺らしたりするのだって楽しい。小鳥の言葉はなんかちっさい子が頑張ってしゃべってる感じでめちゃくちゃかわいいんだー。『はるだ、はるだー！』って、すっごい喜んでてめっちゃ和む。

あ、これ、本当に小鳥が喋ってるってわけじゃなくて、精霊にはそう聞こえるっていうだけな。精霊の超便利な特殊能力？　でさ、精霊は生まれたときから動物の言葉もわかっちゃうように出来てるんだって。

それを初めて知ったときは、『その機能、高校生のときに欲しかった!!』って思ったよね。そしたら、英語の点数が低すぎて呼び出しくらったりしなかったのになーって思ったよね。でも即座に、『相手のしゃべることは完璧に理解できるけど、俺が話せるわけじゃないし、文字は読めない』って教えられてがっかりしたけど。そんな能力、たとえリスニングだけは完璧でもテストでは赤点とっちゃうやつだよね。意味ねー！

ま、今となっては小鳥のお話が聞けてめちゃくちゃ和んでるんだけどな。話題がご飯と天気と季節のことばっかりで、これが可愛いことこの上ないんだ。


いつも通りネコヤナギの枝に止まる小鳥たちをほのぼのしながら眺めていたら、珍しく人が歩いてくる音がした。精霊さんたちに聞いたところによると、ここはお城にたくさんある庭の一つらしいんだけど、あんまり人は来ないんだよな。手入れもそこまでされてなくて、担当の庭師も見習いっぽいドジのマーク。親方っぽいハゲたおっさんに怒鳴られすぎて名前覚えちゃうレベルのドジっ子のマーク。下手か上手かっていわれたら明らかに下手だし、たまに『あっ』とか言うから不安になるけど、さっぱりするのは嫌いじゃない。

精霊になって心が広くなった俺的には、全然許容範囲だし。

もしかしてドジのマークがまた来たのかな。

ちょい前にも来たばっかりだけど、どっか切り忘れかなー？　ってわくわくしながら、ネコヤナギのドジっ子マークは、今度は何をやらかしたんかなー？

陰からひょっこりと覗く。別にマークは俺が見えないから堂々と見に行けばいいんだけど、ちょっぴり探偵気分ってやつ。

でも、そろーり顔を出した俺の目に飛び込んできたのは、ひょろりと背の高い赤毛のマークとは全然違う、やけにきらきらした色の髪だった。

——うっわぁ、王子っぽい！

髪の毛は陽の光に輝いて金色だし、ひときわ目を引く瞳は宝石みたいな綺麗な紫。遠目でもわかるくらいに整った顔立ちは、精霊のおにーさんと並んでも負けないくらいの美しさ。透けてないから人間だと思うんだけど、ほんとすげー。

歳はまだ十歳くらいかな？　今の俺とあんまり身長変わらないかんじ。すでにこんな美形なんて、成長したらどうなるんだろーな。なんかわかんないけど高そうな服を着てるし、イイトコのお坊っちゃんなんだろきっと。お城に来られるくらいにお金持ちで、精霊と間違えるくらいに整った顔とか、半端ないなー。

相手から見えないことをいいことに、隠れるのも忘れてぽかーんと見つめていたら、ふいにその子と目が合った。

——ん？　目が合った？　……なんで？


「——ねこ、精霊がついたんだ！」

違和感に首を捻った瞬間、ぱぁっと破顔したその子がまっすぐ駆け寄ってきた。え、ねこって、しかもまっすぐ走ってくるって、なんで俺のこと見えてんの⁉　俺すっげー露出度高いんだけど⁉　大人だったら露出狂かってレベルなんだけど⁉　すっぽんぽんも見られてた精霊さんたちはいいとしても、人に見られると恥ずかしいんだけど⁉

……そういえば、精霊のおにーさんがたまーに精霊のことが見える人もいるって言ってたっけ？

いやいやいや、そんなたまーにな人がここに来なくてもいいじゃん⁉

くっそ、もっと真面目に服のことを考えれば良かった……！

「はじめまして！　僕、ヴィル！　ほんとの猫を触るとくしゃみが出るから、いつもここにねこを触りに来てたんだ！」

すぐ近くまできた少年が、にこにこと話しかけてくる。

うん、俺が恥ずかしさに悶絶してよーが全くお構いなしですね。いいと思います。

ていうか、ねこってネコヤナギのねこだったのか。直球といえば直球だけど、にゃーちゃんよりは全然良いな。猫アレルギーだからネコヤナギ触りに来るとか、めちゃくちゃ健気で可愛いし。

そのわりに低いところの花芽が全然傷んでないから、ちゃんと優しく触ってたみたいだしね。小さいのにえらいね。むしろ、マークが適当にひっつかんだ高いところの方が傷んでるよね。だめだね。

子どもでもちゃんとしたええ子やとか考えてたら、「よろしく！」と勢いよく手を掴まれそうになって————す、すり抜けたぁあああ！

あー、びっくりした。

そうだった、俺精霊だった。

いやー同年代っぽい子が来たからすっかり忘れてた。精霊同士は触れるけど、人間とかモノには触れないいんだったなー。ふつーは見えないいんだし、当たり前っちゃ当たり前だけど。

ふーびっくりびっくり。

自分の身体を人の手がすり抜けるのって、感触はないけどびっくりするね。

異世界ってゆーか、異次元って感じ?

『おーー！　よろしくー!!』

とりあえず元気に返事してみたけど、声も聞こえないみたいだ。俺はちゃんと少年の声も聞こえるのに、逆は無理なんて不便だなー。文字が書けたら意思疎通も図れるのかもしれないけど、日本語でも英語でもない知らない言葉が、すらすら書けるようになる気はしないし。

さあどうするか、と少し考えた俺の前で、ヴィル少年がしょんぼりとして肩を落とす。

俺が何かを話したのに聞こえないのが残念なのか、握手できなくて残念なのか——どっちなのかはわかんねーけど、手をきゅっと握ってしょんぼりするとか、かわいいなおい!!

——そんなしょんぼりすんなって。言葉がなくてもわかることはあるだろ。

ちょっと目を伏せた少年の前でぱたぱたと手を振り、ずいっと右手を差し出してやる。

きょとんとしたヴィルが、しばらくして破顔してそっと右手を差し出してきた。

もちろん触れはしないから、お互いに握手のポーズをして、手と手を触れ合わせたみたいな格好。でもまあ、気持ちは伝わるからいーだろ?

にっ、とヴィルに笑いかけたら、ヴィルもにこぉっと笑い返してきた。

くるくる踊り、けらけら笑う

光合成と水たまり遊びが趣味です！　なんていう、俺の平穏だけど退屈な日々に、ヴィルが馴染むのはあっとゆーまだった。ヴィルが来るのは、いつも大体昼下がり。毎日欠かさずここに来て、日が暮れる前に帰っていく。毎日来るなんてすげーなーって思ってたら、それまでも毎日来てたんだって。俺が生まれてからしばらく来てなかったのは、お母さんが体調を崩してたからで、そういう事情がなければ毎日ここでまったりしてたんだって。

………皆、俺に教えてくれても良くねぇ!?

『精霊を見ることができる者も稀にいる』って教えてくれたときに、『ここにもよく来る』っていう一言くれても良かったじゃん！

そしたら俺だってこんな下着みたいな服じゃなくて、もう少しマトモな服を作るように頑張ったのに！　……もう手遅れだからそのまんまだけど！

こんな格好でも受け入れてくれるヴィルはホントにいい子だよな。

出会ってすぐのときこそ、触れないし言葉も通じないのに遊べるのかな？　って思ったけど、これが案外余裕だった。ヴィルが話す言葉はわかるから、身振り手振りで返事ができるし、俺からもその日あったことなんかをジェスチャーを駆使して話したりする。

ドジっ子マークがへたくそに剪定したこととか、ハゲたおっさんに叱られてたこととか。この庭はほとんど人が来ないから登場人物もめちゃくちゃ限られるけど。ハゲのジェスチャーは万国共通なのか、ヴィルのツボにハマったらしくてめちゃくちゃ笑ってたし、その後ハゲとヴィルがエンカウントしたときは、ヴィルがうっかり笑いそーになってるから今度は俺が爆笑した。ハゲが帰った後、その後ろ頭の輝きを示すジェスチャーをしたら、今度こそヴィルが堪《こら》えきれなくなって噴き出しちゃうし、俺もつられてめちゃくちゃ笑った。

うん、友達になるのに言葉なんていらねー！

ヴィルの話は他愛のない話が多いけど、お母さんと兄弟の話が多い。けど、話す表情は全然違ってて、お母さんのことはニコニコ楽しげに話すのに、兄弟の話は少ししょんぼりした感じで話す。

明日はなんとかにーさまに会わなきゃいけないとか、なんとかねーさまを相手にエスコートの練習があるんだとか、いつだって少しため息混じりだ。

はじめは兄弟仲悪いのかな？　ってくらいに思ってたけど、途中で気づいたのはその兄弟の多さ。何人いるの？　ってくらいたくさん出てくるし、『なんとかねーさまのお母様』なんていう言葉も出てくる。

で、判明したのが、ヴィルはリアル王子ってこと。そんで、ずーっと話に出てきてた兄弟は全員腹違いってやつだってこと！　いやーまさか、一夫多妻制だとは思わんよねー。いやー子沢山だなーお母さん頑張ったなー、とか思ってたよねー。

リアルハーレムに元男子高校生は思わず興奮しそうになったけど、兄弟間のぎすぎすした雰囲気から我に返りました。兄弟でもこんなに仲悪いんだし、絶対お母さんたちも仲悪いよね。バッチバチに火花散らし合ってるよね。嫁が複数いても和気あいあい、平和なハーレムなんてファンタジーなんだな……。

貴族とか王様とか全然わかんないけど、ヴィルがこんなに美形なんだから、きっとお母さんも美形なんだろ。そんで、靴に画鋲仕掛けられたりして、体調崩したりしちゃってんだろ。ぅう、こえー。

それにしても、今まで聞いた兄弟の数。いったい何人の奥さんがいて、何人の子どもがいるんだろ？　って指折り数えて、こてんと首を傾げてみたら、察したヴィルが教えてくれた。

お妃様は十七人いて、ヴィルのお母さんは十七番目。

ヴィルは、男の中では上から十二番目の下から三番目。つまりは第十二王子？　で、そのほかに姉妹が九人ほど。…………わぁお。二十三人兄弟！　父、絶倫!!　って思わず口に出しちゃったけど、ヴィルには聞こえなくてよかったよ。子どもにはまだ早すぎるもんね。桜のおねーさんにはしらーっとした目で見られたけどね。

「るり！」

にこぉっと笑って、今日もまたヴィルが走ってきた。

いつも元気よく駆けてくるから、おにーさんは転ばないかハラハラするよ。ま、見た目は完全に同い年なんだけどね！　年齢だって、精霊的にはまだ生まれたばっかりなんだけどね！　でも、前世の俺は高校生だったし、ヴィルは十歳くらいに見えるし、気分は完全におにーさんだ！　弟がいたらこんな感じかなーって、思わずにこにこ眺めちゃうね。

あ、そうそう。るりっていうのは、ヴィルがつけた俺の名前な。ネコヤナギのことはずっとねこって呼んでたけど、それじゃあんまりにも安直だからって、うんうん唸って考えてくれた。で、結局目の色が瑠璃色《るりいろ》だから、『るり』。え？　日本語？　ってかなりびっくりした。

後から桜のおねーさんに聞いたら、何代か前のお妃様がヤマトかぶれでこの庭を作らせたらしい。そのときの名残《なごり》で、ヤマト言葉もある程度伝わってるんじゃない？　だってさ。今まで完全に異世界なんだと思ってたけど、もしかしたら違うのかもしれない。パラレルワールドみたいな感じ？　桜と紅葉とネコヤナギがある、ヤマトっていう国があるらしいし。少なくとも『瑠璃』っていう言葉は一致したし。

まあここが異世界でも昔の地球でもパラレルワールドでも、特になんてことないんだけどね。精霊だから関係ないしね。

でも、ヴィルがわざわざヤマト言葉？　を調べて名前をつけてくれたのは嬉しかったよね。かっちょよすぎる外国名とかだったりしたら、呼ばれるたびに恥ずかしくて赤面する羽目になっちゃうからね。るりもちょっと可愛らしすぎるけど、まあ、今の見た目には似合ってるし、にゃーちゃんに比べたら全然良いし!!

そんな感じでちゃんとした名前もらって、ヴィルっていう仲良しの友達もできて、うきうきハッピー精霊ライフは毎日楽しくって仕方ない。

朝は小鳥の声で起きて、午前中はのんびりするだろ。いつも昼下がりにヴィルが来るから、太陽がてっぺんを回ったくらいから、まだかなーそろそろかなーってそわっそわするだろ。

日が暮れる前にまた明日！　ってバイバイしたら、暮れていく空を楽しんだり、満天の星空を眺めたり、ヴィルとの時間を思い出して一人でふふっと笑ったり。そうしていつの間にか眠りについて、また次の日が始まるっていう。

いやー、最高の毎日だよね。

俺の言葉はヴィルには聞こえないし、聞こえたところで通じないし、そもそも物に触れたりもできない。その辺を走り回ろうにも、ネコヤナギの周りしか移動できない。そんな状態で何をして遊ぶのかっていうと、まあ色々だ。俺のジェスチャーはなかなか上手で、意思疎通もわりとしっかりできるし、ヴィルもあれこれ考えて遊ぶ物を持ってきてくれたりする。

最初に持ってきてくれたのはボールだったかな。これは物に触れないからアウトで、次はチェスか将棋みたいな、たくさんの駒を使って遊ぶゲーム。これは、俺がルール覚えられなくて駄目だった。だってさ、たくさんある駒の名前も動き方もいっぺんに覚えるなんて無理じゃない？　駒を指差して首を傾げるしかないんだよ？　ほら無理ー！

で、行き着いたのが、オセロみたいなやつ！　石は白と黒じゃなくて、表が太陽で裏が月。挟むとひっくり返るっていうルールは一緒だけど、ゲーム盤はオセロより結構大きい気がする。他にも最初の並べ方が違ったり、少しずつ違いはあるんだけど、俺の中ではほぼオセロ。変えるところを指差すとヴィルが石をひっくり返してくれるし、勝敗もわかりやすくて何回でもできるし、勝った！　とか負けた、もう一回！　とか、ふつーの友達みたいにわいきゃいと遊べる。

あんまりにもふつーの友達すぎて、俺はちょいちょい精霊だってことを忘れちゃうくらいだ。勝った嬉しさで思わずハイタッチしようとして、すかっとすり抜けちゃったりとかね。片付けを手伝おうとしたのに、石が拾えなかったりとかね。

自分でもなんで忘れちゃうのか不思議だけど、ほら、ちょっと前までは人間だったわけだし？　ツンとしてる精霊のおにーさんおねーさんと話すより、ヴィルと遊ぶ方が楽しいし？

オセロをやらない日も、ヴィルとは話してるだけでも楽しい。るり、るり、って俺を呼んで、楽しそうに笑うから、俺もつられて笑っちゃう。特別なことは何もなくても、よく晴れた日にふたりでぽかぽかひなたぼっこするだけでも、結構幸せなんだよなぁ。

＊＊＊

『ほんとの猫を触るとくしゃみが出るから、いつもここにねこを触りに来てたんだ！』なんていつか言ってたように、ヴィルはいつもネコヤナギに触った。ほあほあの花芽を指先でなぞって、嬉しそうにふにゃりと笑う。柔らかな花芽を潰さないように遠慮がちに触れる仕草が可愛くて、いつもなんだかくすぐったい。

やっぱ樹の精霊だからかな。ネコヤナギが大事にされてると、なんか妙に嬉しくなるんだ。

でも、毎日毎日季節は変わっていくわけで、ネコヤナギも上の方から花が咲き出して、少しずつほあほあが減っていって。

ヴィル、触れなくなるとがっかりするかなーとか、こんなに仲良くなったわけだし花芽がなくなっても来てくれるよなーとか、ちょっと不安に思い出した頃、ヴィルが何か言いたそうにそわそわしながら俺を見た。

『んー？　どした？』

って、言っても声は聞こえないんだけど、一応な。聞きながらくてんと首を傾げて、ヴィルの瞳を覗き込む。金色の長い睫毛に縁取られた瞳は宝石みたいで、陽の光できらきら輝いて見える。

「あの、るり……その、…………耳としっぽ、触ってもいい？」

『へ？』

耳としっぽって……俺の？　俺の耳としっぽのこ？　触ってもいいかって、触れねーだろ？

すかっとすり抜けちゃうだけだ？　ていうかわざわざ聞かなくても、友達なんだし、さりげなく触っちゃえばいいのに。真面目なのかなんなのか。そんな真剣に聞くようなことか？

別にいーよって頷《うなず》くと、ヴィルの手がそうっと伸びてきて、そうっと耳のあたりに触れた。

触れたっていっても、感触はない。なんとなく体温が伝わるような気がするけど、たぶん気のせいだと思う。けど、その手がめちゃくちゃ優しく撫でているのは、少なからずわかっちゃうわけで。ふあふあの花芽を触るときよりそうっと触ってくれているのは、なんとなく伝わってくるわけで。

――ほんっとに、猫好きなんだな。

感触がないエアー撫で撫でで、こーんなとろけそうな顔で笑っちゃうとか。こんなに大事そうに触れるとか。

そりゃこんなに猫好きなのに猫アレルギーだったら、ネコヤナギでも触りたくなるよな。でも、ネコヤナギの花芽を触ってたときより嬉しそーなのは気のせいか？　ネコヤナギなんて言うだけあって、花芽は結構猫の毛に似てるし、エアー撫で撫でと違ってふあふあは感じられるのにな？まぁ俺も、触られてる感覚はないのになんかくすぐったくて、ついつい目を細めちゃうんだけどさ。

春が過ぎて夏になっても、ヴィルは相変わらず駆けて来る。

王子だから勉強とかも忙しいみたいなのに、俺と遊ぶ時間は死守してくれているみたいだ。ヴィルが来ないと退屈だから、毎日来てくれるのは正直嬉しい。来ると必ずヴィルが耳を撫でてきて、ぽつぽつと他愛ない話をして、また明日でバイバイする。

たまにヴィルのお母さんが体調を崩すと来れなくなるときもあるんだけど、そういうときはほんの少しだけでも顔を出して事情を説明してくれるから、そのときは俺がヴィルを撫で撫でする。そうするとしゅんとした顔がほんのちょっと明るくなるから、少しほっとするんだよな。ヴィルのお母さんだってきっと、ヴィルには笑ってて欲しいだろうし。

そんな風にまったり楽しい精霊ライフを送っていたある日、ヴィルがとぼとぼと歩いてきた。走ってこないなんて珍しいし、見たこともないような暗い顔で、俯き加減に歩いてくる。お母さんの調子が悪いときは、しゅんとしていて元気はないけど、ここまで暗い顔はしてないのに。伏せられた睫毛は震えているし、目の縁だってちょっと赤い。

もしかして泣いてたんだろうか？

『ヴィル、どした？』

ぱたぱたと目の前で手を振って、瞳を覗き込んでみる。こてんと首を傾げてみて、頭をそっと撫でてみる。ちゃんと声が届いたらいいのに。そうしたらこんなときだって、おろおろしなくて済むかもしれないのに。何もできなくて悶々としてたら、ヴィルがくしゃりと顔を歪めた。紫の瞳にほんのちょっと涙を浮かべて、唇を微かに震わせて。

悲しみがいっぱい詰まった掠れた声で、小さく小さく言葉を紡ぐ。

「ねえ、るり、どうして皆は、君たちを見ることができないんだろう？…………見られたら、いいのに」

ぽつりとこぼしたその言葉に、痛みがはっきりと滲《にじ》んでいた。

ヴィルはそれ以上口にはしなかったけど、きっと何かあったんだろう。

精霊を見ることができる瞳を持つヴィルと、持たない人々。人は他と違うものを避けたり蔑んだりしてしまうから、ヴィルはきっと、つらい思いをしてきたんだろう。今日だけじゃなくて、今までも、仲の良くない兄弟に嫌なことをされたりしたのかも。

——でも、それを決して愚痴らないのは、かっこいいなって俺は思うよ。

兄弟とのことでため息はついても、絶対に人を悪くは言わない。

ここには誰もいないのに、俺しか聞いていないのに、人の悪口は絶対に言わない。

『誰々がこんなことした』って、告げ口して泣いてもいい年齢なのに、きゅっと唇を噛んで我慢して。『皆も精霊が見られたらいいのに』なんていう、微かな願いをこぼすだけで。

そういうとこ、ほんと、かっこいいなって思うよ。


——俺は、お前が俺を見れて、毎日遊びにきてくれて、うれしーよ。

そんな思いを視線に籠めて、俯いた顔を覗き込む。少し湿った紫の瞳に、俺の顔が映っている。

ヴィルがこの目を持っていたから、俺はヴィルと出会えたわけで。こうして瞳に映してもらえるわけで。

――俺たちが会えたのは、ヴィルのその目のおかげだろ？

そう伝えたくて、そっとその目に手を伸ばした。うーん、やっぱし触れない。けど、そのおかげで見開いた目ン玉のあたりを撫で撫ですることができちゃうね。ふつーだったら目に入りそうで瞬きしちゃいそうなのに、ヴィルは驚いた顔のまま固まってる。

なにをそんなびっくりしてんだろ？　って思ったけど、腰を下ろしたヴィルの足の間にぺたんと座り込んだこの格好……もしかして近すぎて失礼だったとか？　いつもと比べると、確かに近づきすぎたかも。王子サマには無礼なくらいに近いかも。

うーんと、もしかして、離れるべきなんだろーか？

でも、別に拒絶されてる感じじゃないしなあ。びっくりしてはいるみたいだけど、嫌がってるわけでもなさそうだし。こんなにガン見されてると今更離れにくいしなぁ。

――まぁ､他の誰かに見られるわけでもないし。この無礼者！　根っこからひっこぬいてやる！　っていう心配はないからまぁいっか。

他の人には見えない仕様でよかったよかった。


「…………るり」

そっと囁くように俺を呼んで､ヴィルがくしゃっと顔を歪めた。形のいい眉をハの字に下げて、唇を笑みの形に歪ませて。泣きたいのに泣くのをこらえたようなその笑顔に、なんか胸がきゅうっとなる。

俺は精霊だから、ヴィルには触れないし、話せない。——けど、せめて。

両手をヴィルの首筋に回して、ぎゅうっと強く抱きしめる。金色の髪に鼻先を埋めて、とんとんと背中を叩いてやる。この、素直に泣くこともできない王子を、どうにかしてなぐさめてやりたくて。瞳に溜まるだけの涙を、ここではこぼさせてやりたくて。


きつく抱きしめたヴィルの身体は、不思議とあたたかいような気がした。

＊＊＊

子どもの成長って、早いのなー。

秋に紅葉の下で寝転ぶ頃には、同じ高さだった目線を見上げるようになっていて。花芽がふあふあになる時期を二回数える頃には、すっかり身長に差をつけられてた。くそう、俺はぜんぜん伸びないのに……って、俺、精霊じゃん。人間とは違って当たり前じゃん。

え、じゃあ精霊ってどうやったら大きくなるんだ？

よく運動して、よく食べて、よーく寝なさい、なんて昔は言われてたけど、精霊は？

毎日よーく光合成してるし、よーく土から栄養もらってんだけどな？

『精霊の身長がどうやったら伸びるのかって？』

『やぁだ、またにゃーちゃんが人間みたいなこと言ってる』

『にゃーちゃんはそのままで十分かわいいわよぅ』

いや、いいから。

かわいいとかほんといいから。

今はこんなでも中身は男子高校生だから。

ヴィルに撫でられると感触ないのに気持ちよくてふにゃふにゃになっちゃうけど、中身は男子高校生だから。

『基本的には、樹の成長速度とおんなじくらいよ。樹が大きくなれば私たちも大人になるの』

『そして、樹の寿命がきたら、精霊も死ぬの』

『でも、それ以外だとほとんど死ぬことはないわ。成長もゆーっくりだけど、長生きってこと』

へえ、てことは、伸びてくるときれいに剪定されちゃう俺は……もしかしたらあんまり大きくなれないってことだろーか？

がーん。

「るり？　どうかした？」

『ヴィルは、おっきくなれていいよなぁ』

ちょこちょことヴィルに近づいて、そろっと背比べをしてみる。俺の頭のてっぺんが、ちょうどヴィルの顎らへん。……うう、子供の二年は大きいなあ。十歳くらいで出会ってから二年経つから、今のヴィルは十二歳。日本でいったら、そろそろ中学生って頃だろうか？

元々精霊ばりの美少年だったけど成長とともにどんどん洗練されてきていて、思春期に入るとき特有の危うげな美しさを纏《まと》うようになってる。十三歳になる歳の春に社交界デビューするからダンスの練習時間が増えたってボヤいてたけど、絵に描いたような王子サマになりそうで、おにーちゃんとしては心配だ。

でも心配なのはたぶん俺だけで、ヴィルはきっと楽しみだろうな。

社交界はよくわかんねーけど、思春期の男の子が興味津々なものはだいたいわかる。俺も元男子高校生だからね！　だいぶ精霊に馴染んできて、記憶も薄れつつあるけどね！

それはずばり、女の子だろ！

ヴィルから聞いてる感じ、周りにいる女の子は血縁者ばっかりで、たぶん出会いもほとんどない。そんな地味な生活から一歩社交界に踏み込んだら、キラッキラのドレス着た可愛い子とか、胸元のざっくり開いたドレスの妖艶なおねーさんとか、引っ込み思案だけど笑顔が可愛い子とかが、たーくさん待ち受けているんだろ？

いやぁ、若いっていいね！

精霊になってこっち、性欲とかそんなもの一切なくなって（ほら、樹にセックスとかないから）もう気分は枯れたおじいちゃんだからね。おにーちゃんですらないからね。頑張って可愛い子捕まえろよーって思って髪をわしわしかき混ぜたら（秘技・エアー撫で撫で！）、ヴィルがはにかんだように笑みをこぼした。

あとどんくらい、こうやって遊んでいられるんだろ。

思春期を迎えて、ぐんぐん大人になっていく男は、いろんなことで忙しくなるだろう。ネコヤナギをほわほわ触りに来るのも、俺と遊びに来るのも、そんなに長くは続かないだろーな。俺と遊ぶよりもっとずっと楽しいことが、きっと溢れてるはずだもんな。


……ほぼ毎日欠かさず会ってたから、なんかさみしーな。

ヴィルが来なくなった後の、暇の潰し方考えないとなー。

＊＊＊

それから大体一年後の、ヴィルの社交界デビューの日は、眩しいくらいの晴天だった。

春らしいぽかぽかした陽気と、絵の具で塗ったみたいな綺麗な青空、綿あめみたいな白い雲。これ以上ないいい天気で、俺まで踊り出したくなっちゃうね。盆踊りくらいしか知らないけどね。ダンスは夕方から夜にかけてらしいけど、今日はきっとヴィルは来ないだろうな。準備とか準備とか、よくわからんけど準備とか、きっといろいろあるだろーし。かっわいい女の子捕まえるために、いろいろおしゃれもしなきゃだろーし。

今日の主役なわけだから、きっとめちゃくちゃ忙しいだろうな――という予想に反して、ヴィルは今日もやってきた。

いつもよりほんの少しだけ遅く、社交界用の服を着てゆっくり歩いてくるその格好は、想像以上にリアル王子サマだ。いやヴィルはホントの王子なんだけど、なんていうか、物語に出てきそうな王子っていう意味。

かっちりした白いシャツに、紺色の正装。深い赤のリボンがネクタイの代わりに締められていて、つやつやに磨かれた革靴が足元を彩る。整った顔立ちはいつも通りだけど、金色の髪は半分だけ額が見えるように上げられていて……うん、ホント、絵に描いたよーな王子サマだ。十三歳になって更に背も伸びて、なんかちょっと色気もあるし。スッと通った鼻筋も、宝石みたいな紫の瞳も、どこかの芸術品みたいに整ってるし。

おーすげー！　って思わず拍手したら、ヴィルがはにかんでちらりと笑ってお辞儀をして、すっと左腕を差し出してきた。

？　ヴィル、なにやってんの？

それなんのポーズ？

『にゃーちゃん、ほら、お誘いよ！』

『その服だと決まらないわね！　手伝ってあげるわ！』

『王子様、ちょーっと待っててね』

くてんと首を傾げた瞬間、後ろからわちゃわちゃと話しかけられ、そのまま無理矢理連れ去られた。

犯人はもちろん精霊のおねーさんたちだけど、え、何？

何が起き？

何で俺すっぽんぽんにされてんの？

『どういうのがいいかしら、やっぱり白!?』

『いえ、待って！　王子の服は、にゃーちゃんの瞳の色だったわ！』

『まあ！　じゃあ王子の瞳の色をいれなきゃ！』

『白中心で、紫もいれましょ！』

『形はやっぱりふわっふわのやつよね！』

ぽかーんとしているうちにおねーさんたちの話がどんどん進んで、ふわっふわのドレスが作られていく。きらきらしたのが肌に纏わり付いて、それが布っぽくなっていくんだけど、魔女っ子の変身シーンみたいで恥ずかしい。白のふわふわしたドレスで、ところどころ紫のリボンがアクセントになってて、仕上げに髪にも紫のリボン——って、待って、なんでドレスなんだ？　俺こんなでもちゃんと男なんだけど！　すっぽんぽん見たから知ってるだろ!?　ちっこい子どもサイズだけど、ちゃんとアレはついてたでしょ!?

って、全ッ然聞いてねー!!

ぽいっと再びヴィルの前に戻されて、慌てて振り返ったけどもういない。素早い。着ていた服ももちろんない。

「——るり」

あぁ、ヴィルがぽかーんとしてこっちを見てる。

えーえーわかってますよ、こーんなふりふりふわふわのドレス、着たことねーし似合わねーよ！

俺は男だし。女装したくなんてなかったのに、勝手に着せられただけだし。そんなガン見すんなよなー。ちょっと口を尖らせて目を逸《そ》らしたら、またすっと手を差し出された。

「すごい、かわいい……踊ってくれませんか？」

かわいいわけねーだろ！　男だぞ！　……って言い返せばいいのに、何も言葉が出なかった。

だって、だってさ、恥ずかしそうに頬を染めたヴィルが、幸せそうに笑うから。どこか熱の籠もった紫の瞳が、まっすぐ俺だけを見つめるから、勝手に顔が熱くなっていく。かぁっと頬が赤くなるのがわかって、恥ずかしくっていたたまれない。

——そんな目で、見んな!!

ヴィルの瞳を見てらんなくて俯くと、差し出されたヴィルの手があった。うう、ヴィルの視線も刺さりそうなのに、後頭部にも激しく視線を感じる。はやく手を取れ、なにやってんだ、なんて乱暴な言葉さえ聞こえてきそうな、物騒な視線だ。それも複数。

後ろを見なくてもそれがわかるレベルって、おねーさんたち、目ヂカラ強すぎないですか。

——まぁ、いっか。

なんでダンスに誘われたのか、なんで着替えさせられたのかはよくわかんないけど。

俺は男だし、精霊だし、ダンスの相手が俺でいーのか？　とも思うけど。ていうかそもそも踊れないけど。

差し出されたヴィルの手が、ちょっとだけ震えてることに気づいちゃったから。

まっすぐに俺だけを見つめる瞳が、少し不安そうなのにも気づいちゃったから。

『いーけど、俺、踊れねーぞ?』

しゃーねーな、ってにしゃりと笑って、差し出された手に手を重ねる。その途端ヴィルがぱあっと破顔して、深く深く腰を折って……その指先に、ちゅっとひとつキスをした。

…………触れないからリップ音ですかそうですか。

なんつー気障な。リアル王子すげーとしか言いようがない。もう恥ずかし過ぎてやばい。顔とか絶対まっかっかだ。透けててよかった。

ていうか、もしかしてヴィルもちょっと恥ずかしいのか?

ほんのり目元を赤くして、瞳だってちょっと潤んで……やーめーろー! そんな目で俺を見んな! 恥ずかしーってば! ぱたぱたと掴まれてない方の手で顔を冷ませば、ヴィルがぐっと近づいてきた。そしてそっと、俺の腰に手を回す。

「るり、ありがと。ステップとか気にしないで、楽しめばいーから」

俺の耳元で囁いて、密着するみたいに身体を寄せて。

ぐっと近づいたヴィルの身体は、初めて会ったときよりずいぶん大きい。

――いつの間にこんなに大きくなったんだろ。

俺の目線は、ちょうどヴィルの喉あたり。ちらりと見上げるととろけるような笑顔があって、思わず俺も笑ってしまう。どこからどう見てもキラッキラの王子スタイルなのに、囁く言葉もかっこいいのに、笑顔はいつも通りで嬉しくなる。ゆっくりとしたヴィルのステップに合わせて身体を揺らすだけで、なんとなく楽しくなってくる。

——あ、れ⁉　これってヴィルのファーストダンス⁉

社交界デビューの日のファーストダンスが大事だとかなんとか、おねーさんたちが言っていた。踊る相手を誰にするのか、誰にダンスを申し込むのか、王子なのにまだ婚約者はいないから、誰かと恋に落ちちゃったりして……なんて楽しそうに噂してた。

けど、そのファーストダンスがこんなので、ヴィルは本当に良かったんだろうか？

誰も来ないひっそりとした庭で、音楽なんてもちろんなくて、相手は俺だから触れることさえできなくて……そんなファーストダンスでいいんだろか。


——ま、なんか嬉しそーだからいっか。


くるくる、くるくる、春の陽気の中でてきとーにまわる。

ステップなんて知らねーけど、ヴィルに合わせてゆらゆらと揺れる。

サービスっておねーさんが囁いて、ぶわっと桜の花びらが舞って。

薄ピンクに染まった視界の中で、ヴィルが目をまんまるくして驚いていて。それが妙に可愛くて、思わず笑うとヴィルも笑って。

楽しくって可笑しくって、ふたりそろってけらけら笑った。

触れたくて、触れられなくて

社交界にデビューしてから、ヴィルはちょこちょこパーティーに参加してるみたいだ。

王子としてのお役目ってやつなんだろーね。大変だね。パーティーでは全然踊ったりせずに、作り笑いで話してるだけらしいけど、それってきっと疲れるだろーな。

え？　樹の精霊のくせにどうしてそんなことを知ってるかって？

そりゃあ精霊には何でもお見通し――ってわけではまったくないけど、風の精霊さんが教えてくれたりするんだよね。ヴィルと仲良いことを知っているからか、パーティーでの様子を教えてくれて、『だからにゃーちゃん安心して』なんて言って去っていく。安心って一体どういう意味なんだろうな。ヴィルが作り笑いしてるとか、楽しくなさそうにしてるとか、全然安心できねーんだけど。

「るり、どうかした？」

『んーん、なんも』

今日のヴィルの格好は、モスグリーンのジャケットに焦げ茶色のチェックのズボン。いつも必ずどこかに纏う瑠璃色は、今日はループタイを留める宝石としてヴィルの胸元を飾っている。

対する俺は、今日はふうわりした桜色のドレスに、しゃらしゃら揺れる紫の飾り。パーティーの日は必ずここに正装で来て、絶対ダンスを申し込んでくるヴィルのせいで、この女装にももう慣れた。ついでに言うと簡単なステップもすぐに覚えた。前世もわりと運動神経いい方だったからね！　今うっかりヴィルの足踏んだけどね！　すり抜けるからいいんだってば！

今日の服もおねーさんたちがいじくりまわした結果なんだけど、最近あることに気がついた。俺のドレスに絶対に入っている紫と、ヴィルの服に絶対に入っている瑠璃色。

この色って、たぶん互いの瞳の色だよな……？

こっちの風習なんて知らねーけど、これってもしかして、ペアルック的な意味なんじゃねーの？　カップルが制汗剤の蓋を交換するとかさ、彼女が持ってたピンクのキーホルダーを彼氏が鞄に付けるとかさ、縁はなかったけど聞いたことはあるし。

え、ペアって。カップルって。それってどうなの。って、認識した瞬間めちゃくちゃ照れた。顔どころか全身が熱くなるレベルではちゃめちゃに照れた。

なんで照れるんだ馬鹿！　ヴィルは男！　俺も男！　……って頭を抱えて悶絶したけど、恥ずかしいもんは恥ずかしいんだからしょうがないよな。

まあ厳密には精霊には性別とか関係ないらしいんだけど。誰かとセックスするわけでもないから、ただの見た目の問題らしいんだけど。服が自由に変えられるように見た目も性別も本人の意思である程度変えられるらしくて、『にゃーちゃんも変えてみたら？』とか言われたけど。

——いや、無理！　女の子の姿とか、実物の裸を見たこともないのに作れるはずない！　俺は男のまんまでいい！

神秘的だからっていう理由で何も付けずにつるーんとさせてる精霊《ひと》もいるとか、逆に面白いからあれこれ付けてる精霊《ひと》もいるとか色々聞いたりしたけど、精霊の世界は恐ろしいもんだぜ。いくら子どもらしいかわいいサイズのぞうさんでも、前世から慣れ親しんだぞうさんがいるといないじゃ大違いだ。女の子になるなんて考えられないし、つるーんとさせたいとも思わない。いくら成長が遅くてちっさいままでも！　俺は男でいたいってば！

十四歳になってからぐんと背が伸びたヴィルの肩くらいしか身長ないけどさー！

「あーあ、るり、行きたくないよ」

ヴィルが大きくため息を吐いて、ぎゅうっと強く抱きしめてくる。腕が少し身体をすり抜けたけど、なんであったかい気がするんだろ。なんで勝手に顔が熱くなってくるんだろ。

……くそう、絶対、ヴィルのせいだ！

去年の初めてのダンスから、やたらと距離が近いから！

いつも指先にちゅって口付けてくるし、ふと気づくと熱っぽい瞳で見てたりするし。目が合うととろけるような笑みを浮かべて、『るり』って甘く囁いて。ふわふわと耳を撫でたその手でそっと優しく頬に触れて、時々手だって握ってくる。触れないしすり抜けちゃうのに、こうやって抱きしめてきたりする。その度になぜかかぁっと頬が熱くなるんだけど……ほんと、精霊でよかったよ。スケルトンだから赤くなってもあんまりわからない、はず。きっとそうだと信じてる。

とにかく、最近のヴィルはやけに大人びた顔をするし、やたらめったら甘く微笑む。

この間なんかつむじにちゅっとキスまでされた！

頭を押さえてぱくぱくしてたら、噴き出すよーに笑われたけど。ごめんって言うみたいに頭を撫でて、ふにふにと耳をいじられたけど。

あのな、リアル王子は知らないだろうけどな、日本男児の脳内にそんな気障な仕草はねーの！　恥ずかしくて悶絶ふて寝レベルなの！　わかる⁉　女の子と手をつないだことさえない俺にとっちゃ、脳みそパンク案件なの！　わかる⁉

ましてや、キッ、キスとか……………！

指先ちゅーは慣れてきたけど、つむじとか……！　なんでつむじ……⁉

リアル王子はどうなってんの⁉　十四歳であんななの⁉

ヴィルが帰った後も悶絶してたら、おねーさんたちにさんざん笑われた。

にゃーちゃん、見た目通り子どもなのねー、って、やかましいわ！

＊　＊　＊

生ぬるく湿った風がざわざわとネコヤナギを揺らしていく。雲がすごい速さで流れていって、地面にまだらに影を落とす。青空も覗いていて一見するといい天気だけど、前世の俺ならたぶん傘も持たずに出かけたと思うけど、今の俺には嵐の気配がはっきりとわかった。

今夜はきっと荒れるだろう。

風の精霊は忙しく上空を飛び回ってるし、精霊のおにーさんもおねーさんも、ちょっと警戒しているみたい。強い嵐だと樹が被害を受けかねないし、万一折れたりしたら大変だ。樹の枝や根っこに力をしっかり巡らせて、折れないように踏ん張らないと。

——そういえば、ヴィルは今日もパーティーって言ってたっけ。

こんな天気だったらさすがに中止だよな。

夕方はまだ嵐にはなってないだろうけど、優雅に踊ってるうちに帰れない人が続出しちゃうだろーし。会場が外だったりしたら、ドレスは風でまくれ上がっちゃうだろうし。下手するとテーブルクロスも飛んじゃうかも。これで無理矢理開催なんかしたら、おしゃれなパーティー会場が一転して避難所になっちゃうって。

……あ、でも、人間にはこの嵐の雰囲気はわからないのかな？

風は強いけど雨は降ってないし……とか、そんな理由で開催になったりしないよな？

という不安は見事に的中して、昼下がりには王子オーラを放つ正装姿のヴィルがきた。

今日は濃い目のグレーのタキシードに瑠璃色のフリル状のタイ。胸ポケットには同じ色のチーフを入れて、髪は少しラフにセットしている。もうどこから見ても子どもには見えない立派な姿で、俺を見るととろけそうな笑みを浮かべる。

――うっ、まぶしい。王子オーラで分厚い雲だって吹き飛ばせそうだ。

子どもの成長は早いなーなんて思ってたけど、もう子どもには見えなくて困る。

俺は子どものまんまなのに、ヴィルに置いていかれる感じがして……それがさみしいなーなんて、別に思ってないけどさ。

俺は精霊で、ヴィルは人間。ずっと一緒に遊べないことくらい、ちゃんと俺だってわかってる。

……いまいち人間の感覚が抜け切らないせいで、わかってるつもりってだけだけど。

なんかちょっともやもやしたまま、ドレスに着替えてくるくると踊る。腰に優しく添えられる手も、俺が手を添える逞しい肩も、もう少年というより男に近い。前世の俺より体格もいい。

……やっぱ、外国人だから大きいのかな。こんなんだったら、きっとパーティーでもモテモテだろうな。顔が良くて、身長も高くて優しくて、ホントに絵に描いたような王子サマだもんなー。

やっぱ皆、ヴィルと踊りたいんじゃないのかな？

なんでヴィルはパーティーでは踊らないんだろう？　こんなにダンスだって上手なのに。

不思議に思ってじっとヴィルを見上げてみる。

ちょうどこっちを見ていたのか、紫の瞳としっかり視線が絡み合って、くてんと首を傾げてみる。

――なんか、ヴィル、ちょっと赤くなってない？

もしかして熱とか？　少し体調悪いとか？

嵐の前って気圧が乱れるとかいうし、頭痛くなったりするけど、ヴィルもなんかそういうやつ？

大丈夫か？　とぱしぱしと瞳を瞬いたら、赤らんだ端整な顔が近づいてきた。

ふわりと頬に手が添えられて、ちう、と額のあたりでリップ音。

いや、うん、触れないからね、ちゅーした感じ出すためにはリップ音立てるしかないよね、いつも指先にそうしてるもんね。

でもね!?

そもそもなんでおでこにちゅーするんだって話でね！

びっくりしすぎて心臓飛び出そうになるし、足がもつれて転んじゃうし、どうしてくれんだって話でね!?　何も言えずにはくはくと口を開いていたら、ヴィルが真っ赤な顔のまま、照れくさそうな笑みを浮かべた。


くそう、いったい、なんなんだ。

指先にちゅーしたり、おでこにちゅーしたり、頬を真っ赤に染めたまま、とろけるように笑いかけてきたり。……あれか、やっぱ外国人にとってはキスは挨拶なのか。俺がこーゆー接触に慣れてないだけで、ここではふつーのことなのか。思い出すだけで心臓が破裂しそうになるのは俺だけなんだろうか。悶絶ゴロゴロしちゃうのも俺だけなんだろーか。

……うう、もしかしたらそうなのかもしんない。

だっておねーさんたちが悶絶する俺をめちゃくちゃ面白そうな目で見てくる。さっきまでみんな嵐に身構えてたくせに、やけにご機嫌になってる。くすくすくすくす楽しげに笑って、鼻歌なんかも歌っちゃってる。はっきりとは言われてないけど、『にゃーちゃんてばホント子どもね』なんて言いたげなかんじ。

――うるせー！　慣れてないのはしょーがねーだろ！

ヴィルが悪いんだ！　ヴィルが！

ヴィルがリアル王子すぎるから！　やたらめったらかっこいいくせに、嬉しそーに笑うから!!

ヴィルとの時間を思い出してなんとなくおでこに触れたりして、ごろごろばたばたしてるうちにいよいよ風は強まってきていた。

＊＊＊

うーむ、いつも穏やかな天候のここには珍しいくらいの嵐ですね。ネコヤナギなんてネコソギいかれそうだ。ネコだけに。

上機嫌に笑っていた精霊のおにーさんもおねーさんも、今は樹にしがみ付くようにして耐えている。精霊だから雨も風もすり抜けるから飛ばされちゃう心配はないんだけど、樹が折れるのはどうにもなんないから。

だから俺も、超必死。

ネコヤナギが折れたり飛んでったりしたら、きっと命が危ないと思う。なんでわかるのかはわかんないけど、そうしなきゃだめだってことはわかるんだ。
でも、こんなときに言うのもなんだけど、精霊に生まれて初めて役に立ってる感じがする。
いつも遊んだり踊ったりしてばかりだけど、今日はちゃんと樹に力を分けることができてるし。
精霊のついていない樹は、はやくも折れたり傷ついたりしてるから、たぶん役に立ててると思うし。

いやー、正直ヴィルの心配とかしてる場合じゃなかったね。ずっと野外にいる自分の心配をすべきだったね。風の精霊さんたちが大荒れしてて聞けないけど、結局パーティーはやったのかな。やったんなら、きっと今頃ほんとに避難所になってるだろうな。きらっきらのドレス着た人たちが、体育館マットで雑魚寝したりするのかな？　……うーん、我ながらイメージが貧困すぎる。でもパーティー会場とか、お城の中とか、全然想像つかないんだもん。案外ほんとに、大広間に雑魚寝して休んでたりするかもしれないじゃん？

――やばい、だんだん面白くなってきた。

ここでも台風って呼ぶのかどうかはしらないけど、こういう嵐ってなんかわくわくするよな。雷も大雨も、駆け出していきたくなっちゃうよな。人間の頃からそうなのに、今は精霊になっちゃったわけで。風が忙しく枝を揺らして、大粒の雨がスケスケの肌をすり抜けていく、その感覚がめちゃくちゃ楽しい。こーいうときの歌はあれだ、運動会のかけっことかでよく使われるやつだ。名前は知らないけど！　あの速いテンポとか急き立てるみたいな曲調とかさ、まさに嵐！

って感じしない？　風がゆさゆさ枝を揺らす感じとか、雨がどしゃどしゃ打ち付けるとことか。結構似てると思うんだよ。

地面に座り込んでネコヤナギにもたれて、空を見上げながら口ずさむ。ふんふんふーん、たっらっらったたーって、鼻歌じゃなくて、声に出して。

いやー、こんなことできるのも精霊ならではだね。人間だったら服がぐしょぐしょになったら気持ち悪いし、風邪だって引いちゃうかもしれないし。嵐の日は外に出てはいけません！　って叱られるだろうし。

でも精霊なら全然アリだね！

姿は見えないし、声も聞こえないし、にっこにこで歌ってても大丈夫！　むしろ樹も元気になるかもしんないよね、とにこにこしたまま歌っていたら、ずぶ濡れのヴィルが覗き込んできた。

へ？　ヴィル？　なんで？

「――るり。よかった、無事で」

え？　え？　なんでヴィルがここにいるの？

せっかくの正装がずぶ濡れだし、おしゃれにセットしていた髪も濡れそぼってぐちゃぐちゃだ。

……もしかして、俺を心配してきてくれたとか？

だから俺を見てちょっとホッとした顔してん？

――ばかだな。

雨だってすり抜けちゃう俺と違って、人間は雨に濡れたら風邪だってひくし、風に飛ばされてきた何かにぶつかったら怪我だってする。そりゃ精霊だって樹がどうにかなったら無事では済まないけど、ネコソギいかれさえしなきゃ数本枝が折れるくらいなのに。どうにかなったりしないのに。

それなのに、わざわざ見にくるなんて。

——ほんとーに、ばかだ。

そう思ったらだんだん可笑しくなってきて、声を上げてめちゃくちゃに笑った。精霊でも笑いすぎると涙がにじむんだな。知らなかった。ヴィルが目をまん丸くして俺を見てるけど、元々嵐でハイテンションだったこともあって、全然笑いが止まらない。

あはは！　って思いっきり笑ってたら、ヴィルがそっと頬に手を伸ばしてきた。あんまりにも笑いすぎだから、ほっぺたつねってやろうと思ったんかな。うん、わかる。俺もさすがに笑いすぎだと思う。でも全然笑いが止まんねーから、どーぞ好きにつねってくれ！

お詫びっていうのもヘンだけど、ていうかそもそも触れないいんだけど、すりっと頬を差し出して見上げる。笑いすぎて涙目だけど、ヴィルの顔が近づいてくるのはちゃんと見える。

——え、あれ、なんで顔近いの？

つねるんじゃねーの？　と思ったときには、長い睫毛が目の前にあった。

ぱしりとひとつ瞬くうちに、ちゅっという聞き慣れたリップ音。ただし今回は、唇のところで。

『え、ええええええ————!?』

嵐の中でさえ響きわたる絶叫を上げてるのに、ヴィルがぎゅうっと抱きしめてくる。感触はないし、温もりだって感じない。……そのはずなのに、ヴィルと触れ合っているところが、熱くて熱くて仕方ない。

え、え、なにこれ、なにこれ、どうしたら――!?

「もう、行くね。気をつけて」

わけわかんなくて狼狽《うろた》えてるうちに、ヴィルがぱっと身体を離して、ちょっと照れくさそうに頬を緩める。呆然としたままの俺の耳をふわふわと撫でて、土砂降りの雨の中を去っていく。

その姿がすっかり見えなくなっても、俺はへたり込んでいた。

＊＊＊

嵐がすっかり通り過ぎると、庭の惨状がはっきりと見える。

この庭は精霊つきの樹が結構多いんだけど、それでも被害は結構なものだ。緑の葉っぱもたくさん落ちたし、枝もたくさん折れてしまった。ネコヤナギも枝が四本折れて、ちょっとスリムになっちゃってさ。まあ、ネコソギいかれなかったからいいってことにしとこう。

ヴィル以外は誰も来ないこの庭は、手入れだってもちろん後回し。あれから三週間経つ今日になっても、まだ何の手も入らないくらいに後回し。まあ、それで困ることは何もないんだけどね。

地面に枝や葉っぱが散らばってても、怪我をする人もいないしね。

なぜならヴィルも来ないからね！

――キスした途端来なくなるってどういうことだよ!?

もう三週間！　三週間って！　今までこんなに来なかったことなんてねーのに！

俺はあの嵐の日からいったいどんな顔して会えばってずっとぐるぐる悩んでんのに。時々無意味にぐるぐる歩いたり、頭を抱えて悶えたりするから、精霊のおねーさんたちに生温かい目で見られてんのに！　いや自分でも挙動不審すぎんだろって思うけど！

だって何を隠そうファーストキスだ。

前世まで含めてもファーストキスだ。

いや、実際に触れてはいないんだけど。感触も体温も感じないんだけど。でも伏せられた紫の瞳とか、近づいてくる端整な顔立ちとか、長くてふっさりした金の睫毛とか――って、また思い出してる！

ヴィルのせいで、この三週間ずっとこうだ。

昼下がりが近づくとそわそわして、来ないとがっかりして、だんだんムカついたりもするけど、もう来ないのかって思うと落ち込んだりもして。

――ヴィルはなんで、あんなことをしたんだろう。

百歩譲って、この国ではキスが挨拶だとしても……唇へのキスは絶対挨拶じゃないだろ。この国の風習とかはまだ全然知らないけど、あの照れくさそうなヴィルの表情を見たら、挨拶じゃないことくらいわかる。精霊のおねーさんたちにこれでもかって冷やかされたし。現場を見てなかった人のために、松のおにーさんと桜のおねーさんによる実演再現まで行われてたし。額やつむじにされてたときとは、皆明らかに反応違うんだよな。何回も思い出しちゃうあのときのヴィルの顔なんて、ほんとに真っ赤になってたしな。

——まさか、俺のこと、好きとか？

はたとそれに思い至った瞬間、ぼんっと顔が熱くなった。

いや、そんな、まさか。ヴィルは王子様だし。俺は人間ですらないし。触ることすらできないし。でも、それじゃあダンスは？　なんでわざわざパーティー前はここに来るんだ？　なんでいつもどこかに瑠璃色が入った服を着て、キスしてきたり、あまーく笑ったりするんだ？

わかんない。わかんなすぎる。全部俺が都合よく考えてるだけかもしんないし、そうじゃないのかもしんない。

あぁ、もう！　俺が樹の精霊じゃなかったら、直接行って問いただすのに！　半径十歩、大股だと五歩くらいの行動範囲じゃ、城の様子だってわかんねー。いつも教えてくれてた風の精霊さんたちも、このところ全然見かけねーし。

まさか、ヴィルはもう来ないつもりなんだろうか？

ヴィルが来なきゃ、会えないのに。

あのキスの意味だって、わかんないのに。

『はぁ、なんでヴィルこないんだろ』

とうとうぽつりとこぼしたら、皆が驚いたようにこっちを見た。紅葉のおにーさんが目をぱちくりさせて、桜のおねーさんもかなりびっくりした顔してる。

え？　なんで？　何か変なこと言った？

『まさか知らなかったのか？』

『風の精霊は……嵐を楽しんで皆遠くに行っちゃったわね』

『上空にはたくさんいるけど、にゃーちゃんちっさいから会えないし』

『お城の大騒ぎも、にゃーちゃんはちっさいから見えないし』

『にゃーちゃんちっさいもんね、しょうがないわよね』

うう、皆してちっさいちっさいゆーな！　俺だって好きでちっさいわけじゃねーのに！　ヴィルがでっかくなるたびに羨ましいなんて思ってねーから！　せめてあと十センチ伸ばすためにめいっぱい光合成してんだから!!

……で、大騒ぎってなんなんだ？　なんかあったのか？

そう聞いたら、答えはすぐに返ってきた。

『王子のお母様が先週亡くなったみたいだよ。嵐の後から体調を崩されて、そのまま』

『元からお立場が弱かったけど、お母様もいなくなってはいよいよ王子もつらくなっちゃうわね』

『もうすぐ十五歳だし、ここにもきっと長くはいられないわよね』

『どこかの誰かと政略結婚？　……ここも寂しくなるわねぇ』

おねーさんたちの雑談は続いてたけど、言葉は頭に入ってこなかった。

ヴィルの、お母さん。

国王陛下であるお父さんとは挨拶くらいしかしたことがなく、兄弟との仲も良くないヴィルにとっての、唯一の家族。会ったことはないけど、どんな人かは知っている。お身体が弱くて、妃の中でも一番立場が弱いけれど、いつもにこにこしているって。体調が良いときはヴィルと歌を歌ったり一緒に寝たりしてくれるって。

ヴィルが嬉しそうにしているときは、だいたいお母さんが元気なときだった。たまにヴィルが来ないときは、だいたいお母様関連で。ようやく来られるようになったときはいつも『お母様、元気になったよ』なんて、ほっとしたように笑ってたっけ。

――ヴィル、いま、どんな気持ちで。

お母さんの話をするときの嬉しそうな顔が脳裡に浮かんで、つきりと胸が痛くなる。

ヴィルは、大丈夫だろうか。

泣いてねーか？　ちゃんと飯くってんのか？

ひとりで、無理、してねーか？

＊　＊　＊

ネコヤナギの近くしか動けないことにやきもきし続けた数日後、ようやくヴィルがやってきた。

けど、その姿は今までとは全然違う。

ひと目でわかるほどやつれ果てて、表情を固く強張らせていて。いつもきらきらしていた紫の瞳には、どこか暗い陰が落ちている。でも、目の縁はそんなに赤くないし、瞼だって腫れてない。きっと泣いてはいないんだろう。ていうか、たぶん、泣けてないんだ。

ふらりと歩いてきたヴィルが、乾ききった暗い瞳で、妙にこわばった顔で、弱々しく俺の名前を呼ぶ。

「――みんな、よく生きた方だって、言うんだ。……本当は、俺を産んだときから、危ないって言われてて。だから、お母様はよく頑張ったって、褒めてやれって、言うんだ」

ぽつり、ぽつりとこぼす言葉のすべてに、痛みと寂しさが滲んでいる。

ぎゅう、と握りしめた手が、小さく震える肩が、……それでも涙をこぼさない瞳が痛々しくて胸が痛い。

何も言葉にできなくて、ただそっとその手を握りしめるけど、……触れられない。震える背中を撫でてやることも、冷たい指先を温めることも、今の俺には何もできない。透ける手が固く握られた手に重なってるけど、ただそれだけ。目で見ないと触れ合ってることすらわからない。涙をこらえるようにぎゅっと目をつぶっているヴィルが、それに気づくはずもない。

それでも、と震える身体を抱きしめた。

ほんの少しのぬくもりだけでも、分けてあげられたら。

そうしたら少しは、慰められるかもしれないのに、と。

ぽたり、と雫の落ちる音で、ヴィルが泣きだしたことがわかった。

「お母様。立派になったところを、お見せしたかった」なんて。

ほろりとこぼれ出した言葉に、ぎゅうっと胸が締め付けられる。

——お前は十分立派だよ。

どれだけ努力していたか、どれだけのつらさを堪えていたか、ちゃんと俺は知ってるよ。つらいことも全部ぜんぶ呑み込んで、他に誰もいなくても人を貶めない高潔さだって、知ってるよ。背だってこんなに大きくなって、きっとお母様より大きくなっただろ？ 社交パーティーに出るようになって、かっこよく正装を着こなす姿だって、何回も見せてきたんだろ？

——そう、伝えられたらいいのに。

涙を拭《ぬぐ》って、抱きしめて、優しい言葉をかけてやりたいのに。俺にできるのは、ただヴィルと一緒に泣くことだけ。ぽろぽろと涙をこぼすだけしか、今の俺にはできなくて。ヴィルの涙を追いかけるように、透けている俺の涙が落ちる。ぽたぽたとヴィルの服を濡らして、点々と黒く染めていく。

その涙には構わずに、ヴィルの頬に手を添えた。

ごしごしと頬に触れてみて、懸命に涙を拭おうとするけど、やっぱりヴィルには触れられない。ちゃんとわかっているのに何度も試して、その度に涙が溢れて止まらない。やがて俺が泣いてることに気づいたヴィルが、ちょっとだけ笑って、俺の涙を拭おうとして手を伸ばして。俺と同じように、触れられなくてすり抜けて。

「――るり。君に、触れられたらいいのに。そうしたら、涙だって拭えるのに」

そんなふうに、くしゃりと泣きながら笑うなよ。

俺だって、お前に触れたいよ。

涙を拭って、抱きしめて、背中を撫でてやりてーよ。

――神様。

どうせ転生させるなら、人間でも良かったんじゃないですか。なんで敢えて精霊にしちゃったんですか。人間だったら王子のヴィルには会えなかったかもしれないけど、もしどうにかして会えたら、こんな思いをしなくてすんだ。

こんなに近いのに、触れることも、話すこともできない。

抱きしめることも、――キスすることも。

涙で濡れた目を伏せて、ヴィルの唇に唇をぶつける。

正しい距離感もわからない、へたくそなキス。たぶん人間同士なら、歯があたって痛かっただろう。でも、そんなへたくそなキスだって、触れられなければ、すり抜けるだけ。痛みも感触も全くなくて、かすかに温かいように感じるだけ。
それでもただただ唇を重ねて、祈るように瞳を閉じる。

——神様。
樹にも精霊が宿るこの世界で。
花を咲かせる魔法さえあるこの世界で。

俺が、ヴィルに触れられる魔法は、ないんですか。

友達よりも特別なひと　《ヴィル視点》

人には見えないものが見えた。

立派な木の陰に立って、あるいは枝に寝そべるようにしてくつろいでいる、透明な人たち。見たこともないような形の服を着て、俺の視線に気づくと小さく微笑んだり、軽く手を振ってくれる美しい人たち。彼らが樹の精霊だということや、他の人には見えないということを知ったのは、いつだっただろう。

「貴方の目は、特別な目なのね」

そう言って微笑んでくれたお母様の言葉ははっきりと覚えているし、僕もこの目が大好きだけれど、奇異の目で見られることは多かった。異母兄弟には遠巻きにされたりからかわれたりするし、何もしていないのに怖がられたりする。お母様と護衛のケヴィン、お母様の侍医のじい以外の大人たちには、やんわりと微笑みながら避けられたりする。

瞳のことを知らない人からは、何もないところに手を振ったり、突然すいっと何かを避《よ》けるおかしな子だと、気味悪く思われることも多かった。

元々母の身分は低いし、王子としても十二番目。そこに変わった瞳まであるのだから、どこにいても居心地が悪かった。

兄弟たちと集まるときは隅っこの方に蹲《うずくま》って、じっと時間が過ぎるのを待って。大人の人たちには近づきすぎないよう気をつけて、ぎこちなく微笑みを浮かべたりして。

いつも手を振ってくれる精霊さんたちとお話ししたいと思ったこともあったけど、精霊さんたちはあんまり僕とは話したくないみたいだった。近づきすぎるとそっと後ろを指差して、ゆっくりと首を横に振る。指差された方を見ると大抵誰かがそこにいて、『こっちに来てはいけない、あっちに戻りなさい』と無言のままに指示されて、僕はすごすごと戻っていく。

人のところも、精霊さんたちのところも、僕にはどこにも居場所がなくて。お母様が心配するからと、外で遊んでるふりでいろんな庭をうろついていたとき、そのさびれた庭を見つけたんだ。


お城の中でも隅っこにある、小さな庭。他の庭ほど手入れも行き届いておらず、地面に葉っぱが落ちてたりする少しさびれたその庭は、見たこともない樹ばかりが植えられていた。

地面と水平にぐにゃりと枝を伸ばしている、つんつんした緑の葉っぱの生えた樹だとか、星みたいな形の葉っぱをところどころ赤くした樹だとか。のちに図鑑で松と紅葉という樹だと知ったころには、とっくにこの庭が大好きになっていた。

たくさんの精霊さんたちは僕がここに来ることを受け入れてくれたし、遠巻きながらも優しく見守ってくれる。「この樹は、桜であっていますか?」と尋ねると、微笑みながら頷いてくれる。

お母様のところ以外居場所がなかった僕にとって、この庭は初めての心が安らぐ場所だった。

いつもこの庭にいられたらいいのだけど、残念ながらそうもいかない。大きくなるにつれて勉強の時間は増えていくし、どんなに苦痛でも兄弟の集まりには参加しなきゃいけなかった。

とある春の日、エレオノール姉様が小さな子猫を連れてきた。真っ白でふわふわした毛並みに鈴のついた首輪をつけていて、くりくりと丸い瞳が愛らしい。好奇心旺盛にころころと辺りを走り回ったり、姉様のドレスに爪を立ててよじ登ったりとやんちゃな子猫に、たちまち皆は夢中になった。

「ヴィルフリートも、いかが？」

そう声をかけてくださった姉様に大きく頷いて返しながら、両手をそうっと差し出してみる。落とさないようにと膝の上に抱っこして、ふわふわの毛並みをそうっと撫でる。思ったよりずっと柔らかくて温かくて、ぴくぴく動く耳がすごくかわいい。こんなかわいい生き物がいるなんて。こんなにもあったかくて小さいものとずっと一緒にいられるなんてと、姉様を羨ましく思いながら、子猫を抱き上げてそうっと返す。手首にしっぽがするりと絡み、名残惜しく背中を撫でる。

――いつか僕も飼えるかな。飼えたらいいな。

ふんわりとそんな夢を抱いたのに、しばらくするとくしゃみが止まらなくなった。瞳からは勝手に涙が溢れるし、痒くて痒くて仕方ない。鼻水もずびずびと止まらなくて、慌ててじいに相談したら、じいがぐっと眉を顰《ひそ》めた。

「どうやら猫の毛に反応しているようですな。二度と触ってはなりませんぞ」

いつもにこにことしているじいの強い言いつけに頷きながらも、心はしおしおと萎れていった。

あったかくて、ふわふわで、かわいかったのに。

いつか飼えたらいいなって思ったのに。

隣に猫がいてくれたなら、どんなに遠巻きにされたって寂しくないと思ったのに。

分厚い図鑑を抱えていつもの庭に向かい、いつもの場所でそれを広げる。傾き始めた春の陽射しと、美しい樹々の絵の描かれた図鑑。いつも心躍るそれらを見ても、心はぺしゃんこのまま戻らない。

「……僕ね、猫を触っちゃいけないんだって。くしゃみがとまらなくなるんだ」

ぽつり、と愚痴がこぼれ出た。

ここにくるとたまに我慢ができなくなって、こうして言葉がこぼれてしまう。でもこの庭の精霊さんたちは、変に慰めたり遠巻きにしたりせずに、たまに枝を揺らして聞いていることだけを示してくれるから、いつも少し心が和む。王子だから、わがままを言ってはいけないから、いつもにこにこしてないといけなくて苦しくなるけど。この庭で、胸の中にたまった淀みをぽつりとこぼせば、なんとなく心も軽くなるから。

じんわりと浮かんだ涙をこすって顔を上げたら、たくさんの精霊さんたちがこっちを見ていた。皆揃って僕の後ろを指差して、あっちあっちあっちと示している。

――『あっちに戻りなさい』ってこと……？

他の精霊さんたちがよくやっていた仕草に、ぎゅっと心臓が痛くなる。顔からさあっと血の気が引いて、震える指で図鑑を閉じる。

そっか、ここにも、いちゃいけないんだ。

いつも優しくしてくれたから、ここにいていいんだと思ってたのに。僕の居場所ができたと思ってたのに。

さすがに悲しくなって、図鑑を抱えて後ろを向く。すると、後ろにいた精霊さんたちは庭の奥の方を指していて、涙が引っ込んだ目を瞬く。

……もしかして、帰れってことじゃ、ないの？

口に出して聞くことはできなくて、おそるおそる精霊さんたちが指差す方へと歩いていく。たくさんの精霊さんに身振り手振りで導かれて、ようやくたどり着いたのは、白銀色のふわふわをたくさん付けた一本の樹だった。

「うわぁ……！　ふわふわ！　猫みたい！」

もしかしてそれで、この樹を教えてくれたのかな？

――きっと、そうだ。

僕が猫に触っちゃいけないって言われてしょんぼりしてたから、皆慰めてくれたんだ。

そうっと花芽を触ってみると、猫の毛みたいにふわふわしてるけど、くしゃみはでない。猫じゃないから、僕でも触れる。何故だか泣きそうになりながらそうっと花芽を撫でていたら、桜の精霊さんが近づいてきた。図鑑を指差してから地面を指して、その指示の通りに図鑑を置くと、今度はページをめくるように示されて。指図のままにページをめくり続けたら、その手がつっと一部を指した。

「ね、こ、やなぎ……？」

名前を読んでみると桜の精霊さんが頷いて、服の裾を揺らして去っていく。この樹の名前を教えるために来てくれたんだろう。その背中にお礼を投げかけながら、その樹の名前を噛み締める。

ねこやなぎ。

俺の、触れる、ねこ。

ありがとう、と周りの精霊さんにも微笑んだら、みんな微笑んで頷いてくれた。

＊＊＊

どうして誰も来ないのか不思議なくらいに、ここは素敵な庭だった。春には桜が薄桃色の花を咲かせて、秋には紅葉が赤く染まる。他では見ない植物は派手さはないけど美しくて、僕と庭師しか知らないのがもったいないくらいだ。

春も夏も秋も冬も、日々刻々と表情を変える庭は見ているだけで楽しいけれど、一等好きなのはやっぱり春だ。桜はすっごく綺麗だし、ふわふわのネコヤナギに触ることもできる。ねこ、ねこ、って言いながら花芽を撫でていると、不思議と温かく感じたりする。

お身体の強くないお母様の体調が良いときはいつも通っていたその庭に、変化が起きたのは十歳のときだ。お母様がお元気になられて、弾む足取りで向かったそこには、僕と同い歳くらいの精霊がいた。

白銀の毛並みの耳としっぽ、ふわふわと柔らかそうな髪の毛に、くりくりとした大きな瞳。宝石のような深い蒼の瞳を縁取る睫毛も白銀色で、見たこともないほど可愛い顔立ちをしているけど、たぶん、男の子だ。このネコヤナギは雄株だし、身体も華奢だけど骨格はしっかりしているような気がする。

うっすら透けているところも、見たこともない服を着ているところも僕の知る精霊さんそのものだけど、他の精霊さんたちよりもだいぶ小さい。精霊にも大人と子どもがあるのかもしれない。もしかしたら、友達になってくれるかも。

喜びのまま駆け寄って、勢い良く握手しようとしたけどすり抜けた。何か話してくれたのに、声さえもまったく聞こえない。いくら同じくらいの歳に見えても、人間と精霊じゃ友達にはなれない。そうしょんぼりと俯いた僕を、その子はものともしなかった。

白く透ける手をぱたぱたと振り、んっと右手を差し出して。辺りが明るくなるような笑みを浮かべて、感触のない握手を交わす。

——それが、僕とるりとの出会いだった。

声は聞こえないし、触れることもできない。けれどるりには僕の言葉は伝わってるみたいで、質問には身振り手振りで答えてくれる。

名前を聞いたら顔を顰《しか》めて首を振って『ない』と教えてくれてから、細い指で僕と自分を指差して、好きに呼んでいいよと言ってくれて。ラピスラズリみたいな綺麗な瞳だから、『瑠璃』という名前で呼ぶことにしたら、とろけるように笑ってくれた。

るりは、僕と触れ合えないことも、話せないことも、人間と精霊だってことも、まったく気にしてないみたいだ。僕が話すことに身振り手振りで答えてくれるのはもちろん、逆にるりが話してくれることもある。

麦わら帽子をかぶる仕草をして、片手をちょきちょきと鋏みたいに動かして、ネコヤナギの枝をむんずと掴む。「庭師が剪定にきたんだね」と言い当てると、今度は地面に落ちた葉っぱを指差して、やれやれと肩を竦めて小さな鼻に皺《しわ》を寄せて、「へたくそに枝を掴まれて葉っぱが落ちちゃったんだ？」と聞き返すと、正解！　とぱちぱちと拍手してくれる。

くるくる変わる表情とひらひら動く白い手に、いつも堪《こら》え切れなくなって噴き出した。声を上げて笑うなんて、王子なのにはしたない。頭ではそうわかっているけど、だって、可笑しいんだ。

声すら聞こえないのに、るりは冗談さえも身振りや表情だけで伝えてくる。ドジのマークをからかってみたり、ハゲた筆頭庭師の真似をしたりするから、会ったときには笑いそうで大変だった。必死に笑いを堪えて、なんとか庭師が帰るまで我慢できた！　と思ったら、るりがその後ろ頭をちゃかすから耐えきれずに噴き出しちゃったりもした。

るりは、僕の、はじめての友達。

兄弟たちみたいに蔑んだり、周りの大人みたいに遠巻きにしたりしない。お母様やじいやケヴィンとも違って、同じ目線で笑いあって。話すことも、触れることもできなくても、一緒に遊んで、ちょっとふざけてじゃれあって。

僕は、るりの前でだけ、王子じゃないただのヴィルでいられるんだ。

＊＊＊

ほんとはずっとるりと遊んでいたいけど、勉強だってしなくちゃならないし、兄弟の交流だってしなくちゃいけない。それでも、それが終わったらるりと遊べるんだとわかっていたら、我慢も難しくなくなった。からかわれても気にしないふりをしていれば、それ以上からかわれたりもしない。遠巻きにされるのは相変わらずだけど、気にしてないふうに微笑んでいればいい。

精霊さんたちは相変わらず小さく手を振ってくれるけど、人目があるときは目配せで返事をすることも覚えた。突然手を振っていたらおかしく見えるだろうけど、ちらりと視線を向けるくらいなら、傍から見たらわからないはず。そうして少しずつ穏やかに過ごせるようになってきていたのに、やはりそう上手くは行かなかった。

たった数日歳上なだけの、マティアス兄様。お母様が大貴族の出であることに誇りを持っていて、身分の低い僕たち親子に何かと冷たい態度を取る人。よりにもよってその人に目配せを見つかってしまって、事件は起きた。

「また幽霊でも見えたのか？　さっきあの樹の方に目配せしてただろう」

「マティアス兄様、幽霊じゃなくて、精霊です」

できるだけ冷静に流そうとするけれど、雲行きはどんどん怪しくなっていく。マティアス兄様とその取り巻きの兄弟たちが楽しげに囃《はや》し立ててきて、姉や妹は恐れるように距離を取る。大丈夫、なんとかここをやり過ごしたら、昼下がりにはるりに会える。言い返したり、表情を変えたりせずに黙って堪えていれば、彼らもきっとそのうち飽きる。祈るような気持ちで表情を取り繕っていたら、マティアス兄様が不機嫌そうに顔を歪めた。

そしてつかつかと樹に近寄って枝を掴み、僕を見てにやりと唇を吊り上げた。

「……っやめ、」

何をするか気がついて制止の声を上げたけれど、もう遅かった。

兄様がぱきりと枝を折り、精霊さんが顔を顰める。その近くでこれみよがしに枝を掲げて、兄様が小馬鹿にしたような表情を浮かべる。

「ほら、何も起きないじゃないか。本当は精霊なんかいないんだろ？　ヴィル、構ってほしいなら変な嘘なんかつくなよ。そうしたら、遊んでやってもいい」

――なんて、ことを。

無惨に折れた枝を見つめ、少し痛そうにした精霊さんに目を向ける。震えるほどの怒りが身のうちから湧き上がってくるけど、そのひとがゆっくりと首を振る。言い返すな、逆らうな。もっと厄介なことになる。……言葉より雄弁な目配せを受けて、喉奥に嗚咽がせり上がってくる。

このひとたちは、こんなに優しいのに。

樹に寄り添うように生きながら、いつだって、僕を見守ってくれているのに。

僕が兄弟と喧嘩しないよう、人間社会に溶け込めるよう、優しく見守ってくれてるのに。

なんで、こんな、ひどいことを。


視界がとうとうじわりと滲《にじ》んで、涙をこらえて逃げ出した。王子たるもの、涙を見せてはならない。いつも微笑みを絶やしてはならない。そんな言いつけを守ったわけではなくて、ただ、兄様に涙を見せるのが癪《しゃく》だったから。こうすれば僕が泣くのだと知って、また枝を折られたら嫌だから。

何度も息を吸って吐いて、頑張って涙を引っ込める。それでも勝手にこぼれたぶんは、手のひらで乱暴にぐしゃぐしゃと拭《ぬぐ》う。怒りと悔しさを抱えて闇雲に歩いているうちに、次にやってきたのは悲しさだった。

どうして皆は、精霊を見ることができないんだろう。夏には葉っぱを繁らせて心地よい木陰を作ってくれて、冬は懸命に腕を広げて、冷たい風から守ってくれる。樹の精霊さんたちはそんなふうに、僕たちを見守ってくれているのに。

「ねえ、るり、どうして皆は、君たちを見ることができないんだろう？　…………見られたら、いいのに」

無意識にたどり着いていたるりのところで、言葉はひとりでにこぼれてしまった。こんなことをるりに言っても仕方ない。悲しませたり、嫌な気持ちにさせてしまうかもしれない。なのになんで言ってしまったんだろう。

後悔して俯いたら、るりが覗き込んできた。

星空みたいな煌めく瞳でまっすぐに見つめて、僕の足の間にぺたりと座って、するりと目のあたりを撫でてくる。いつもよりずっと近いその距離に、いたわるような優しい仕草に、目も心もるりに奪われてしまう。

「…………るり」

泣きそうな声で名前を呼んだら、首に手を回して抱きついてくれた。

感触は、ない。るりの背中に手を回してみても、手は虚しく宙を掻くばかりで、きつく抱きしめることもできなくて。

でも、どうして、こんなにあたたかいんだろう。

ほのかなあたたかさが胸に沁みて、今度こそ目から雫が落ちた。

少しだけ泣いたこの日から、るりとの距離はぐっと縮まった。

るりと二人でごろごろと地面に寝転がって、流れていく雲を二人で眺める。お魚の形の雲を見て「あ、さかな！」と声を上げれば、がばっと起き上がったるりが座ったまましっぽをゆらゆらと揺らす。しばらくして別の雲を指差して手を複雑に組み合わせて……「犬？　たしかに犬っぽいね！」と僕がはしゃぐと、得意げに耳をぴんと立てて。

——あのふわふわに、触りたいな。

きっと、ネコヤナギよりもっとずっとふわふわだろう。

もしかしたら、エレオノール姉様の白い子猫よりもふわふわかも。

ネコヤナギの花芽が咲きだして、ふわふわが少なくなってきた頃に思い切ってるりにお願いしてみたら、不思議そうにしながらも頷いてもらえた。

すり抜けちゃうから感触はないけど、るりが少し目を細めるのがかわいくって、何度も何度も耳を撫でる。るりと触れ合えるのが嬉しくて自然と笑顔になっちゃうけど、そうするとるりもくすぐったそうに笑うから、僕ももっと嬉しくなる。

——るりは、友達より、もっともっと、とくべつ。

うっとりと目を細める姿や、ぱたぱたと動く小さなお手々。僕が触れてるときはほんの少し恥ずかしそうだけど、楽しいときはぱあっと顔いっぱいで笑ってくれる。

るりが笑うとどきどきして、目が合うと嬉しくて、ふわふわの耳やしっぽだけじゃなくて、もっともっと触りたい。小さな手と手を繋いで、柔らかそうなほっぺたをつついて、ぎゅうっときつく抱きしめたい。

——この気持ちは一体、なんなんだろう？

＊＊＊

それから数年はあっという間に過ぎた。

お母様が体調を崩されたとき以外は、毎日毎日るりに会いに行く。晴れの日はもちろん、雨の日も毎日。るりは雨の日はとくにごきげんで、何かを歌ってるみたいに口を動かしたりぱちゃぱちゃと水たまりで遊んでたりする。だから僕も雨が降ると嬉しくなって、長靴をいそいそと引っ張り出して、るりのところに向かうんだ。

毎日るりと一緒にいても、遊ぶことは尽きない。空を見ているだけでも楽しいし、一緒にボードゲームをしても楽しい。大雨の後には水たまりで葉っぱ流し競争をしたし、ただ話をして笑ったりもする。

十二歳の誕生日には、びっくりすることがあった。

庭に行ったらるりがいなくて、かくれんぼかな？　って名前を呼びながら探していたら、ぶわっとたくさんの花が降ってきた。ひとつひとつの花は指先くらいに小さいのに、視界を埋め尽くすほどの花吹雪に見舞われて。驚いて見上げたら、枝にちょこんと腰掛けたるりが、顔いっぱいで笑っていて。種から育てて花を咲かせて、魔法を使って降らせたんだって実演つきで教えてくれたけど、このときは本当に驚いた。

花吹雪の向こうにいるるりが、あまりにも綺麗で。白と青の花に埋もれるように、そのまま消えてしまいそうで。透明な身体がぐんぐん透けて、見えなくなってしまいそうで。

瞬きしたらいつものるりがそこにいて、本当に安心したんだけれど。

——るりは樹の精霊で、僕は人間。

いつもるりと遊んでいるときはそんなことまったく考えないのに、時々ふっと思い出す。花吹雪に溶けて消えてしまいそうなくらいにその存在は不確かだけど、人間と違って長い長い時を生きる精霊。その証拠みたいにるりの成長はとても遅くて、最初はるりと同じだった目線は、今は僕の方がだいぶ高い。目の前にはるりのぴんと立った耳があって、視線を下げるとかわいいつむじ。このまま行くと数年後には、お姫様だっこもできるかもしれない。——触れられないから、できないのだけど。

でも、触れられなくても、るりはこうして僕の誕生日を祝ってくれる。

綺麗な花を魔法で咲かせて、抱えられないくらいにたくさんたくさん降らせてくれる。

「まあ、いい香り。こんなにたくさんどうしたの？」

「友達にもらったんです！」

　腕いっぱいの花を一番にお母様に見せに行くと、お母様は嬉しそうに口元を綻ばせた。今日は少し具合がいいからとベッドの上で身を起こしていて、頬にも少し赤みが差している。一生懸命に話す僕の言葉に耳を傾けて、華奢な指先でそうっと花をつまみ上げる。

「私の故郷に咲く花よ。ずっとずっと遠い、北の地の花」

「そうなんですか？」

「ええ。せっかくだから、いくつか押し花にしましょうか。……それから、その子のことをもっと聞かせて？」

　はい！　と元気よく返事をして、るりのことをたくさん話した。一緒にいると楽しくて、声を上げて笑っちゃうこと。とろけるような笑顔がすごくかわいくて、星空みたいな瞳に吸い込まれそうで、たまにぎゅうっと抱きしめたくなること。

　この花もすごく頑張って用意してくれたから、僕も何かお返しがしたいんだけど、物をあげても困るだろうから悩んでること。

「ヴィル、あなた、その子のことが大好きなのね」

「はい！」

　僕は人間で、るりは精霊で。でも、るりはそんなの気にしてなくて。話せなくても、触れられなくても、お構いなしに一緒に遊ぶ。弾けるように明るく笑って、むうっと唇を尖らせて。ころころ変わる表情も、せわしなく動く耳やしっぽも、……るりの全部が、かわいくて。
とくべつな友達だと思っていたけど、るりは友達より、もっとずっととくべつ。
るりが僕に笑ってくれるだけで、胸のあたりがぎゅうっとするんだ。

──そっか、これ、大好きってことなんだ。

当たり前すぎて気がつかなかったけど、ずっと大好きだったんだ。
すとんとそれを理解して、心臓がとくりと音を立てる。
さっき別れたばかりなのに、るりの笑顔が見たいと思った。

＊＊＊

「ファーストダンスの相手は、特別なひとが一番だもの」

そうお母様が仰ってくださったから、デビューのための正装は瑠璃色にした。夜空のような瑠璃色に金色の髪はよく映えて、自分でもよく似合うと思う。るりも気に入ってくれたらいい。

パーティーより前にるりと踊るために、かなり早くに支度を終えた。髪を整えて瑠璃色の正装を身に纏い、緊張しながらるりの元へ向かう。いつもと同じ昼下がりなのに、いつもと同じ道のりなのに、身体がぎくしゃくとぎこちなく動く。

いつものように走ることなんてできなくて、胸をどきどきさせてるりの元にたどり着いたら、目を丸くしたるりが大きく拍手してくれた。

——よかった、るりも気に入ってくれたみたい。

相手の目の色を纏う意味を、きっとるりは知らないけど。僕がこんなにどきどきしていることにも、きっとるりは気づいてないけど。

少し照れくささを感じながら、そっと左腕を差し出してほんのわずかに頭を下げる。ダンスのお誘いだとわからないのか、るりがきょとんと目を丸くしている。……ええと、なんて言ったらいいんだろう。

「僕はるりが好きだから、ファーストダンスはるりがいいんだ」って言ったら、るりはびっくりしちゃうかな。「一緒に踊ってください」だけの方がいいかな。

なんて言おうか考えていたら、わらわらわらっと精霊さんたちが集まってきた。いつにない行動にびっくりしている隙にぎゅっとるりの腕を掴んで、楽しげに笑い合いながらるりを連れて行ってしまう。

——精霊同士だと触れるんだ。……いいな。

ちくんと痛んだ胸を押さえて、るりのいなくなった方を眺めていたら、ものの数分でるりがぽいっと戻された。

「る、り……？」

掠れた声が喉から漏れて、ごくりと唾を飲み込んだ。信じられない姿に何度も目を瞬くけれど、目の前の光景は変わらない。

るりが纏っているのは、いつもの服とは全然違う、真っ白でふわふわとした可愛らしいドレス。ちょうど、女の子がデビューするときに着るような清楚なドレスだ。細い腰のあたりが紫のリボンできゅっと絞られていて、白銀の髪にも同色のリボンが飾られていて、全体の雰囲気を引き締めている。

——紫。僕の、瞳の色。

るりは、僕の特別で。大好きなひとで。だから服も瑠璃色にしたのに。

そのるりが僕の瞳の色を纏って、恥ずかしそうに唇を尖らせていて……まるで僕のことを特別だと思ってるみたいだ。

るりがかわいすぎてどうしよう。

震える声でなんとか「踊ってくれませんか？」と口にしたけど、るりから少しも目が離せない。頬もすごく熱いから、きっと顔だって赤くなってる。

永遠にも思えた一瞬ののち、るりがそっと僕の手を取ってくれた。

僕よりもずいぶん小さな身体。華奢でほっそりとしたかわいい手。その指先にキスを落とせば、透けててもわかるくらいにぼんっと顔を赤くして、あわあわと視線を泳がせて。本当には触れないからリップ音を立てただけなのに、ぱたぱたと頬を冷ます仕草がかわいくて。ぐっとその身体に近づいて、細い腰に手を添える。

エスコートはまだ上手にはできないし、ダンスのステップだってすっかり頭から飛んでしまった。それでもただただるりに寄り添って、むちゃくちゃな動きでくるくると回る。

ぶわっと桜の花びらが舞う中で笑うるりがかわいくて、喜びに口元が緩んでしまう。

——るり、だいすき。

心の中だけで呟いて、るりと一緒に声を上げて笑った。


最初にダンスを踊った日から、パーティーのある日は決まってるりと踊る。るりはすぐにダンスを覚えて、いつも楽しそうに笑ってくれるから、僕の想いは深まるばかりだ。

人間と、精霊。触れることも、話すこともできない関係。でもそんなことは気にならないくらい、るりといるのは幸せだ。指先にキスをしただけで顔を真っ赤にするるりは、額にキスをしただけでびっくりして転ぶ。透けててもわかるくらいに真っ白な肌を赤くして、唇をぱくぱくさせながら、しっぽまでボワッと太くする。

——るり、初心だよなあ。

精霊の文化に、恋や愛があるのかはわからない。人間と精霊が恋に落ちたというおとぎ話は知っているけれど、想いが通じた後のことは書かれていなかったし、実話かどうかもわからない。

この想いの先に何があるのかもわからない。

けれどるりの瞳を覗き込めば、そんなことはどうでもよくなる。

ひどい嵐の中でも楽しげに歌い、顔いっぱいで笑うるりを見ているだけで、胸の中は満たされていく。無意識にそっと頬に触れたら、るりが猫みたいに頬を擦り付けてきて、思わずその唇にキスをした。わかっていたけど感触はない。激しく雨風が打ち付ける中では、ほのかな温かさもわからない。

それでも想いを込めてキスをすれば、不思議と心が満たされて。びっくりしたような顔で固まるるりを抱きしめれば、心臓もばくばくと跳ね回る。

——嫌じゃないって、思ってもいいの？

へたり込みながらも拒絶はしないるりにほのかな期待を抱きながら、耳を撫でてその場を離れた。

＊　＊　＊

次に会ったら何から話そう。

どうやって想いを伝えよう。

そんなことばかりを考えて眠りについた翌朝、お母様が倒れたという知らせを受けた。

それからの日々のことは、曖昧にしか思い出せない。

「ヴィル、約束。幸せに、なってね」

そう言って微笑んだお母様に、縁起でもないと返したのに。顔を強張らせた僕を、優しく撫でてくださったのに、お母様は呆気なく逝ってしまわれた。じいとケヴィンと僕だけの、たった三人に見守られながら、眠るように逝ってしまわれた。

僕の十五の誕生日まで、あと少しだったのに。もう少しで、立派に成人した姿を見せて差し上げられたのに。いつか王子の身分を返上して臣下に下って、お母様の住んでいた北の地に連れて行って差し上げようと思っていたのに。

——何も、お返しできなかった。

お母様が亡くなったときも、葬儀のときも、涙は出なかった。瞳は乾ききったままで、顔が固まってしまったみたいに表情さえも動かせない。父である国王陛下が、お妃様たちが様々なお言葉をかけてくださるのに、言葉は耳をすり抜けていくばかりだ。

よく生きた方だって？　……まだ、お母様はこんなに若いのに。

頑張ったなと褒めてやれって？　僕を置いて逝ってしまったのに。

我慢せずに泣いてあげてって、涙はどうやったら出るんだろう。

葬儀が終わった後、足は自然とお母様の部屋に向いた。

質素ながらも温かみのある調度でまとまった部屋は、それまでと何も変わっていない。そのはずなのに、部屋の主がいないだけで、がらんと空虚に感じてしまう。暖炉際に置かれた揺り椅子。体調が良いときも悪いときも、長い時間を過ごされていたベッド。広い窓から見える外の景色を眺めては、眩しげに目を細めていらした。

……こんなにも鮮明にその姿が思い出せるのに、どうしてここにお母様がいないのだろう。どうして逝ってしまわれたのだろう。

呆然とした頭でぼうっと外を眺めていたら、窓の外をネコヤナギの枝が掠めていった。

「るり！」

「ど、どうかなさいましたか？」

「……いや、…………なんでも、ない」

慌てて窓から顔を出して叫んだけれど、そこにいたのはそばかす顔の庭師だった。るりがよく話していた若い庭師で、嵐で落ちてしまった枝を片付けていたらしい。あの嵐からは結構な日にちが経ったはずだが、あまり人の立ち入らないあの庭の手入れは後回しにされていたんだろう。

——るりのはず、ない、か。……動けるはずがない。

るりが動けるのは、ネコヤナギの周りの数歩分だけ。こんなところまで来られるはずはない。るりは樹の精霊だから、会いに来られるはずがない。

僕が会いに行かなきゃ、ずっと会えない。

会いたい。

そう思ったら、いてもたってもいられず走り出していた。


久しぶりにたどり着いたその庭は、以前とは少し様相が変わっていた。嵐のせいで枝が折れた樹々が生々しくその傷を晒しているし、地面を覆う苔もところどころが抉れている。けれどそんな無惨な状況も目に入らないほど、僕の目はただるりだけを追いかけていた。

あんなに乾ききっていた瞳の奥が、じわりと熱を帯びていく。凍りついたようだった心が疼きだして、喉がひくひくと震え出す。

るりが心配そうに僕を見つめてくれるだけで、何かが溢れ出してくる。

——泣いてしまいそうだ。

ぽつりぽつりと言葉を漏らしながら、目を固くつぶってやり過ごす。手のひらにきつく爪を立てて、奥歯をぐっと噛み締めて、悲しみをなんとか呑み込もうとする。お母様に、立派になったところをお見せしたかった。成人して、王族の一員として、お役目を果たしているところをお見せしたかった。そんな後悔をぼろぼろと口からこぼしながら、涙だけは懸命に堪える。立派な男なら、成人した王族なら、こんなときでも泣かないだろうと。嗚咽をごくりと呑み込んで、滲む涙を瞬きで払って。

それなのに、あたたかさを感じて目を開けたら、すぐ近くにるりの身体があった。

僕の足の間に膝をつけて、伸び上がるようにして腕を回して。

抱きしめて、くれてる。

それに気がついてしまったとたん、堪えていた涙は溢れてしまった。

ぱたり、と雫の落ちる音がする。泣き言はみっともなく涙に濡れる。次から次へと頬を伝う涙を、るりの白い手が拭おうとして、すり抜けて。けれど確かな温かさに、涙はどんどん止まらなくなって。るりの顔に目を向けたら、僕の比じゃないくらいに泣いてくれていた。白銀の睫毛に涙の粒がきらめいて、柔らかそうな頬に幾筋もの線が伝っている。

――なんで、るりが、泣くの。

初めて見る泣き顔がかわいくて愛おしくて、ほんのわずかに笑みがこぼれた。

丸みを帯びた頬を両手で挟み込んで、その涙を拭ってあげようとして、……それでもやっぱり拭えなくて。何度も指を動かしながら、切なくなってくしゃりと笑う。

「――るり。君に、触れられたらいいのに。そうしたら、涙だって拭えるのに」

なんとか笑おうとしたけど、失敗してまた涙がこぼれた。

あぁ、言ってもしょうがないことまで漏れてしまった。

るりも同じ気持ちでいてくれることなんて、何度も涙を拭おうとする指でわかっているのに。

そんな悲しそうな顔をさせるつもりはなかったのに。

つらそうな顔をしたるりが、ちょっと目を伏せて、勢いよく顔を近づけてくる。がつん、と音がしそうな勢いで重なった唇は、いつものようにすり抜けるだけ。痛みもなく、感触もなく、ほんのわずかなぬくもりを感じるだけ。

――でも、これは、確かに、キスだ。

――はじめて、るりから贈られたキスだ。

ほのかなあたたかさに胸がきゅうっと締め付けられて、余計に涙が止まらなくなった。

願いはひとつ

ひとしきり二人でぼろぼろと泣いて、瞼を腫らしたヴィルを手を振って見送ったところまでは覚えている。精霊なのにやけに身体を重く感じて、よじよじとネコヤナギによじ登って丸くなった。樹に触れているときが一番落ち着くし休まるから、一晩寝て目覚めたら、泣きすぎた疲れも取れるだろうって。

ネコヤナギの枝に囲まれるようにして丸くなると、意識はゆっくりと深いところに沈んでいった。

『——ばかな子』

桜のおねーさんが、そう言って少し顔を歪める。松のおにーさんも、紅葉のおねーさんも、庭にいる精霊たちが皆、俺のことを覗き込んでいる。その光景をふわふわと見下ろしていて、ふと違和感に首を捻った。

視線の下にネコヤナギが見える。その周りに精霊たちが集まっているのも見える。そしてその真ん中で、丸くなって眠る俺がいる。……これって、もしかして、幽体離脱っていうやつ？

ぐーぱーと手を開いてみるけど、半透けなのは変わらない。ちょっと違うのは、樹と繋がっている感じがしないことと、精霊さえもすり抜けちゃうこと。風の精霊がするりと身体をすり抜けていって、久しぶりにびっくりした。ちょっと変な声も出た。

――でも、なんで幽体離脱？　俺、霊感なんてまったくないけど。精霊に霊感がないって、なんかヘンな話だけどさ。

それに、なんで精霊さんたちが集まってるのかも気になる。こんなこと今までなかったし、いつもツンと澄ましてるのに、今日はやけに神妙な顔してるし。完全にお通夜みたいな雰囲気だ。

え？　お通夜？　俺もしかして死んじゃった？

精霊が死んだから幽霊になった？

それは――駄目だ。

今は、今だけは死んじゃだめだ。ヴィルのお母さんが亡くなったばかりで、ヴィルは一人ぼっちになっちゃって。それなのに俺まで死んだらだめだ。話せなくても、触れられなくても、どうにかしてそばにいたいんだ。

なんとかして身体に戻ろうと、元の身体に飛び込んでみる。案の定すり抜けてしまったけれど、同じポーズを取ってみる。……くっそう、なんで、戻れないんだ。

『本当に、ばかね』

『樹の精霊のままでいたら、ずっとずっと長く生きられたのに』

『王子を選んだりしなければ、このままここにいられたのに』

『いくら実体を得られるといったって、ねぇ……』

――え、実体？　なにそれ？

ぽろっと聞き返してしまったけれど、声も誰にも聞こえないみたいだった。しょうがないからじっと黙って、複雑な顔をした皆の言葉を拾っていく。そうしてわかったことは、どうやら俺が無意識に大きな魔法を使っちゃったらしいということだった。

存在改変――そうおねーさんが言ってたそれは、服を作るとか花を咲かせるとか、そんなのとは全然レベルが違う大魔法らしい。その名の通り、自分の存在をイチから作り変えてしまう魔法。樹との繋がりを切り離して作り変えて、精霊としての力も捨てて、自分の生命をかけて実体を得る魔法。

――うわー、ファンタジー！

って、思わず感動しちゃったけど、なんでこんなお通夜みたいな雰囲気なの？ 実体を得られるならいいことじゃん？　って聞いても誰にも聞こえないから、聞き逃さないように気をつけて耳を傾ける。

えーとなになに？

無理矢理生命を作り直すようなもんだから、人間と絆を結ばなければ生きていけない？　それも誰でもいいわけじゃなくて、『存在改変』するきっかけになった人間と？

あーなるほど、だから皆王子王子って言ってたのかー！　と納得しかけた耳に、しょんぼりした紅葉のおねーさんの声が聞こえてくる。

『三回季節が巡る間、王子はにゃーちゃんを待ってくれるのかしら』

——えっ、三年？　三年ってまじ？

声は聞こえないのに素で聞き返して、きょろきょろと周りの精霊さんたちを窺《うかが》う。けど、これ、事実なんだね。三年かかるんだね。まじか。まあ、ゼロから実体を作るわけだからそりゃそうか……？　いやでも、ちょっと、長すぎじゃない？

ええと今ヴィルっていくつだったっけ。もうすぐ十五？　からの三年って……いわゆる高校生の間丸々会えないって感じ？

それは、ちょっと、長すぎじゃない？

ヴィルと絆を結ぶも何も、三年経ったら忘れられてない？　これから大人になっていったら、だんだんここには来なくなるだろーな、なんて思っていたくらいなのに。

——なんだっけ、なんかこういう童話あったよな。

人魚が声と引き換えに人間になるんだけど、王子様に選ばれなくて泡になっちゃうやつ。王子様と結ばれてハッピーエンドじゃねーの!?　って、読んだときはびっくりした。

俺もヴィルも男だし、ちょっと違うような気もするけど、あれだね、これって、その超ハードモードなやつだね。生命と引き換えに人間になれたときには、王子様はすっかり俺のことを忘れていたのでした。ジ・エンド。

神様！

確かに人間になりたいなって思ったけど！

ヴィルに触れたいなって思ったけど‼
こういう大事な話はあらかじめ教えておいてくれ‼

＊＊＊

いくら実体を作ってるからだって言ってもさぁ、何も知らないヴィルはたぶん、突然俺が消えたって思うよなぁ。このタイミングで俺まで消えるなんて、ショック以外の何ものでもないよなぁ。どうにかして何か伝える方法は……とうんうん頭をひねっても、いい案はまるで出てこない。

精霊のときは、言葉も届かないし物にも触れなかったけど、俺には無敵のジェスチャーがあった。身振り手振りで冗談も言えた。下手くそなりに魔法を使えば、種から咲かせた花でフラワーシャワーを作ることもできた。

でも今は、精霊にさえ見えない姿で、魔法も何にも使えなくて、ほんとに幽霊になったみたいだ。もういっそポルターガイストでもいいからなんとかして！　葉っぱざわざわ揺らせるだけでもいいから！　そしたらヴィルが来たときに、不自然にざわざわ揺らすから！　と、半ばやけになりながら、必死にいろいろ奮闘してみる。魔法を使おうとして、元の身体に戻ろうとして、何か触れるものがないのかうろうろ探して。

でも奮闘むなしく、ヴィルは昼過ぎにやってきた。

瞼をぱんぱんに腫らしたままの、泣いたことが丸わかりの顔で。

「るり？」

ネコヤナギから少し離れたところでヴィルが足を止める。訝しげにぱちぱちと瞬きをして、またゆっくりと歩みを進める。

……たぶん、俺が隠れてると思ってるんだろう。

毎回普通に出迎えるのも味気ないからと、時々隠れてヴィルを驚かせた。ネコヤナギの陰から『わっ！』と驚かせたり、枝から飛び降りて登場したり。その度に驚いてくしゃくしゃに笑うヴィルがかわいくて、気に入って何度もそうやって遊んだ。

――でも、今日は、違うんだ。

「………………るり、いないの？」

きょろきょろと辺りを見回したヴィルが、不安そうに呟いた。その目の前でぶんぶんと手を振り、『ここにいる！』と叫んでみても、ヴィルは見えないし気づかない。どうしよう、何か、何か方法は、と焦っておろおろしていたら、ヴィルが驚いたように目を見開いた。

その視線の先には――精霊のおにーさんとおねーさん？　いったいどうしたんだろ？

この庭にいる精霊みんなが勢揃いして、ヴィルの目の前に立っている。そして全員で、ネコヤナギの樹を指差している。

「あの……るりは……？」

『そこで寝ているわ』

『すやすや眠って、力を蓄えているわ』

『そうして新しい身体を作っているわ』

……もしかして、説明してくれようとしてるんだろうか？

言葉が通じないことを思い出したのか、おねーさんたちが身振り手振りで説明を始める。眠っているポーズを取ってみたり、花についた蝶の蛹《さなぎ》を指差してみたり。一斉にやるもんだからちょっと何が何だかわかんないけど、皆は一生懸命だった。

「ええと、るりが、寝てるってことですか？」

『そうよ』

『その通りよ』

「で、蛹になっている？　精霊も蛹になるんですね？」

『それはちょっと違うけど……誰よ蛹って言い出したの』

『だって蛹みたいなもんじゃない』

『虫なんかと一緒にしないで欲しいわ』

「しばらく起きない……ってことですか？」

わちゃわちゃしてた精霊さんたちも、これには一斉に頷いた。桜のおねーさんが指を三本突き出して、ヴィルの前でひらひらと振る。

「ええと三日？　三ヶ月？　……三年？　そっかあ、三年かあ」

寂しげな声でそう漏らして、ヴィルがネコヤナギを振り仰いだ。どこかに俺が見えないか、じいっと目を凝らして見つめている。枝の先っぽから樹の根元まで、瞬きをしながら俺を探している。

――風の精霊さえ見えないんだから、見えるはずないよな。

ヴィルの視線が俺の身体を素通りして、わかっていたけどちょっと凹んだ。

同じ精霊でもいろいろあって、見えやすさも力も全然違う。樹の精霊は樹に繋がってるから見えやすい方だけど、風や水はどちらかというと自然に近くて、ヴィルの目には映らないみたいだ。

今の俺は風の精霊よりも不確かな存在だから、ヴィルが見えなくても無理はない。無理はないんだけど……。

――なんか、さみしーな。

精霊のままでも、触れることはできなくても、一緒に遊ぶことはできたのに。いくら実体化できるって言っても、三年。……三年、かぁ。

誰にも見えなくて、誰とも話せないままの三年。

ヴィルにも会えなくて、遊ぶこともできない三年。


俺、大丈夫なのかなぁ。

＊＊＊

そんな不安を抱えて始まった俺の幽霊生活だけど、次に起きたら秋だった。眠ったときはみんな葉っぱふさふさだったのに、たくさん葉っぱ落ちちゃってるわ、紅葉は真っ赤に染まってるわで本当にびっくりした。え、タイムスリップ？　ってちょっと真剣に考えた。寝すぎたなんてレベルじゃない。寝て起きたら季節変わってたとか、驚くなんてもんじゃない。思わず『ええー!?』って叫んだもんね。誰にも聞こえないから良かったけどね。

ていうか、今っていったいいつなんだろ？　あの嵐の日の次の秋であってる？　もう一年以上経ったとか言わないよね？

「るり、久しぶり。無事に視察から戻ってきたよ」

『うわ！　ヴィルまたちょっと大きくなってない？　ていうか視察？　ってなに？』

「初めてだから、結構緊張した」

ぽんぽんとネコヤナギを軽く叩いて、ヴィルがふわりと笑みを浮かべる。よかった、もう泣いてはいないみたい――なんて、季節も変わってるんだから当然かもしれないけど。でも、寝てたのは数ヶ月だけみたいで本当によかった。

でも、そっか、ヴィルもう成人したんだなあ。

成人が十五歳とか違和感すごいけど、もう大人としての役目もあるんだ。視察が何かはよくわかんないけど、たぶんお仕事みたいなもんなんだろう。前世の俺より歳下なのに、ほんとすごいな。いくら背が高くたって、十五歳なんてまだ子どもで、しかもヴィルはお母さんを亡くしたばっかりで……なのに頑張って、本当に偉いよ。

ネコヤナギのそばに腰を下ろしたヴィルに近づいて、さらさらの金髪を撫でてみる。触れないからエアー撫で撫でだけど、ヴィルには見えてもいないんだけど、なんか無性にそうしたくなってさ。

あれから、ひとりで気持ちを整理したのかな、とか。たくさんひとりで泣いたのかな、とか。俺が寝てる間もずっとこうして来てくれてたのかな、とか考えたら、勝手に身体が動いてた。

「精霊についても調べてるけど、こっちはほとんど空振りばかりなんだ。蛹になった原因がわかれば、何か手伝えるかとも思ったんだけど」

少し肩を竦めたヴィルが、持ってきた本をひらひらと振る。精霊について書かれた本ってことなんだろうけど、内容は俺には全然わからない。英語さえ読めないのに知らない言葉が読めるはずないしね。でも、そんなことまで調べてくれるなんて、ヴィルってほんと優しいなあ。

精霊が見えるせいで苦労もしてきたっぽいのに、そのヴィルが精霊の本を探してたら、嫌なことを言う人だっているだろうに。

『ありがと』

ちゃんと実体化できて、ヴィルに会えたら、そのときもう一度お礼を言おう。

そう心のメモに刻み付けて、ヴィルの横に腰を下ろす。伏せられた長い金の睫毛。ゆっくりとページをめくる指先。一枚の絵みたいな光景に、心がじんわりと温まっていく。

ぽかぽかの陽射しも相まってすぐに眠気がやってきて、満ち足りた気持ちで目を閉じた。

＊＊＊

幽霊だからか、『存在改変』のせいかはわかんないけど、起きていられる時間は結構短い。寝て起きたら大体季節が変わっているし、せっかくヴィルが来てくれてるときでも、耐えきれないくらい眠くなったりする。

でもその代わり、起きているときはどこまでもふよふよ浮いていけるから、ヴィルがいないときは俺からヴィルを探しに行った。視察とかで来られないとき以外は今も毎日来てくれてるみたいだし、俺もヴィルに会わないとなんか落ち着かないし。忙しいヴィルが無理してないか心配にもなるけど、会えなくなってから一年以上経った今でも、ヴィルが俺を覚えていてくれるのがすごく嬉しい。

久しぶりに目が覚めて、んんんっと大きく伸びをする。どこで寝落ちしても起きると絶対自分の身体のところにいるから便利なんだよね。季節がいつかもわかりやすいし、ここはどこ？ってならなくて済む。

季節は秋、時間は朝の十時くらいか。ヴィルはまだ部屋にいるころかな？　と考えながら、精霊のおにーさんおねーさんに挨拶する。『おはよー』って言っても誰にも聞こえないんだけど、もちろん返答もないんだけど、なんとなくね。

いつまで起きていられるかわかんないから、早速ヴィルの元へと向かった。豪華な造りのお城はどこからどう見ても迷路みたいだけど、ヴィルの部屋は端っこの方だからわかりやすい。城の中に侵入して、絨毯の敷かれた長い廊下をまっすぐ歩いて、一つ曲がったらもう到着だ。

ふよふよ浮くのにはまだ慣れなくて、人間みたいに廊下を歩く。ヴィルの部屋の前についたらすうっと大きく深呼吸して、えーいっと扉に飛び込んで侵入。ここだけはすり抜けないといけないんだけど、やっぱりちょっと緊張すんだよな。すり抜けに失敗して頭ぶつけたら痛そうだなとか思っちゃう。

『ヴィル、おはよー』

もちろんヴィルにも声は聞こえないんだけど、気分気分。

かっちりとした正装を着てタイを結んでいるヴィルは、もうすっかり大きくなってしまった。俺の目線はちょうどヴィルの胸のあたりにあって、その身長差がちょっと悔しい。

お、俺だって、今実体作ってる最中だから。すらっと背の高い超絶イケメンになる予定だから。まだ幽霊だからちっさいだけだから。

「ヴィルフリート様、レティシア様がお見えです」

「ああ。わかった」

部屋をノックして入ってきたのは、白い騎士服に身を包んだ黒髪のイケメン。ケヴィンっていう名前の護衛さんだ。他の王子は何人も護衛がいて交代で勤務してるみたいなんだけど、ヴィルにはケヴィンひとりだけ。

でも、あんまりたくさんに囲まれるより気楽そうでいいよね。見るからに有能そうな感じだし、きっと一人で十分なんだろう。護衛さんだけどこんな風に、執事っぽいこともしてるみたいだし……って、あれ？　いつもは「間もなくお時間です」ってパーティーの時間を知らせに来るのに、今日は来客なんだ。

レティシア様って誰だろう。ヴィルの兄弟はたくさんいるけど、そんな名前の人いたかなぁ？

ええと、マティアスは確か同い年の腹違いのお兄さんで、一番ヴィルが苦手な人でしょ。エレオノールはどこかにお嫁にいったお姉さんで、この人は少しだけヴィルに優しかったはず……と記憶をさらってみるけれど、レティシアという名前は出てこない。

いったい誰だろう？　と首を傾げているうちに、ヴィルがジャケットを羽織って部屋を出ていった。


ついていくかどうか悩んだけど、ふよふよと後ろをついていく。先頭にヴィル。斜め後ろで護衛しているのがケヴィンで、俺はその後ろにこそっと隠れてる。誰にも見えないんだから堂々と並んで歩いてもいいんだけど、ちょっとした探偵気分って感じ。

レティシア様の驚きの正体とは!?　なーんてね。

俺が忘れてちゃってるだけで、ヴィルの妹とかだろうけどね。ヴィルそっくりの美人さんだったらちょっと見てみたいよね。

「もう三回目ですから、そろそろ結論を」

「わかっている」

ひそひそとケヴィンと話しながらヴィルが向かったのは、お城にたくさんある庭の一つだった。

庭とは言っても、ネコヤナギのある裏庭とは全然違う雰囲気の美しい庭だ。花を楽しみながら歩けるように芝生もきちんと整備されているし、屋根のついた東屋にはテーブルセットも設えられている。あそこでヴィルがお茶を飲んでたりしたら、きっと様になりすぎて笑っちゃうんだろうな、と思ってふふっと笑ったときに、そこにいる人影に気がついた。

——あ、あれが、レティシア様かな？

後ろに二人のお付きの女性を連れたドレスの子が、ヴィルを目にして立ち上がる。栗色のふわふわした髪の、優しそうな女の子だ。歳はヴィルと同じか少し下くらいで、微笑んだときにできるえくぼが可愛らしい。ヴィルの妹にしてはあんまり似てないけど、淡いグリーンのドレスがよく似合っている。

胸元に飾られた紫色のコサージュだけは少し彼女のイメージと違うけど、ヴィルの瞳の色によく似ていて——え？

——それ、って……。

ヴィルが社交界にデビューしてから、俺が幽体離脱しちゃうまで。何回も何回も一緒に踊った。ヴィルはいつも瑠璃色をどこかに纏っていて、俺もいつもどこかに紫色を使ったドレスを着て。互いの目の色だって気がついたときは、ペアルックみたいだ、なんて赤面した。

本当のところはわからないし、俺の勘違いかもしれないけど、俺が身につけた紫を見ると、ヴィルも嬉しそうに笑ってた。

だから、俺にとって、それは特別なことだったんだけど。

ぴたりと身体が動かなくなって、レティシア様に歩み寄るヴィルを見つめる。嬉しそうに頬を染める彼女は、たぶん妹じゃないんだろう。誰が見ても恋をしているとわかる顔で、あまり似合わない紫色を身に纏って――きっと、ヴィルのことが、好きなんだ。

もしかしたら、ヴィルも、彼女のことが――？

ずきりと強く胸が痛んで、慌てて背中を向けて逃げ出した。きっとこれは、見てはいけないものだった。

会いたくてついついヴィルに会いにきてしまったけど、デートを覗き見するつもりなんて、これっぽっちもなかったのに。

――なんか、心臓が痛いな……。

精霊にも心臓ってあるのかな？

『存在改変』してるから、副作用で痛いだけなのかな。

ヴィルのデートを覗き見しちゃったから、罪悪感で押しつぶされそうなのかな。

胸を押さえてとぼとぼ歩いてると、向かいからお盆を持ったメイドさんたちが歩いてきた。それぞれの持つお盆の上には湯気の上がるティーカップが二つと、色とりどりのお茶菓子のお皿。きっとヴィルたちのところに持っていくんだろう。

「ヴィルフリート様、とうとうご婚約かしら」

「ああ、私たちの目の保養が」

「残念だけど、もう年頃だものね。お相手の方の家格も申し分ないと聞くし」

「長くここにはいられないでしょうしね」

心なし肩を落として去っていく二人を呆然と見送りながら、聞こえてきた言葉を反芻する。婚約とか、年頃とか、家格とか――長くここにはいられないって？

ヴィルが、どこかに行ってしまうってこと？

誰かと結婚しちゃうってこと？


いよいよ胸の痛みが激しくなって、胸元を押さえて蹲る。

同時に耐えきれないほどの眠気もやってきて、倒れ込むようにして目を閉じる。

引き摺られるようにして眠りに落ちていく途中、目尻からひと粒こぼれた涙が、頬を濡らしたような気がした。

＊＊＊

「おい、授業終わったぞ！　よく寝るなあ」

「へ？」

「あー腹減った。帰りコンビニ寄らねー？」

なあ？　と二人同時にこっちを見られて、目をぱちぱちと瞬いてみる。何気なく自分の手に視線を落として、動きを確かめるように握ってみる。……透けてない。小さくも、ない。十七年付き合った俺の身体だ。目の前には真っ白に近いノートがあって、少しボロい机がある。窓の外に目を向けると、狭いグラウンドの向こうに雑多な街並みが広がっている。

ヨーロッパみたいなお城はないし、よく手入れされた庭もない。馬車の代わりに車が走っていて、精霊はどこにも見当たらない。当たり前だったはずなのに妙に新鮮に映る景色を眺めながら、寝ぼけた頭をぶんぶんと振った。

――ええと、俺、
たしか、トラックに轢かれて死んだはずで。

異世界っぽいところに転生して、精霊として暮らしていて、……なんか、誰かと、ずっと遊んでいたような気がする。ひらひらのドレスを着てくるくる踊って、太陽と月の絵が描かれたオセロっぽいゲームで盛り上がって――その涙を拭いたいと、強く思ったことも覚えている。

でも、どうしてか、顔がはっきりと思い出せない。

間近に見えた睫毛とかきらめく紫の瞳とか、断片的なことは思い出せるのに、名前さえも思い出せない。

「あの子、誰だっけ」

「おーい？　寝ぼけてんの？」

寝ぼけている、のかもしれない。でもなぜか、ここが夢みたいに感じるんだよな。この身体は透けてないし実体もあるし、ノートを閉じることだってできるのに。靴箱から靴を取り出して、くだらないことを話しながらだらだらと帰る、この感覚も覚えているのに。

なのに、なんで、こんなに違和感を感じるんだろう。

コンビニに並んでいる雑誌も新聞も、見慣れた文字が並んでいた。どこで切れてるのかもわからない、ミミズがのたくったみたいな文字じゃなくて、漢字とひらがな、時々カタカナ。当たり前だけど全部読める。時々あの子が持ってきた、分厚くて豪華な装丁の本とは全然違う。中に書いてある文字も違うし、紙も薄いし、カラフルだし。

ぼうっと手に取ったり眺めたりしているうちに、皆の買い物は終わったみたいだった。袋をかさかさ言わせながらコンビニの向かいの公園に移動し、ボロい東屋でお菓子を広げる。

——同じ東屋と呼ぶのは気が引けるなあ。

美しい庭に佇んでいた瀟洒な東屋。すっかり成長した少年の大きな背中。眩い金髪が向かう先には、優雅に腰を折った淡いグリーンのドレスを着た女の子が待っていたっけ。それからどうなったのかは思いだせないけど……なんでこんなに胸が痛いんだろう。心臓を雑巾絞りされてるみたいだ。

「あ、猫」

——猫？

誰かの声につられて視線を上げると、東屋の前に猫がいた。俺たちの前をとてとてと横切り、ちらりとこちらを見てにゃあと鳴く。小柄だけどしなやかな身体。白銀にも見えるほど真っ白な毛並み。

瞳の色は俺と違って瑠璃色じゃないけど、俺を猫にしたらこんな感じかも……って、なんでナチュラルに自分と比べてるんだ。俺は精霊だってのに、皆がにゃーちゃんにゃーちゃん呼ぶせいで、勝手に猫に親近感を持っちゃっただろ。

もし俺がほんとの猫だったら、猫アレルギーのヴィルは触れなくなっちゃうし。いや、まあ、どうせスケスケだから触れねーんだけど。……って。

「あ、そうだ、ヴィルだ」

「何か言った?」

「……ううん、何も」

名前を思い出した途端、記憶が奔流のように溢れ出して、ぐるぐると頭の中を巡る。

そうだ、ヴィルだ。猫アレルギーだから猫に触れなくて、かわりにネコヤナギに触りに来ていた小さな王子。一緒に遊んでいるうちに一人だけどんどん大きくなっていって、おでことかつむじとかにキスしてきて。

――唇にも、キスした。

ヴィルからと、俺からとの、合計二回。色々あって忘れてたけど、あれって一体なんだったんだろ。ヴィルはどうしてキスをして、なんで俺はキスを返したんだろ。とっさにしてしまったことだけど、なんでそうしたんだっけ。

あれを最後にヴィルの目に俺は映らなくなって、それでもヴィルは会いに来てくれて。俺も目が覚めると会いに行って。

三年は決して短くないけど、思ったほどには寂しくないなんて思い始めていたってのに。

——婚約、かぁ。

最後に見たのは、えくぼがかわいい女の子と会っているところだった。婚約がどうとかの噂も聞いた。時々忘れちゃうけど、ヴィルは王子様なんだもんな。メイドさんも家格とかなんとか言ってたし、きっと当たり前のことなんだよな。

なんでキスしたのかはわかんないけど、ヴィルの気持ちもわかんないけど、…………きっと、そういうものなんだよな。

小さい頃一緒に遊んだ友達なんて、大人になれば疎遠になっちゃうものだよな。

「……はぁ」

「ため息なんて珍しいじゃん」

「どうしたどうした」

「恋か!?　恋なのか!?」

「なんでため息吐いたら恋になるんだ……って、え？」

え、恋？

これって恋なの？　俺がヴィルに恋してるってこと？　友達が取られて寂しいとかじゃなく？

だからキスの理由が気になったり、女の子といるところを見てもやもやすんの？

婚約とか聞いて、心臓が痛くなったりすんの？

——いやいやいや。

俺もヴィルも男じゃん。いや、俺は精霊だからどっちでもいいらしいけど、身体はちゃんと男だったじゃん。小さいけどぞうさんついてたし。心だって男だし。

そりゃ確かに、涙を拭いたいと思ったし、抱きしめたいとも思ったけど。衝動にまかせてキスだってしたけど。

「……なんで、キスしたんだろ」

ヴィルがキスした理由はわからない。考えても考えてもわからなかった。あっちの風習だっていう可能性もゼロじゃないし、答えを聞く前にヴィルとも会えなくなっちゃったし。

でも、じゃあ俺は？

俺はなんでキスしたんだろう？

俺の中では、キスは好きな人とするもので。軽々しく誰かとするもんじゃなくて。

いくら友達とだって……たとえばこの中の誰かとしろって言われたって、……うう、想像しただけでげんなりする。

——でも、じゃあ、ヴィルは？

なんでヴィルとするのは平気だったんだろ。

「キ、キス～⁉」

「お前いつの間に大人の階段を！」

「相手は!?　相手は!?」

「え、あ、えーと……皆の知らない子」

皆知らないっていうか、そもそも世界も違うんだけどな。また会えるかどうかもわかんないし、どうやったらあっちに戻れるかもわかんないんだけど……戻れる、よな？

あれが全部夢だったとか、こっちが本当の現実だとか……そんなこと言わないよな？

まあ、戻れたところで、ヴィルはもう結婚してるかもしれないんだけど。

「よしじゃあ会いに行こう！」

「おー！」

「行こう！」

「いやなんでだよ！」

「会いたいなら会いに行くもんだろ！」

想像以上の勢いで返されて、思わず声を上げて笑った。ただ見たいだけだろとか、そんな簡単なことじゃねーとか、言いたいことも色々あるけど。……そうだよな。なんか難しく考えてたけど、会いたいなら会いに行けばいいんだよな。

目覚めたときに、ヴィルが婚約してても結婚してても、会いたいことにかわりはないんだから。

たった一回でも、涙を拭ってやりたくて、ぎゅっと抱きしめてやりたくて、実体化したいと願ったんだから。そのために俺は実体化するんだから。

「サンキュー、吹っ切れた」
ひとしきり笑って目尻に浮かんだ涙をこすったら、景色がそのまま滲んでぼやけた。どんどん白く薄れていくこの世界は、やっぱりただの夢だったんだろう。どんなにリアルで懐かしくても、もう俺のいるべきところじゃない。

——ありがとう。

心の中でもう一度呟いて、目を瞬いて涙を払う。
高校生サイズの身体が縮み、見慣れた小ささになっていく。
抗えない眠気に瞳を閉じると、意識は深く落ちていった。

会いたかった

風が髪を揺らす感覚で意識が浮上して、重い瞼をうっすらと開く。花芽がほわほわと膨らんだネコヤナギの枝の向こうに、春の青空が広がっている。

いつの春かはわからないけど、よーく寝た、とふわあと大きく欠伸をしながら伸びをしたら、視界を掠めた手が透けていなかった。形も大きさも記憶にあるとおり、色はこんなに白かったんだなぁって感じだけど、背景が透けて見えないところがちょっと新鮮。ぐーぱーと手を握ってみて、ふわふわの花芽に触れてみる。……すげぇ、感触もちゃんとある。

てことは俺、とうとう実体化できたんだ！

もう幽霊じゃないんだ！

じゃあまず枝から降りてヴィルのところに――とぐるりと周りを見渡して、違和感にこてんと首を傾げた。いつもの見慣れた庭じゃない。豪奢で大きな城もない。桜も紅葉もなんにもない代わりに、ネコヤナギのそばには小さな川が流れていて、その向こうには名前も知らない樹が大きく枝を広げている。

――ええと、ここは……？

もしかして、もしかすると、俺また転生しちゃったってこと？　実体化に失敗して転生した？
いやでも身体は『るり』の頃と変わってないみたいだし……ってことは、実体化したはいいけど、別の世界に飛ばされちゃった？　転生じゃなくて転移とか？

………いやいやいやいや。

神様それはちょっと、お約束が違いませんか。

確かに人間だったら良かったのにとか思ったけど‼

それはヴィルに触れたかったからで、別の世界に行きたかったわけじゃない‼

ヴィルのいない世界に行くくらいなら、触れないままの方がずっといいのに‼

神様の、ばかー‼

心の中でひとしきり叫んでから、もう一度自分の身体を確認する。

耳よーし。尻尾よーし。ちんこよーし。……うん、鏡がないからよくわかんないけど、たぶんそのまんまの身体だね。少し大きくなったような気がしなくもないけど、願望かもしれないしね。無駄な期待は抱かないでおこう。

着ている服は、これまたお決まりのふわふわで露出過多のやつ……かと思いきや、見たこともないようなドレスだ。

向こうが透けて見えるほど薄い生地をたくさん重ねてできていて、それが腰のあたりからぶわりと広がる。一枚一枚はそれと気づかないくらいの薄い紫だけど、生地の重なりで色が濃くなっていって、裾の方はヴィルの瞳の色みたい。真っ白な胸元から裾までのグラデーションとか、いつもの比じゃないボリューム感とか、あれだ。あれ。結婚式のドレスって感じ。尻尾がちゃんと出せるようになっていて、新婦の魅力を最大限に演出――って。

結婚って何だ！　誰とだ！

頭に浮かんだ想像をぱぱっとかき消して、辺りをぐるりと見渡してみる。

庭から見える建物は二つ、遠くにある大きなお屋敷と、すぐ近くにある小さな小屋。小さいと言っても平屋建ての一軒家くらいのサイズだけど、庭師さんが住んでるのかな？

訪ねていったらここがどこかくらいわかるかも。とりあえず樹から降りなきゃ始まらないよな。ネコヤナギに木登りしたみたいな今の状態で見つかったら、庭師さんに怒られちゃうかもだし。

枝を折らないように慎重に体重をかけながら、ゆっくりと樹から降りていく。木登りは得意なんだけど、なにぶん実体は久々だし、ドレスは邪魔だし。結構な時間をかけて地面に足をつけたところで、後ろから誰かの声がした。

「――るり!!」

誰かっていうか、ヴィルだ。またもう少し大きくなってる。たぶん十八歳くらいのはずだけど、すっかり大人びた顔立ちに目いっぱいの笑みを浮かべて俺の方へ駆けてくる。

あれ、ここ、別世界じゃなかったんだ？　とか、じゃあここはどこだ？　とか気になることもあったけど、勝手に身体は動き出していた。

『ヴィル！』

ドレスの裾を持ち上げて、一歩二歩と走り出す。その間にぐんと近づいたヴィルが、俺に向かって腕を広げる。

そこに向かって思い切り飛び込んで、広い背中に腕を回した。

初めて味わう、ヴィルの体温。俺を包み込む大きな身体。ぎゅうっときつく抱きしめてくれる両腕も、鼓膜を揺らす低い声も。

真新しい身体で味わうすべてが新鮮で、勝手に涙が浮かんでくる。

「――るり……、触れ、る……？」

『あーうん。実体化成功！　なーんてな』

へへ、と小さく笑ってヴィルを見上げる。残念ながら言葉は通じてないみたいだけど、俺の声は聞こえてるみたいだ。ヴィルが瞳をまん丸く見開いて、驚いたように瞬きしてる。どうせなら言葉も話せるようにしといてくれてもいいのに……なーんてほんのちょっと思ったけど、やっぱりいいや。

こうしてヴィルと触れ合えて、頑張れば言葉だって交わせるんだから、それ以上望むことなんて何もない。

「さ、触っても、いい？」

『いーよ、ほら』

こくりと頷いて両手を広げると、ヴィルが片手の指を絡めて、もう一度そっと抱きしめてきた。

剥き出しの肩にこわごわと触れて、ふわふわの髪をかき混ぜて。その指先が触れたところが、じんじんと熱くなっていく。

ふにりと頬をつついてから、その指が優しく耳に触れた。ふわふわの毛を指先で撫でて、感触を確かめるようにそっとつまんで。ぞくぞくと背筋を駆け抜けていくものに、じんわりと目尻に涙が浮かぶ。

『…………っ、ヴィルぅ……！』

やばい、なにこれ、なんだこれ。

実体ってこんなにも、びりびりくるようなものだったっけ。頭のてっぺんからつま先まで、痺れるようなものだったっけ。

背中をつうっと撫で下ろされて、ぶわりと尻尾を逆立てた。すると宥めるように尻尾に触れられ、ふにゃりと身体の力が抜ける。ヴィルの胸に縋りつきながら、びくびくと身体を跳ねさせる。


――ど、どうしよう。


普通に触られてるだけなのに、気持ちよくって仕方ない。

ちんこだって痛いくらいに勃ってるし、身体の中も疼いてる。ヴィルが欲しい。もっといっぱい触れてほしい。手だけじゃなくて全身で、いつかみたいにキスをして――。

潤んだ瞳でヴィルを見上げて、快感を逃がそうと唇を開いた。

その途端荒々しく唇が押し当てられて、かくりと膝の力が抜ける。それをヴィルが難なく支えて、唇を柔く食《は》んでくる。

『……ん、んっ…………！』

もっと。もっと欲しい。もっと深く繋がりたい。

強い望みに衝き動かされて、ヴィルの首筋に縋りついた。熱い唇をぺろりと舐めて、そうっと舌を差し入れる。舌先が触れ合うとびりびりとした快感が身体を駆け抜け、思考がとろりととろけてしまう。

初めて味わう唾液の味。

美味しいはずのないそれが、なぜだか美味しくて仕方ない。舌を絡めて咥内《こうない》を舐めて、花の蜜を吸うようにじゅうっと舌を吸い上げる。こくりと唾液を飲み込むと、お腹がじわりと熱くなっていく。

「……………るり、おいで」

紫の瞳を妖しく光らせて、ヴィルが俺を抱き上げた。

それに協力してヴィルの首に縋りついて、離れた唇をもう一度重ねる。今度はヴィルが荒々しく咥内を貪ってきて、強い快感に背を反らす。

『っ、あ……』

「すぐだから、少しだけ我慢して」

ちゅっと可愛く口付けられて、かあっと頬に血が上った。

我慢って、キスを我慢ってこと……!?

確かに今も、キスがしたくて仕方ない。ちゅっていう軽いやつじゃなくて、美味しい唾液を味わいたい。……唾液が美味しいってやばいけど！　でも！　とにかくヴィルを味わいたくて……って、俺本当にどうしちゃったんだ!?

背筋を撫でられるだけでヘンな声が出るし、ぎゅうって抱きつくとちんこが擦れて苦しいし……なんかお尻の方がきゅんきゅんする。じゅわりと濡れる感覚さえあるんだけど、これなんで!?　男のそこって濡れるとこじゃないよね!?　異世界だから!?　異世界だからそういう仕様なの!?

だからこんな身体が熱くて、ヴィルが欲しくて仕方ねーの!?

『っ、ヴィルぅ……』

「……るり、かわいい」

どうしよう、と半べそになって見上げたら、ヴィルが嬉しそうに微笑んだ。

さっき見えた小さな小屋に連れ込まれて、背中にはふかふかのベッドの感触。目の前にはとろけるようなヴィルの笑顔。視界全部がヴィルに埋め尽くされていて、心臓がきゅうっと締め付けられる。

――まさかこのまま、えっちすんのかな。

たぶん、きっと、するんだろーな。

抱き上げられたときのヴィルのそこ、がっちがちに硬かったし。俺もしたくてしょうがないし。

……前世も含めての初えっちの相手が、こんなイケメンってどうなんだ。そもそも俺が押し倒される方だなんて、夢にも思ってなかったのにさ。ていうか、こんなちっこい身体でも、一応男のはずなんだけど……ヴィルは俺でいいんだろうか？

幽霊だったときに見たえくぼの可愛い女の子とか、もっと他の誰かとか……ヴィルなら引く手あまただろうし。東屋の光景を思い出すと、ずきりと胸のあたりが痛む。よく晴れた空と、美しい庭。そこで落ち合う二人の姿は、一枚の絵のようだった。

きゅっと唇を引き結んだら、ヴィルが真剣な顔で俺を見た。射抜くような強さで見つめる視線に、心臓がとくりと音を立てる。

「るり。……キスしても、いい？」

さっきまであんなにしてたのに、なんで今更聞くんだろ。

うん、と頷いて答えると、ヴィルがそっと目を伏せた。頬に睫毛の影が落ちて、瞳の紫が深みを増す。思わず見惚れて息を呑むと、そうっと唇が重ねられた。ただ体温を分け合うだけの、子どもみたいな優しいキスが、じんわりと心に沁み入っていく。

これはたぶん、嵐のときのキスだ。

ヴィルと交わした初めてのキス。触れられなくて、触れたかった、あの頃のキス。

伏せられていた睫毛が小さく震えて、間近で視線が絡み合った。ヴィルが嬉しそうに目を細めて、それにつられて俺も微笑む。

――ばかだなぁ、俺。

触れられなくても、声さえ聞こえなくても、伝わるものはたくさんあった。

冗談だって言い合えたし、友達になるのだって簡単だった。ヴィルの仕草のひとつひとつに、想いはたくさんこもってた。それは今も変わらないのに。

頬に触れる指先からも、俺を見つめる瞳からも、たくさんの想いが伝わってくるのに。何を不安になってたんだろ。

三年も会えなかったのに、今目の前にヴィルがいて。とろけるような顔で微笑んでくれて。ただ俺だけを見ていてくれる。


――会いたかった。


会って、触れて、話したかった。ヴィルが泣いたら涙を拭《ぬぐ》って、何でもないことで笑いあって
……ヴィルの特別に、なりたかった。

この気持ちの名前が何かなんて、さすがに俺でもわかってる。

『ヴィル、……好き、だよ。待っててくれて、ありがとう』

「るりに触れられるなんて、……夢みたいだ」

噛み合わない会話に笑みをこぼして、ヴィルの唇を柔く食む。

欲を宿した紫の瞳に射抜かれて、ぞくりと背筋が粟立った。

＊＊＊

ヴィルが丁寧にドレスを脱がせてくれて、現れた下着に頰が引き攣《つ》る。ドレスを脱いだらいつものふわふわな服でした、っていう方が何百倍もマシだった。

胸のあたりを覆うのは、繊細な刺繡の施されたうっすい布。白い布に白い刺繡なんて普通は清楚になるはずなのに、スケスケすぎて意味はない。せめて刺繡で乳首くらい隠せばいいのに、わざとなの？　ってくらいにそこも丸見え。むしろ透ける布で半端に覆われているせいで、薄ピンクの乳首がとっても目立つ。

そのまま視線を下ろしていくと、スカートっぽいひらひらのついた女の子パンツが目に飛び込んでくる。でもこちらも防御力はゼロだ。布面積は極小だし、腰のあたりには可愛らしいリボンが二つ。あ、これ、リボンを解くと脱げるやつだね、わかるわかる。紐パンはロマンだ。――俺が穿くんじゃなければね！

そして極めつきは、左脚の太ももに巻き付いたひらひらのレース。明らかに下着とセットだけど、なんの役にも立っていない。なんのためにあるのかなんて、そりゃ、聞くだけ野暮だから聞かないけど。ドレスといいこの下着といい、ウェディング感満載だな！　いい趣味してんな！

なんて、余計なことを考える余裕はすぐに失った。

剥き出しの腹を、ヴィルの大きな手が撫でる。

額に、頬に、首筋に、ゆっくりとキスが降りていって、ちゅっと乳首に口付けられる。びくんと身体が跳ねたのは、何もヘンなことじゃない、はず。いくら薄い布ごしでも、そこは敏感なところだから……たぶん、きっと、そのはずだ！

だから片方をつままれて、片方を舌で転がされると、ヘンな声が出るんだろう。布越しにじゅっと吸われたり、かしりと歯を立てられたりするだけで、腰が淫らに揺れちゃうんだろう。

『っにゃ、あ、……っ！』

にゃってなんだ！　猫か！　って、突っ込む余裕なんてまったくない。不埒な指がするりと下着の紐を解き、中にもぐりこんでくる。やすやすとちんこをつまみ上げて、そうっと握り込んでくる。

「るり、気持ちいい……？」

『んっ……、ぅんっ……』

ちっさい子どもちんこでも、こすこすと扱かれたらもうたまらなかった。ぶるぶると膝を震わせながら、キスが欲しくてヴィルを見つめる。ひらりと舌を差し出すと、ようやく口付けが降ってきた。

――キス、すげー、気持ちいい……。

乳首もすごくびりびりするけど、ちんこも苦しいくらいだけど、キスが一番気持ちいい。身体の芯が熱くなって、快感がどんどん溜まっていく。指先でちんこの先っぽをいじられながら、舌をじゅうっと吸われると、腰がかくかくと震えてしまう。

きっとまだ精通してないんだろう。

こんなに気持ちいいのに、快感が溜まって苦しいのに、終わりが全然わからない。出口のない快感がぐるぐると身体を駆け巡って、思考がとろとろととろけていく。

『……っ、やぁ……やめ、…………ぁ、あっ、』

ちんこばかりをいじられて苦しくて、ぼろりと涙がこぼれ落ちた。

そこもいいけど、そこじゃなくて……もっと奥にあるところ。

なぜだか熱く濡れそぼって、きゅんきゅん、きゅうきゅうしてるとこ。ずっと疼いて仕方ないところ。

言葉が伝わらないのがもどかしくて、膝を抱えてお尻を晒した。

はしたない。恥ずかしい。

なんでこんなところが、きゅうきゅう疼いてたまらないんだろう。どうしてヴィルが欲しくてしょうがないんだろう。恥ずかしくて涙はぽろぽろこぼれるのに、蕾は期待にひくひくとひくつく。

でも、ヴィルが驚いたようにそこを見つめて、ごくりと喉を鳴らすから。視線が外せないとでもいうみたいに、ぎらぎらした瞳で見つめているから。

『ゔぃるぅ……っ、さわってぇ……』

自分のお尻に手をかけて、くにっと左右に割り広げた。蕾にひやりとした外気が触れて、それだけの刺激で身体が震える。

ヴィル、ヴィル、おねがい。さわって。

涙目のまま見つめたら、ヴィルの瞳から理性が飛んだ。


——あ、食べられ、る。


貪りつくように蕾に吸い付かれ、丹念に襞が舐められる。つぷりと舌が挿し込まれて、くにくにとナカが探られる。ヴィルの唾液がナカを濡らして、身体が歓喜に震えている。

「……るりが、こんなに、いやらしいなんて……!」

唾液をナカに注ぎ込んだヴィルが、今度は指を挿し入れてきた。長い指でぐるりとナカをかき混ぜて、すぐにもう一本挿し込まれる。ヴィルの唾液のおかげなのか、元々潤んでいたせいなのか、二本でも全然苦しくない。それどころかむしろ信じられないくらいに気持ちよくて、指に翻弄されるまま、はしたなく嬌声を漏らし続ける。

ゆるゆると指が内壁を弄り、ときどきくにりとそこを広げる。くぱりと開いたところに唾液をじゅっと注ぎ込まれて、三本目が慎重に挿し込まれる。柔らかさを確かめるように軽く指が曲げられて、その指が一瞬何かを掠めた。

『……っ⁉　にゃ、ぁ、……あぁ…………っ！』

『や、やめっ……っ！　あああっ……！』

「ここ？」

　頭の中が真っ白に弾けて、びくびくと身体を跳ねさせる。それを見逃さなかったヴィルが、そこばかりを指で刺激してくる。

　まだちんこからは何も出ていないのに、高みに押し上げられて苦しい。イってる、イってるからといやいやと首を横に振るのに、ヴィルはうっそりと笑うばかりだ。逃れようとずり上がる俺を軽々と引き戻して、ぐちゅぐちゅと音を立ててナカをまさぐる。指のごつごつがわかるくらいにナカがきゅうきゅう締まってるのに、お構いなしに唾液を内壁になすり付けてくる。

『ゔぃるぅっ……！　もっ、ゃ、……やだぁっ……‼』

　焦らされすぎて頭がおかしくなりそうで、泣きじゃくりながらヴィルの膝に縋りついた。俺はこんな格好なのに、ヴィルの服は少しも乱れていないままで、ぎゅうっと下穿《したば》きを握りしめる。ほしい。はやく。……おねがいだから。

　本能に急き立てられるまま、ヴィルの股間へと手を伸ばした。布越しでも熱くて硬くて大きくて、触るとお尻がきゅうっとなる。まだ挿れられたままの指の形がはっきりとわかって、はくはくと喘いで快感を逃がす。

『ゔぃるぅ……っ』

すりりとそこに頬を寄せながら、弱りきってヴィルを見上げた。どうやって下穿きを脱がせればいいのかもわからないし、どうしたら先に進んでくれるのかもわからない。

指じゃなくて、これを。はやく。

そう伝えたくてがじりとそこを甘噛みしたら、ヴィルが小さく舌打ちをした。

少し荒っぽく指を引き抜き、もどかしそうに下穿きを下ろす。窮屈な布から解放された見事なものが、凶悪な姿で反り返る。今の自分のちんことも、前世の俺のものとも違う、凶器としか言いようのない大きさ。カリはしっかりと張り出しているし、長さも太さもえげつないし……こんなの、ちゃんと入るのかな。

頭の片隅ではそう考えてるのに、身体は勝手に動いていた。

ちうっと先っぽに吸い付いて、ぷくりと浮かぶ先走りを舐める。割れ目に丹念に舌を這わせて、根元から両手で扱き上げて。

「はっ、ぁ、………………るり……」

セクシーに掠れたヴィルの声が、ぞくぞくと興奮を掻き立てていく。

口をできる限り大きく開いて、ぱくりと先っぽを咥え込んだ。太くて大きくて、口がいっぱいで少し苦しい。でも、とろとろとこぼれてくる先走りが、何故か美味しくて仕方ない。

なんでこんなに美味しいんだろ。

わからないままぺろぺろ舐めて、ねだるようにじゅっと吸う。こすこすと竿をこすりながら、顔を前後に動かしてみる。

夢中になって舐めていたら、ヴィルがそっと頭を撫でてくれた。耳を優しくいじってから、その手が背中を伝い降りる。熱い手にぞくりと肌が粟立って、目を閉じた途端にそれはきた。

『んっ、んんー!!』

尻尾を片手で掴んだヴィルが、もう片手でその付け根をとんとんと叩く。それだけで快感がナカに響いて、お尻を掲げてふるふると震える。

堪《こら》えきれずに唇を離し、尻尾をヴィルの手に巻き付けた。剛直に甘えるように鼻先を寄せて、潤んだ瞳をヴィルに向ける。

「るり。……おいで」

腕を広げたヴィルの胸に躊躇《ためら》いなく飛び込んだら、そのまま軽々と抱え上げられた。

優しい口付けが降ってきて、くったりと身体の力が抜ける。その隙を狙ってお尻がくにりと割り広げられて、熱い先端が押し当てられる。口にも入らないくらい大きなものが、蕾を限界まで押し拡げている。

『……っ!　…………っ!!』

大きい。大きすぎる。

まだ先っぽも入っていないのに、ナカがぎちぎちに拡がって苦しい。抱え上げられて串刺しにされて、逃げ場所もなくて息もできない。……なのに。

太いのが襞を掻き分けるだけで、粘膜が擦れあうだけで、ぞくぞくっと快感が奔《はし》る。ぜんぶの感覚がそこに集中してしまって、何も考えられなくなる。

──あ、だめ。だめ。

少し埋め込んではまた引いて、ゆっくりと侵略していた凶器が、もうすぐあそこに届いてしまう。さっき散々いじられたところ。前っかわの、びりびりするとこ。

指でもあんなに啼かされたところに、ヴィルの大きいのが届いてしまう。

ふるりと首を振ったとき、ヴィルが小さく笑みを浮かべた。誰もが思わず見惚れてしまう、綺麗すぎる笑みだけど……ちょっと嫌な予感しかしない。ひくりと頬を引きつらせたら、少し角度をつけながらぐっと剛直を突き込まれた。

『にゃぁぁあああっ……!!』

「……るり、イっちゃった？　まだ白いのも出せないのに、挿入《い》れただけでイっちゃったの？」

ほんと、かわいい。

そんな言葉を囁きながら、ヴィルがぐじぐじとそこを抉る。その度にぼろぼろ泣いて背を反らすのに、ヴィルは全然やめてくれない。宥めるように尻尾を撫でて、深く深く口付けて。逃げ場のない快感を溢れるくらいに俺に与えて、嬉しそうな顔で笑う。

「──ん、もう、とろっとろだね」

『つぁ……あ……な、に……？』

「そろそろ、いいかな」

そんな言葉とともに、腰を掴まれて引き下ろされた。ゆっくりとナカを進んでいたものが一度に奥まで嵌まり込んで、声も出せずに爪先を反らす。

ぐりぐりと奥をかき混ぜられて、きゅうっと乳首もつままれて、強すぎる快感にぼろぼろと泣く。

「気持ちいい？　……ここもぐしょぐしょになってるけど」

『ぁっ、やぁっ……触っちゃ、』

だめ、と言い切る前に、ヴィルの指がちんこに触れた。大きな手で包み込むようにして、先っぽを指でぐりぐりといじる。それに感じてきゅうっとヴィルのを締め付けると、からかうように腰を揺らす。ぐちゅぐちゅと響く淫猥な音に、かあああっと全身が熱くなっていく。

恥ずかしい。でも、きもちいい。

もっとヴィルを味わいたい。

ヴィルにぎゅっと抱きついて、かくかくと腰を擦り付ける。先端がぐりぐりと奥を嬲って、口から勝手に声が溢れる。強い快感がこわいのに腰の動きを止められない俺を、ヴィルがとろけそうな瞳で見てる。

「るり、好きだよ。……ずっとこうしたかった」

『ぁっ……！　あ、んん……っ……！』

「順番がおかしくなっちゃったけど、言いたくて。……動いても、いい？」

『ぅんっ……！　んっ……！　ゔぃる、もっと……！』

うんうんと頷きながら手を伸ばしたら、そのままヴィルに押し倒された。柔らかなベッドに包みこまれたと感じたのも束の間、ぬるうっとヴィルのが抜けていく。それだけでぞくぞくと全身の肌が粟立って、何も考えられなくなってしまう。

やだ、やだ、と半泣きになって首を振ったら、ヴィルが甘く微笑んだ。

頬を伝う涙を優しく拭って、その手でぐっと腰骨を掴む。ぎりぎりまで抜けたものを今度はゆっくりと埋め込んできて、弱いとこばかりをぐじぐじと嬲る。

「にゃあにゃあ啼いて、ねこみたいだ。……もっと啼いて。声を聞かせて」

全身で覆い被さったヴィルが、耳元で低く甘く囁いた。かじりと耳を甘噛みして、強く最奥を突き上げてくる。奥の奥までこじ開けるように、こんこんとそこをノックしてくる。張り出したところに襞をひっかけ、奥を探るみたいにかき混ぜて。戯れに乳首を指先で転がしながら、襞をじっくりとほぐしてくる。

『ぁ……ぁ……ゔぃ、るぅ……っ……！』

「……っ！　…………っは、ごめん、限界。一回出すね」

腰を両手で掴まれて、強く雄が突きこまれた。そのまま何度も奥を突かれて、目の前にちかちかと星が散る。気持ちよすぎて怖いのに身体は刺激を悦んで、きゅうきゅうとヴィルを締め付ける。

太くて熱くてすごく硬いヴィルのそれを、美味しい美味しいと咥え込む。

「……っ！」

『にゃっ……ぁ、あああぁっ‼』

ヴィルが熱いのを吐き出したとき、溜まっていた快感が爆発した。

全身を反らして深くイって、がくがくと身体を震わせる。未熟な性器からは熱いものがたらたらとこぼれて、下腹をぐしょぐしょに濡らしている。

――むり、むり、イってるから、
そう言いたいのに、口から漏れるのは猫みたいな声ばかりで、勝手に涙がこぼれ落ちる。ぐちゅ、ぬちゅ、と卑猥な音を響かせながら、ヴィルが精液をナカに塗り込めてくる。

しばらくぬちぬちと腰を揺らしていたヴィルは、やがて長く息を吐いた。腰の動きをようやく止めて、乱れた髪をかき上げる。

興奮にきらめく瞳を俺に向けて、嬉しそうに頬を緩める。

「ちょっとだけ、白いの出たね。……お尻で精通しちゃったの？」

『ッあ、ああ……っ！　も、だめっ……って、ばぁ……！』

「――るり、かわいい。夢みたいだ」

揶揄するように腰を揺らめかせたヴィルが、微笑みながら口付けてくる。ぎゅうっときつく抱きしめて、唾液まみれの唇を貪り、再びねっとりと律動をはじめる。

――あぁ……これ、気絶するまで抱き潰されるやつ。

頭の片隅でそう思ったのを最後に、また快楽の海に突き落とされた。

＊＊＊

っはー、死ぬかと思った。

下にいる方がえっちで死ぬのってなんていうんだろ、これも腹上死でいいんだろーか。

予想通りというかなんというか、昨夜の記憶は途中までしかない。もう無理、と思ってからもずっとずっとヴィルに啼かされて、足腰立たなくなったらベッドに寝そべったまま貫かれた。

一番奥のさらに奥に気づかれたのはいつだったんだろう。奥の襞を先端で嬲っていたヴィルが、角度を変えて突きこんだとき、さらに奥まで嵌まりこんで。そこはだめ、絶対入っちゃいけないとこだ、って懸命に首を振ったのに、ぐぷぐぷとかき混ぜられたらすぐにとろけちゃって。もう力入んないのにずっぷり奥まで埋め込まれて揺すられて、あれが一番くるしかったな。

だめ、だめだから、って啼きまくってるのに、めちゃくちゃ嬉しそーにぬぷぬぷねちねちいじめられて。そこに熱いのを注ぎ込まれたらもう、イキっぱなしみたいになっちゃって。

……うん、あれは本当にやばかった。

腹上死するなら間違いなくあれ。もう、気持ちよすぎて命が危ないやつ。あのへんから記憶も曖昧だし。

「……るり、大丈夫?」

『ばーかばーか、ヴィルのばーか』

大丈夫なわけないじゃんか、と膨れながら、心配げに見下ろしてくるヴィルをそっと見上げる。

やっぱり大きくなったよな。あれから三年も経ってるんだし。推定一八五センチくらいかな、ちょっと日本じゃ見ないくらい体格良いし格好いいし、男としてほんと羨ましい。

……こんな格好いいなら、絶対モテモテに決まってるよなぁ。

淡いグリーンのドレスの女の子以外にも、たくさんの縁談はあったんだろう。十二番目とはいえ王子様なわけだし、政略結婚の申し出とかも多いはずだし。

それなのにどうして俺を待っててくれたのかはわかんないけど。好きだよとは言ってくれたけど、本当に俺でいいのかとか、聞きたいこともたくさんあるけど。

ヴィルと目が合ってへらりと笑うと、ヴィルも笑ってくれるから。

わからないことばっかだけど、まぁ、幸せだしいっか。

久しぶりの布団はふかふかだし、ヴィルはあったかいし、お日様がいーかんじに差してきもちいーし。細かいことは、あとでいーや。

まずはこの気持ちよさを堪能し尽くさねーとな！

『ふわぁ、おやすみ、ヴィル』

ぐりっ、と広い胸に額を擦り付けて、欠伸をしながら目を閉じる。

ゆっくりと背中を撫でられたら、眠りに落ちるのはすぐだった。

募る想い　《ヴィル視点》

細い腕がシーツに落ちたことで我に返った。

いったい何時間るりに溺れていたんだろう。再会したときはまだ日も傾いていなかったのに、今はとっぷりと夜が更けている。ずるりと性器を引き抜けば注ぎ込んだ白濁が蕾からとぷりと溢れ出し、その光景に背筋がぞくりと粟立った。白く華奢な身体と、ふわふわした白銀の髪。耳も尻尾も力なく垂れているけど、そのすべてに今は触れることができる。


——夢、みたいだ。


るりに触れたいと願っていた。でも、叶うはずがないとも思っていた。

歳相応に身体が成長していくとともに、るりへの恋心には欲が混じるようになったけれど、それはあくまで夢でしかなかった。

るりと踊って、笑いあってキスをして、転げるようにして身体を重ねる。華奢な身体を掻き抱いて、真っ赤な頬に口付ける。俺には聞こえない言葉を話するりの唇をキスでふさいで、そうっと身体を繋げていく。とろけそうに熱いナカに思わず吐息を漏らしながら、尻尾の付け根を撫で上げる。

触れられなくても、そばにいたい。

その気持ちに嘘はないのに、想像では何度もるりを穢した。弾けるような明るい笑顔が快楽にとろけるところを、瑠璃色の瞳に涙が滲《にじ》むところを、数え切れないくらい想像して自分を慰めて、我に返って自己嫌悪して。

それが、まさか、……叶うなんて。


首と膝の裏に腕を通し、起こさないように抱き上げる。あの頃よりほんの少し大きくなったような気はするけれど、あまりの軽さに心配になる。

どうして触れられるようになったのか。透けていないのはなぜなのか。るりの身体を拭き清めながら、ようやく落ち着いた頭でゆっくりと思考をめぐらせていく。


――三年前のあの日、精霊たちはなんと言っていただろうか。

るりからキスをもらったところまで記憶を遡り、それからの日々を思い返した。

＊　＊　＊

るりからのキスはあたたかくて、余計に涙が止まらなくなった。

ひっしりと抱き合ったまま疲れるまで泣いて、照れくさく笑いあって別れた次の日。いつもと同じように会いに行ったのに、るりはそこにはいなかった。

照れて隠れているのかな、と思ったのは最初だけ。幹の陰にも枝の上にもるりの姿が見えなくて、嫌な予感が膨らんでいく。ネコヤナギはいつもと変わりないように見えるけど、もしかして嵐でどこかを悪くしたのか。それとも、るりだけが誰かに攫われてしまったのか。

精霊たちが揃って現れたのは、思考が悪い方に傾きかけたときだった。

驚きながら一人ひとりを確認し、もしかしてこの庭に棲む全員が揃っているのでは、と気がついたとき、全員が一斉にネコヤナギを指す。

その指を辿って視線を動かすけど、るりはいない。何を指しているかもわからない。

「あの……るりは……?」

からからに掠れた声を絞り出したら、今度は全員が身振り手振りで説明をはじめた。ふわりと浮いて目を閉じる人、ネコヤナギを指差し続ける人、花についた蝶の蛹を指し示す人。何をしているのかもわからない人。ただ、誰もが一生懸命に何かを伝えようとしてくれていることだけは、痛いほどにわかった。それがるりのためだということも。

そうわかった瞬間から、当てずっぽうで質問を繰り返した。るりは寝ている。蛹になっている。三年は起きないけど、心配はいらない。

わかったことはそれだけだったけど、るりが無事だとわかって安心した。三年の月日は長いけど、また会えるなら大丈夫。

――三年後、るりをびっくりさせたいなあ。

昨日はあんなに泣いてしまったけど、三年後も泣いていたらかっこ悪い。成人して、もっともっと大きくなって、るりにかっこいいところを見せたい。

お母様を亡くしても、るりに会えなくても、頑張ってたよって報告したい。

そんな目標を掲げた日から、自分を『俺』と呼ぶことにした。母は亡く、後ろ盾もない第十二王子だ。自分でしっかり立たなければ、すぐに誰かに利用されてしまうだろう。

事実、成人して務めを果たすようになると、待ち構えていたかのようにたくさんの招待状が届くようになった。小規模なお茶会から、大規模なパーティーまで。そのどれもに共通するのは、送り主のところに年若い娘かいることくらいか。

「……まだ喪も明けていないのに」

「だからこそ他を出し抜けると思っているのでしょう。少しは気晴らしになるかと思いお招きしてみたら、娘が王子のお心を慰めた――なんとも美しいお話ではありませんか」

「お前と話していると性格がひねくれそうだ」

「それはそれは」

　にっこりと微笑む護衛のケヴィンは、こう見えて結構苛立っているのかもしれない。元々は母に仕えていたのだし、その母の死を軽んじられて嬉しいはずはないとも思う。この男の真意などまったく読み取れはしないし、考えるだけ無駄にも思えるが、「こちらで処理してもよろしいですか？」と申し出てくるあたり、あながち的はずれでもないような気がする。

「おわかりかと思いますが、喪中を言い訳に断れるのは今だけですよ」

「ああ、わかっている」

「何事も先手が肝心です。お望みの未来があるのなら、なおさら」

　すべてを見透かしたような言葉を聞き流しつつ、睫毛を伏せて考えを巡らす。

　望むことはただ一つだ。るりと二人、どこかでのんびりと暮らすこと。そのためには、政略結婚はきちんと断り、ひとりで臣下に下らなければならない。るり以外との結婚なんて考えられない。

　国王陛下への面会希望は、想像より遥かに呆気なく通った。子が父に会うのに理由がいるのかと問われれば「そんなことはない」と返すだろうが、俺と陛下については一般的な父子とは言い難い。

　てっきり用件を事前に書状で申告するように、などの指示が返ってくると思っていたのに、戻ってきたのは陛下の予定を調整するための事務官で、挙げられた候補の日時から希望を伝えればあっさりとそれも受け入れられた。相当な覚悟の上で申し入れたのに、呆気なくて拍子抜けしてしまう。

その上、お会いする場所として指定されたのは謁見の間ではなく陛下の私的な温室で、歩みを進めながら首を捻る。できれば内密に話したいと言ったのは俺の方だが、温室に招く意図がよくわからない。

あと数年で五十を数える陛下が母を見初めたのは、避暑に訪れた北の地でのことだった。周囲の反対を押し切って強引に平民の母を妃に迎え、しばらくは母の元に頻繁に通っていたという。だが、それに怒った他の妃たちによる抗議を受けて、すべての妃の元に均等に通うようになった――というのが子どもながらに見聞きした父と母の馴れ初めだが、国王陛下としての顔しか知らない俺にとっては違和感しかない。

本当にあの陛下が母を強引に娶《めと》ったりしたのだろうか。

「来たか」

「はい。この度は私のために時間を作って頂き、」

「良い、座れ。……息災か?」

「は、はい」

一国の王のものにしてはこぢんまりとした温室は、少し涼しいくらいの気温に保たれていた。

どこかで水の流れる音がしているのは、小さな滝でも作ってあるのだろうか。種々様々な樹や花が生き生きと枝葉を広げていて、緊張がふっと和らいでいく。ふっかりと身体を包みこむソファーに腰を下ろすと、緑に埋もれるような心地がした。

いったい何から話したら良いだろうか。

結婚はせず、一人で臣下に下りたいというわがままを、どのように伝えたらいいだろうか。

事前に考えてきたそれらしい言葉は、木漏れ日にすすがれて消えてしまった。こんなにも優しい空気の流れるところに、飾った言葉は似合わない。

「ここは、その樹のために建てられたのですか」

「ああ、そうだ。若い頃に雷で折れてしまったが、今もこの通り、立派な樹だ」

陛下の言葉に答えるように、大樹の葉っぱが微かに揺れる。温室の真ん中に堂々と枝を広げる見事な大樹。太い幹は途中で引き裂かれたように傷ついているが、それが却って力強さを感じさせている。その脇に立つのは、この大樹の精霊なのだろう。樹に受けた傷のせいか他の精霊に比べて薄く透けてしまっているが、それでも艶やかに微笑んでいる。

二人とも無言のまま樹を眺めていると、精霊が呆れたように肩を竦めて、脇に置かれた鉢植えを指差した。そこに植えられているのは、何かの草花だろうか。大切に手入れされていることはわかるが、花がなければなんの植物かはわからない――と思うが早いか、葉が震えて茎が伸び、ぽつりと小さな蕾がついた。驚きに瞬くうちに蕾も開き、白くかわいらしい花びらが覗く。

「そ、の、花は――」

花にはさほど詳しくはない。けれどその花だけは、他と間違えるはずがない。いつか、るりが降らせてくれた花。母の故郷に咲くという花。白と青の二色のそれを、母は嬉しそうに押し花にしていた。『今年は二回も見られたわ』なんて呟いて、香りを嗅いで微笑んでいた。

「……狂い咲きか。もっと早く咲いていたら、少しは慰めになったろうに」

わずかに睫毛を伏せた陛下が、この時初めて父に見えた。愛する人を喪い悲しみに暮れる、ただの一人の男に見えた。

この人もきっと恋をしたんだろう。だから強引に母を妃に迎え入れて、他から不満が出るほどに通いつめたりしたんだろう。国王の立場が邪魔をして死に目にはとうとう会えなくても、母を想っていたんだろう。

ごく個人的な温室で、手ずからこの花を育てるほどに。

「……今日は、お願いがあって参りました」

「申してみよ」

「私も恋をしています。結ばれる可能性は低くとも、添い遂げたいと思っています。……そのために、ひとり臣下に下りたいのです」

まっすぐ瞳を見つめて言い切ると、長い長い沈黙が落ちた。

俺とよく似た紫の瞳が、まっすぐに瞳を見返してくる。それを真剣に見つめ返すと、やがて陛下が口元を緩めた。先程咲いた花をぷちりとつまみ、香りを楽しむように鼻を寄せる。どこか遠くを見るその視線の先に浮かべた人はきっと、俺が思い描いた人と同じなんだろう。

「――特別扱いは、難しい。だが、十七になっても婿入り先が決まらないような王子は、貧しい北の地を治めるくらいがお似合いだろうな」

その言葉に深々と頭を下げて、喜びに震える拳を握る。

十七の誕生日。るりが眠って、ちょうど二年が経つ頃だ。そこで臣下に下ることができたら、るりの目覚めにも間に合うだろう。

あとは、政略結婚を躱《かわ》しきれば良いだけだ。

＊＊＊

することさえ決まれば、あとはそれを片付けていくだけだ。視察などの仕事は、皆が喜ばないようなものも片っ端から受けた。北の地方での仕事については、わざわざ探してまで参加した。数年後には領主となって治める土地だ。予め準備しておいて悪いことはない。

視察のついでにすることは、各地の巨木をあたること。巨木であれば物知りの精霊が多いだろうし、るりについて何かわかるのではと思ったからだが、結論から言うと、大した情報は得られなかった。

まず、俺の瞳に気づくと大抵の精霊は姿を消してしまう。消えずに残ってくれた精霊も、物珍しそうにじろじろと眺めてくるひとがほとんどだ。それにもめげずにるりについて話していると、納得したように頷いたり、さらに珍しそうに見られたりするだけ。

「どうして眠りについたのか」「人間でも手伝えることはあるのか」という肝心の質問には、何も答えてもらえなかった。


一方で、政略結婚を躱し続けるのも中々大変だった。

喪が明けた途端、見合い用の絵姿は信じられないほどに送られてきたし、招待状の数も増えた。これらの処理は、ケヴィンがいなければ到底できなかっただろう。騎士団関係の伝手なのかどうかは知らないが、参加すべきパーティーとそうでないものを見分けるのがケヴィンはとても上手かった。ケヴィンが是非にと勧めるパーティーに参加してみたら、北方の交易拠点を押さえる豪商や、人柄がよく真面目な中堅貴族と繋ぎができた、ということも珍しくなかった。

「ヴィルフリート様、レティシア様がお見えです」

「ああ。わかった」

タイの角度を鏡で確認して、そこに瑠璃色の宝石を飾った。

見合いの申し出をすべて断っていては、貴族からの不満に繋がりかねない。そうした不満が誰か王族の耳に入り、断れない縁談が寄越されたらもう目も当てられない。それを避けるために『それなりに検討してみたが、残念ながらご縁がなかった』という形に持っていきたいのだが、とケヴィンに相談したのはいつだったか。

「少しお時間を頂戴します」と宣言したケヴィンは、翌日にはお見合い候補を綺麗に分けていた。

「左から、他に良い縁談が進んでいるため断っても不満には繋がりにくいもの、上手くすればあちらからお断りを頂き貸しも作れるもの、魑魅魍魎《ちみもうりょう》、その他です」

しれっと告げたケヴィンに顔を引き攣らせたのも記憶に新しいが、任せると言った後のケヴィンの動きは速かった。視察の合間を縫うように見合いの予定を入れ、相手と二三回会う間に『他でお話が進んでいるから』と魑魅魍魎に断りを入れる。今回のレティシア嬢は果たして何人目の相手になるのか、『上手くすればあちらからお断りを頂き貸しも作れる』山に振り分けられていたが、いったいどうしたらそんなことができるんだろうか。

「もう三回目ですから、そろそろ結論を」

「わかっている」

わかっているが、少しは助言くらいくれてもいいと思う。……ケヴィンほど親切が似合わない男もいないから諦めてはいるが。

ため息を吐きたい気持ちを懸命に堪えて向かったのは、華やかに整えられた庭だった。花を眺めながら散策できるようになっている、王城の中でも人気の庭園だ。俺はるりの庭の方がずっと好きだが、あそこを他者に教える気はない。縁談を断るための場所ならなおさら、ここの方が似合いだろう。

瀟洒な東屋に足を向けると、既にレティシア嬢が待っていた。俺を見て恥ずかしそうに頬を染め、完璧な仕草で礼を取る。ティーセットが来るのを待つ間に軽く話を振ってみれば、かわいらしい声でゆっくりと言葉が紡がれる。

こうして幾人もの令嬢と会う度、考えるのはるりのことだ。

触れることもできないし、こうして話をすることもできない。るりが何かを話しても、その声は俺には届かない。唇を重ね合わせても感触はなく、涙を拭うことさえできない。

それなのに、なぜるりなのか。

どうして彼女たちではだめなのか。

その答えはわからないけれど、日に日にるりへの想いは募っていく。他の誰かじゃなくてるりに会いたいと、るりだけが特別なんだと、確信ばかりが強まっていく。

「きっと理屈ではないんだろうな」

「え……？」

「ああ、失礼。……少し、考えごとをしていました」

「考えごと、でいらっしゃいますか？」

「人の想いというのは、どうして自由にならないのかと」

ぽつりとこぼして、レティシア嬢に目を向ける。

今日は淡いグリーンのドレスに、紫色のコサージュだ。前回も前々回も、俺の瞳の色である紫を纏っていた。こうして会って話すときも、その前後の手紙のやりとりも、お手本をなぞったような言葉が返ってきた。

けれどそのドレスの色は、いつだって紫には似合わないものばかりだ。まるで、本当に纏いたい色は他にあるとでもいうような色。家族の手前、縁談には乗り気な風を装っているが、心では他の色を想っているようなドレス。

「本当は何色がお好きなんですか？」

ちらりとコサージュに目を向けて尋ねると、彼女の笑顔にひびが入った。その隙間から素顔が覗き、瞳に不安の影が過ぎる。戸惑いや逡巡《しゅんじゅん》が次々と浮かんで、やがてぽろりと涙がこぼれた。

そっとハンカチを差し出して、席を立って背を向ける。彼女の涙を拭うことはできないし、彼女もそれを望んではいない。落ち着くまで待つくらいのことしか、俺にできることはない。

謝罪混じりの嗚咽を聞きながら、るりの涙を思い出していた。

＊＊＊

彼女には将来を約束した相手がいたらしい。『いつか必ず求婚しにくる』と言われていたため信じて待っていたが、家族に縁談を進められてしまい思い悩んでいたという。もう待っていても叶わないかもしれないし家族も俺との縁談を喜んでいるから、と自分を誤魔化していたが、俺の言葉で本当の望みに気づけたと手紙には綴られていた。円満に断ることができてよかったのだが、感謝されてしまうと少し居心地が悪いような心地がする。

それからも、色々とあったものの概ね順調にことは進んだ。ケヴィンの人選も良かったのだろう、見合い話がこじれることはほとんどなく、レティシア嬢のように感謝の手紙をもらうことも少なくない。

るりとの思い出をなぞるうちに季節は過ぎて、また新しい一年が始まり、いつかを彷彿《ほうふつ》とさせるような嵐の数日後、俺は無事に十七を迎えた。


前回と違って豪奢な謁見の間で跪《ひざまず》き、臣下としての新たな名前を拝名する。

ヴィルフリート・アデルベルト・デ・ノールメルデール。

耳馴染みのない名前だ。まず綴りを覚えないと、と思ううちに厳かに言葉が紡がれて、傍らの文官により下賜されるものが読み上げられていく。願い出た通りにネコヤナギも含まれていることに安心したのを最後に、儀式は無事に終わりを告げた。


謁見の間を出た足で、そのまま るりの庭に向かう。幼い頃から通い始め、るりがいなくなってからも、ほとんど毎日を過ごした庭。名残惜しく庭をぐるりと一周してから、ネコヤナギのそばで頭を下げる。

「準備ができたら、るりを連れていきます」

ネコヤナギの移植については十分に調べた。新しく住む屋敷には生育によい環境も整えてあるし、庭師の手配も済んでいる。根を切り掘り起こす重要な作業は王城の筆頭庭師に半ば無理矢理お願いしたし、るりが眠ったまま枯れてしまうようなことはないはずだ。

あちこちから顔を出した精霊たちが、微笑みながら小さく頷いてくれて、もう一度深々と頭を下げる。事前に話は通していたし、皆快諾はしてくれたけれど、やはりどこか寂しそうだ。

ここの精霊さんたちが、るりを大切に思っていることは知っている。俺には聞こえない声で何かを話していることもあったし、ドレスを着せるときはとても楽しそうだった。そんな彼女たちからるりを引き離すのに、罪悪感がないと言ったら嘘になる。眠りから目覚めたるりが、寂しがるかもしれないとも思う。

けれど、俺が、るりと離れるなんて考えられないから。

「大切に、します。るりがずっと笑っていられるように」

『きっと、ずっとよ。あの子は貴方を選んだのだから』

やはり声は聞こえないけれど、瞳を見れば気持ちはしっかり伝わった。視線を逸らさず頷き返し、ネコヤナギの幹をそっと撫でる。

あと一年したらるりに会える。

大きくなった俺を見たら、目をまんまるくして驚くだろうか。もう一度唇に口付けたなら、真っ赤になってうろたえるだろうか。

まだ一年もあるというのに、その日が待ち遠しくて仕方なかった。

新しく住む屋敷は、領地の中でも外れの方にぽつんと寂しく建っている。道から見える限りをぐるりと庭木で囲っているせいで、敷地内の様子は一切窺い知れない。けれど中に入ってみれば、意外なほどに明るく広い庭と大きな屋敷が建っている。

ここを選んだ理由はいくつかあるが、一番は精霊つきの樹が多いことだ。立派なリンデンの樹をはじめとして、何本もの樹に精霊がついていて、枝に身を任せてゆったりとくつろいでいる。さすがにあの庭ほどたくさんの精霊はいないが、ここならきっとるりも寂しくないだろう。

ネコヤナギを移植したのは、一番日当たりの良い裏庭の、人工的な小川のそばだ。元々ネコヤナギは日当たりの良い川辺に生息するらしいことから造らせたのだけど、水たまりが好きなるりは気に入ってくれるような気もする。

るりがいつ目覚めても良いように、ネコヤナギのそばには小屋も作った。俺ひとりが寝泊まりできるくらいのこぢんまりしたものだが、広く取った窓からはネコヤナギの様子がしっかりと見える。

「おはよう、リンデンさん。るりはまだ寝てる?」

裏庭にある大きなリンデンの樹の精霊は、かなり大きな男性の姿を取っている。るりほどではないにしろ精霊にしては気さくなたちで、身振りで返答をくれることもある。今日は返答をくれる日だったらしく、突然ふわりと浮いたと思えば、横向きに丸まるような姿勢を取った。……るりの真似だろうか?

るりは今、ああして眠っているのか。

「俺も見られたらいいのに、残念だなあ」

『春には会える』

「春？」

指先で宙に記された春の文字に、驚いて目を瞬いた。

精霊が人の文字を書けるのかという驚きと、るりに会いたいと漏らして示された『春』という季節。てっきり夏まで会えないと思っていたのに、春には会えるということか。もう冬も深まった時分、春なんてきっとすぐにやってくる。

もうすぐ、るりに会える。

嬉しさのまま口元を綻ばせたら、リンデンさんがしたり顔で笑った。

＊＊＊

春になり、今か今かと待ちわびて、もしかして次の春のことだったのかと不安になりかけた頃、るりは突然現れた。

見たこともないような薄絹のドレスを身に纏って、んんーっと大きく伸びをして。手をにぎにぎと開いてみたり、ふわふわの花芽をつついてみたり、三年前と行動はなんら変わっていないのに、るりの姿に声もなく見惚れた。

以前よりわずかに大人びた美しい顔立ち。こぼれ落ちそうな大きな瞳は遠くからでもその煌めきが見てとれて、くるりと上向いた長い睫毛がそれを縁取る。白く滑らかな肌に唇のピンクが鮮やかに映え、ぴんと立った耳や尻尾が愛くるしく動いて視線を誘う。

そのるりが纏うドレスもまた、格別に美しいものだった。

胸元の白から足先の紫まで少しずつ濃くなっていくグラデーションに反して、生地の重なりはどんどん少なくなっていく。全体を彩る繊細な白銀の刺繍の向こうに、丸くかわいらしい膝や細い脚がうっすらと覗き、清純な色気に肌が粟立つ。

この世のものとは思えないほどの美しさに息もできずにただただ見惚れ、るりが樹から降りようとしたところで我に返って走り出した。


それからの、衝撃と混乱と言ったらどうだ。

触れることに驚き、声が聞こえることに驚き——唇を重ね合わせたら、もう止まることなどできなかった。

にゃあにゃあと猫みたいに啼くるりの声に煽られて、何度も何度も欲を注いで。

夢ならどうか覚めないでくれと願いながら、初めて触れたるりに酔いしれていた。


——蛹《さなぎ》とは、このことだったんだろうか。


幼虫が蛹になり、蝶へと変わるように。精霊が実体化するために、三年もの月日が必要だったのだろうか。

数々の文献を当たったけれど、精霊の実体化について書かれたものは一つもなかった。俺と同じ瞳を持ち、精霊についてかなり詳しく書いていた著者でさえ、少しも言及していなかったはずだ。一度目覚めて、俺に抱きついてまた眠ったるりを抱きしめながら、小さな背中をゆっくりと撫でる。

三年前も、こうしてるりと抱きしめあった。二人でぼろぼろ泣きながら、るりの涙が拭えないことにもどかしさを覚えながら、心の内を漏らしてしまった。

『――るり。君に、触れられたらいいのに。そうしたら、涙だって拭えるのに』

あの言葉が、すべてのきっかけだったのかもしれない。

ドレスを易々と生み出し、種をみるみる芽吹かせてしまう精霊が、三年もかかるような大きな魔法。そんな大変な魔法を、るりは使ってくれたんだろうか。俺がるりに触れたいと望んで、そしてるりも俺に触れたいと思ってくれたから、今このときがあるんだろうか。

「るり、ありがとう」

耳元で小さく囁くと、ふわふわの耳がぴくぴくと動いた。今起きたのか、少し前から起きていたのかはわからないけど、もぞもぞと動いたるりが上目遣いで見上げてくる。

『なんでありがとう?』と尋ねるように首を傾げて、ぱちぱちと目を瞬いている。

「ずっと、こうしたかったから。叶えてくれて、ありがとう」

ぎゅっとるりを抱きしめて、小さな額にキスを落とす。唇にるりの体温を感じて、喜びに胸が締め付けられる。触れられなかった長い年月と、会うことすらできなかった三年間。それを超えて、今こうして一緒にいられることが何よりも嬉しい。

もっとすごいこともたくさんしたのに、額へのキスだけで真っ赤になったるりが、何かをもごもごと話している。

小鳥の囀《さえず》りのようなその言葉の意味は、俺にはまだわからない。でも、言葉はこれから覚えればいい。互いの声が聞こえるなら、きっとそんなに難しくない。

「大好きだよ」

『……っ！　もう、言うなよバカ！　恥ずかしーんだって！』

少し怒って頬を膨らませたるりは、きっと心底照れているんだろう。星空のような瞳を潤ませて、かわいい耳をへっしょりと垂らし、さらに両手で覆っている。

わかりやすい『もう聞かない！』の意思表示が、可愛すぎてどうしよう。

堪えきれずに唇にひとつキスを落とせば、るりがカチンと固まってしまった。

絆を結んで

無事に実体化に成功して、ヴィルと感動の再会も果たして……っていう流れでそのままヤっちゃうとかさ、なんか、色々すっ飛ばしすぎだよなー。

久々の実体が想像以上にびりびりしたとか、キスしたらもっと欲しくて仕方なくなったとか、理由は色々あるけどさ。結果としてはアレだね、猿だね！

そりゃ俺だって元男子高校生だし、エロいことは嫌いじゃねーし？　精霊になって性欲とかすこんと忘れてたけど、実体化したら思い出したし？　むしろやめられないとまらないって感じだったし？

なんで尻が疼くんだ⁉　とか、ヴィルのちんこデカすぎるって！　無理だって！　とか思ったりしたのに、挿入《い》れられると信じられないくらい気持ちいいんだよなー。

ベッドに伏せて尻だけ上げた状態でぬぷぬぷとナカをかき回されて、尻尾の付け根をとんとんされたりしたらもうヤバい。未熟だったちんこからは白いのがとろとろ出っぱなしになるし、イキっぱなしの身体はがくがく震えて戻らねーし。『も、むり、ゆるして』って言ってもヴィルには伝わらないからね。尻を上げていられなくなってぺしゃりとベッドにくずおれたら、ヴィルは優しく抱き上げてくれるんだよ。座ったヴィルの膝に抱え上げて角度を変えて突き上げて、じっくりと奥をこね回したりするんだよ。尻尾の代わりに乳首を指で押しつぶして、「るり、気持ちいい？」とか聞いてくんだよ。

——見ればわかんだろばかー!!

って、叫んでも伝わらないんですけどね。もう諦めて泣くしかないよね。

目覚めてから今まで、寝て起きていちゃついて、なんやかんやでえっちして寝るっていう生活の繰り返しだ。控えめに言ってお猿さんだ。

その間俺はまったくご飯も水も取ってねーのに、いったいどうやって生きてるんだろうな。ネコヤナギと繋がってる感じはもうしないし……と自分の身体を見下ろしてみると、なんとなくヴィルと繋がっているような感覚がある。ネコヤナギと繋がっていたときほど強くはない繋がりだけど、まさかヴィルに生命を分けてもらってるとかなんだろうか？

え、それって、ヴィルの健康に影響はねーの？　まさか寿命短くなったりしないよな？　そんな迷惑設計じゃないよな神様？

——うーん、とりあえず、誰かに聞いてみるしかないかな。

いつもなら桜のおねーさんに聞くところだけど、ここにはいない。その代わりに、この家の庭には精霊つきの樹がいっぱいあるって言ってたから、誰か教えてくれるだろう。そうと決まれば、とむくりと起き上がり、よたよたする脚で立ち上がる。くそう、ヴィルがあんなに突っ込むから、まだお尻にちょっと違和感がある。

「るり、どうしたの？」

『ちょっと外行こうかと思って……って、なんで俺ヴィルの服着てんの？　彼シャツかよ』

「るりのサイズの服はなくて、今用意させてるんだ。もう少しその服で我慢してくれる？」

『ドレスより全然いいからいいけど……でもこれで外行くのってアリ？　ナシ？』

服をつまんで外を指差して、こてんと首を傾げてみたら、ヴィルがさあっと青褪めた。

え、何、なんで青くなってんの。なにかジェスチャー失敗したかな？　うまく話が通じてると思ってたんだけどな？

「っごめん！」とヴィルが叫んで、俺を肩に担ぎ上げて走り出す。目を白黒させながらひっしりと服にしがみ付くけど、なんだなんだ？　なにが起きた？

舌を噛みそうで口を噤んでいたら、たどり着いたのはネコヤナギのところだった。俺を下ろそうとしたヴィルが靴を忘れたことに気がついて、手頃な枝を探している。

あー、これ、ネコヤナギと離しすぎてやばいと思ったのかな。何日もベッドにいたもんなあ。

ええっと、どうやって説明したものか。そもそも俺もよく理解してねーのに、とむうっと唇を尖らせたら、ヴィルの後ろから声がかかった。

『無事に絆は結べたようだな』

『えーと、は、はじめまして……？　絆って、ヴィルとのコレのことですか？』

うむ、とおにーさんが頷くのと、「リンデンさん」とヴィルが声を上げるのは同時だった。ヴィルに俺の様子を教えてくれてた人か、と納得しつつ、絆と呼ばれた繋がりに目を向ける。

普通にしてると見えないんだけど、むーんと集中するとほんの少しだけ見える、きらきらした糸みたいな何か。リンデンさんと樹ほどはしっかりしていない頼りない糸が、ヴィルと俺とを繋いでいる。

『そうだ。樹との繋がりを断ち切って新たにヒトとの絆を結ぶ。……結べなければ消えてしまうというのに、よくぞ思い切ったものだ』

あ、あー。そういえば三年前にそんなこと言われてたっけ。三年も経ったらヴィルに忘れられちゃうだろ！　とか、無理ゲーすぎる！　とか思ってたけど、無事に絆を結べたなら良かった。

しかし、絆ってなんかこっ恥ずかしいな。そんな絆を結ぶようなことなんて——した、かもな。告白したたしされたし、なんならえっちだっていっぱいしたし。

もう一滴も出ないって感じなのに、身体には力がみなぎってるし。

『え、と、見守ってくれてありがとうございます』

『良い。年寄りのちょっとしたお節介のようなものだ。ただ、お節介ついでに言っておくと、ヒトとの絆は存外脆い。樹の絆と違って効率も悪い。栄養補給を怠るなよ』

『栄養？』

『こやつの精気だ。てっとり早いのは体液だが。心当たりはあるだろう』

――え。


体液って。心当たりって。

カチンと固まった俺に構わず、リンデンさんが説明を続ける。精霊つきの樹が長く生きられるように、精霊と絆を結んだ人も長生きできる傾向にある。寿命が短くなるなどの心配はないから安心しろ？　……うん、安心した。安心したけど、体液が栄養ってなに。

唾液や精液がご飯です♡って、それってどこの淫魔なの。ここはエロゲーの世界かなんかなの。たしかに、やけに美味しいなとは思ったよ。キスしながら中出しされたらもうたまんなくて、腰をかくかくと擦り付けたりしたよ。

でも、それが俺のご飯です！　ってのは、なんかちょっとヤバくねぇ!?

ご飯を食べるのに困らないよう、えっちが大好きなカラダに仕上げました！　あんな大きいちんこでも、柔らかく包みこめちゃいます！　よく濡れてよく解れるスペシャル仕様！　しかも相手の体液による興奮機能付き！　って、とんだ通販番組だ。余計なオプションが付きすぎてる。

せっかく実体化したんだから、ご飯は人間と同じでいいじゃんかー!!

「るり、大丈夫？　リンデンさんは何て？」

大丈夫かって言われたら、まあ、大丈夫だ。何日もヤりまくっていたわけだから、身体は元気いっぱいだし。ヴィルにも何の問題もないってわかったし。

でも、リンデンさんの話したことは、ちょっと俺の口からは言えない。ただでさえ絶倫疑惑のあるヴィルだ。こんなことがバレたりしたら、何かやばいことが起きる気がする。

『だ、大丈夫。ほら元気元気ー』

むきっと力こぶを作って答えて、誤魔化すためにへへへと笑う。

ヴィルには疑いの眼差しを向けられたけど、なんとかその場は切り抜けられた。

＊　＊　＊

切り抜けられた、と、思ったんだけどなー。

さっきベッドから出たばかりなのに、再びベッドに逆戻りです。どこで何を間違ったんだろうなー。

まずさ、ずっとネコヤナギのとこにいてもしょうがないから、身振りで戻ろうって伝えたんだよ。リンデンさんの前でずっと抱えられたままってのも恥ずかしいし、前世の俺がバカップル爆発しろ！　って心の中で叫んでたし。

「離れても平気なの？」ってヴィルはしきりに聞いてきたけど、それには全部勢い良く頷いて返して、早く戻ろうっていうように襟をぐいぐい引っ張った。外は楽しいけど、抱っこはできれば遠慮したい。俺に人前でイチャつく性癖はないし、恥ずかしい。

その必死さが伝わったのか、ヴィルも大人しく小屋に戻ってくれた、と思ってたんだけど。

――なぜか押し倒されて今に至る。

「るりは、ネコヤナギと離れても平気なんだよね？」

『う、うん』

「でも、起きてから今までご飯も食べてない。……るりのご飯はなに？」

『えっ、えっと……』

「答えて。答えてくれないと、心配なんだ。……失いたくない」

頭の両側に手をついて、俺を腕の檻で閉じ込めたヴィルが、真剣な顔をくしゃりと歪める。びっくりするくらいのイケメンなのに、泣きそうな顔は昔のままだ。……その顔は、ちょっと、ずるいんじゃねーの。

言うのか、俺。

言えるのか、俺。

俺のご飯はヴィルの精液ですって？

正しくは精気だけど、唾液か精液が手っ取り早いですって？

マジかぁぁぁあ。

勝手に赤くなる顔を覆って、指の隙間からヴィルを見つめる。射抜くような紫の瞳は綺麗だけど、どうやっても逃してくれそうにない。

はあああと大きくため息を吐いて、片手でヴィルのあそこを指差した。もう片手は顔を隠しているのに、ヴィルの視線が突き刺さる。俺の顔と、指差した先を交互に見て、驚いているのが伝わってくる。

「……るり、違ってたらごめん。俺の精液がご飯ってこと？」

『聞くな！　ばか！』

「どこからの吸収が良いんだろう？　お尻からで大丈夫なの？　それともお口からの方がいいの？」

え、なにそれ、わかんない。フェラなら確かに少ししたけど、ごっくんまではしたことないし。

どっちがより吸収率がいいかなんて比べられる気もしないし。

思いもよらぬ質問にくるりと目を丸くしたら、ヴィルがうっそりと微笑んだ。

あ、なんか、嫌な予感。

「どっちが好きか、選んでもらえばいいのかな？」

ひくりと頬を引き攣らせたけど、気づいたときには手遅れだった。

ぴちゃぴちゃといやらしい音が響いている。ヴィルがわざと音を立てて、そこを舐めている。
ぬるりと会陰を舐め上げた舌が蕾の端をくすぐって、尻尾が勝手にゆらゆらと揺れた。
寝転がったヴィルの上に、逆さになって跨った格好。俗に言うシックスナインの体勢だけど、
さっきから喘いでいるのは俺ばかりだ。舌で丹念に蕾をほぐされ、会陰を焦らすように舐められ

て、ちんこは限界まで張り詰めている。なのに全然決定的な快感は与えてもらえなくて、期待に揺れる尻尾を見てヴィルがそっと笑みをこぼす。

「ほら、るりも舐めて？　早くどっちか選ばないと、ずっとこのままだよ？」

やだ、やだ、と半べそをかいて、大きく口を開いて先端を含んだ。大きすぎるヴィルのものは、俺には半分も呑み込めない。だからせめてとちゅうちゅう吸って、カリの縁を舌で舐める。口の中に広がるヴィルの味に、お尻がきゅうっと切なく疼く。

それを宥めるかのように、ヴィルが舌を挿し入れてきた。襞を拡げるようにぐにぐにと動かし、唾液を擦り付けるように舌を動かす。片手でちんこまで擦られたらもうダメだった。

口はいっぱいで声も出せず、身動きすらもとれないまま、腿をぶるぶると震わせてイく。

反射で雄をきつく吸い上げながら、出しすぎて少ない蜜を吐き出す。

「ん、薄いね。疲れちゃうから、出せなくしよっか」

『え……？』

「もう少しだから、ね？」

根元が何かで締め付けられて、いやいやと首を横に振る。けれどお尻に指を突き込まれて、それも忘れて背を反らした。舌でぐじゅぐじゅにとろかされたそこは、すんなりと指を呑み込んでいく。一度に二本突き込まれても悦んで受け入れ、きゅうきゅうと指を締め付ける。

――あ、あ、もうすぐ、

ヴィルが俺に教え込んだ、俺の一番弱いところ。少し触られるだけで全身が震えて、とんとんされると腰が砕けて、ぐじぐじと潰されるともう何もわからなくなっちゃうとこ。

そこにじりじりと指が近づいて、期待にきゅっと内壁が締まる。なのにそのまま指が止まって、混乱したまま目を瞬く。

「るりもして？　そうしたら同じようにしてあげるから」

くんっと剛直が突き上げられて、上顎を先っぽが擦り上げた。それに促されるまま、ゆっくりと顔を前後させる。喉の奥もめいっぱい開いて、粘膜の全部でヴィルを味わおうとする。少しは気持ちが良かったのか、ぴくりとヴィルの剛直が跳ねて、とぷりと蜜が溢れ出した。それをじゅっと吸い上げながら、余ったところを手で刺激する。

「いいこ」

『…………っ！』

止まっていた指が動き出し、ぐっと前立腺を押し上げた。二本でそこを挟むように刺激して、ゆっくりとした動きでナカを探る。俺の動きに合わせるように、じっくりと粘膜を解していく。イったばかりの身体では些細な動きでもたまらなくて、俺は早々に音を上げた。

剛直を口から引き抜いて鈴口に溜まった蜜を舐めとり、震える膝で逃げを打つ。ずるりと指が抜ける感覚に背筋を震わせながら、ヴィルに向き直って腹に跨る。

『っ、あ……っんぅ……！』

剛直に手を添えて蕾にあてがう。けれどその刺激で手が震え、逸れた剛直が尻のあわいを擦り上げた。ぺたりとヴィルのお腹にしゃがみこみ、浅ましく腰をゆらゆらと揺らす。ちんこの根元にはリボンが結ばれ、逃げ場のない快感が身体をどろどろに溶かしていく。

「やっぱりそっちがいいの？」

『ぅんっ……！　んっ！　は、やくぅ……！』

「じゃあ、キスして」

飛びつくようにキスをしたら、ヴィルのお腹で性器が擦れた。押し付けた唇に歯が立てられて、舌がぬるりと挿し込まれる。応えるようにそれに舌を絡めると、お尻が両手で割り広げられた。あ、という声は湿った音とともに呑み込まれ、先端がナカにもぐりこむ。もう何回もシているのに、最初だけはやっぱり苦しい。あまりの大きさに身体に勝手に力が入って、瞳に涙の膜が張る。けれどそれも、はじめだけ。一番太いところを通り過ぎれば内壁が歓喜に震え上がり、唇からひっきりなしに嬌声が漏れる。前立腺を擦りながら最奥まで一気に拓かれれば、声も出せない快感に溺れる。

『っぁ、あ、……にゃ、ぁ…………っ！』

「かわいいね。奥が好き？」

『すきっ……！　すきっ……！　ゔぃる、すきぃ……っ！』

トんだ頭でこくこくと頷くと、ヴィルがリボンを解いてくれた。そのまま身動きができないほどにきつく抱きしめて、深く深く口付けてくる。貪るように咥内《こうない》を舌でかき混ぜながら、最奥の襞をぐちゅぬちゅと嬲る。

――ぁ、イく。

背すら反らせないままびくりと身体を跳ねさせたとき、最奥に熱いものが噴き上げた。

＊　＊　＊

俺のご飯問題が落ち着いたら、ようやくちゃんとした生活が送れるようになった。というよりは、強制的にそうせざるを得なくなったという方が正しいかもしれない。

珍しく二人ともきちんと服を着ているとき、つまりはえっちとえっちのインターバルのタイミングでやってきたのは護衛のケヴィンさんだった。王城で着ていた真っ白な騎士服ではなくて、かっちりした黒の執事服を身に纏っている。

「……ふむ、なるほど。瑠璃の君の実体化ですか」

『る、瑠璃の君ってなに。そんなあっさりした反応でいいの？』

「ああ。正式に結婚したいと思っている」

「かしこまりました。屋敷内の者を信用できるものに替えますが、よろしいですね？」

『けけけ結婚⁉　かしこまっちゃうの⁉』

「頼む」

ええええええ、と驚いているうちにサクサクッと話は進んで、メイドさんの入れ替えが終わるまでは今まで通りここにいることや、外に出るときは帽子を被ることなどが決まってた。ケヴィンが持ってきてくれた俺の服一式にちょうど帽子があったのは、ラッキーというか何なのか。……こんなにすんなり話が進むなんて、もしかして、前に裏庭に出たときに見られてたのかな。普通の人なら猫耳尻尾見たら驚くだろうし。

護衛のときから仕事できそうだなって思ってたけど、きっちりと隙のない見た目といい冷静沈着な態度といい、もはやアンドロイドみたいだ。背中にスイッチとかついてないかな。

「るり様は、何かお望みはございますか」

『え、俺？　特に、なんにも……？　あ、紙とペンと本が欲しいかな』

ヴィルが領主のお仕事をする間、俺は言葉を覚えようかなーと思ったんだ。ジェスチャーでもそれなりに会話できるけど、どうせならちゃんと話したいし。ヴィル以外の人とも話すならなおさら、言葉の練習は不可欠だ。

英語はぼろぼろだった俺だけど、今度ばかりは頑張りたい。せめて買い物ができるくらいには言葉を覚えて、いつか街にも行ってみたい。精霊だったときは諦めてたけど、いかにもファンタジーな街なんて、絶対楽しいと思うんだ。

「紙とペンと、言語習得用の教材ということでよろしいですか」

『完璧でゴザイマス』

よーし、明日から頑張るぞー！

その日から、俺は結構頑張った。この世界の幼児用の絵本を参考に、まずは文字を覚えようとした。ヴィルの言葉が何語なのかはしらないけど、発音が明らかに難しそうだったし。それなら文字から覚えた方が早いかなーとか、フツー思うじゃん？

まずね、切れ目がわからない。うにょうにょとミミズが這ったような文字を、どこから書いたらいいかもわからない。いやーこれは無理だって。英語でも筆記体は無理な俺だよ？　未知の言語のむにゃむにゃした文字なんか、全然読み取れないからね？

さらに付け加えるなら、インクに浸して書くタイプのペンとも、全然仲良くなれる気がしない。インクが掠れるしべちゃってなるし、ボールペンが本気で恋しい。と、そんなこんなで、文字の習得は早々に諦めた。何年後かの俺、頑張れ。応援してる。

で、こうなったら発音から覚えるしかないってなって、俺も色々頑張った。絵本に書かれている言葉をひとつひとつヴィルに読み上げてもらって、カタカナで発音を書いていく。舌が攣《つ》りそうになりながら何回も声に出してみて、少しずつ単語を覚えていく。精霊のスキルのおかげで、相手の言葉だけは完璧に理解できるのは本当にありがたいなーなんてどこかにいる神様に感謝しながら、時々舌を噛んで涙目になりながら勉強するうちに、ようやく幼児レベルには話せるようになった。

「うぃる、さんぽ。いく?」

どうよ、このたどたどしさ! 幼児かよって自分でも思うよ!

これでも、日常会話で使えそうな単語はそこそこ覚えたんだ。でも問題は文法でさー。先生ゼロ状態から文法読み解くとか無理じゃない? 疑問形だと言葉の順番が違うとか、前の言葉によって語尾が少し変化するとか、もう無理、お手上げ。

知ってる単語を並べて、疑問形ならこてんと首を傾げる。これで通じるんだからいいだろ! 誰か良いって言ってくれ!


ちなみに今のところ一番発音が難しい単語は『ヴィルフリート』だ。『ヴィル』だけでも難しくて、相当頑張らないと『うぃる』とか『びる』とかになっちゃうんだよな。

一番使う言葉なんだから頼むよマジで。名前呼ぶたびに舌が攣りそうになるとかほんと困るし。でも『うぃる』だと完全に別人になっちゃうから、名前くらいちゃんと呼んでやりてーし。

ヴィルは言葉が通じるだけでも嬉しいみたいで、俺が話すたびに破顔するんだけどな。そんな顔を見ていたらなおさら、頑張ってもっと話せるようになりたいなーと思うんだ。

「いいね、行こうか。ついでに使用人を紹介するね」

やった散歩だ! といそいそと帽子をとってきて、鏡の前で全身を見る。ケヴィンが用意してくれた服は、少し丈が長めのセーラーカラーの長袖と、ちょっとボリューミーな感じの半ズボン。

断じてこれはかぼちゃパンツじゃないから。半ズボンだから。

ハイソックスと革靴を履いて、大きめのベレー帽を被れば、どこかのお坊ちゃんの出来上がりだ。耳は帽子に、尻尾はズボンにきっちり隠れて、一見フツーの人間に見える。

よし、とヴィルを振り返ったら、とろけそうな顔でこちらを見ていて、なんだかちょっと気恥ずかしくなった。だって、家の中より外が好きだ。ちょこっとだけど話せるようになったわけだし、言葉の勉強はそこそこにして、遊ぶ時間を増やしたい。ほら、誰かと話すのも言葉の勉強には良いって言うじゃん？　ヴィルの仕事の邪魔はしちゃいけないけど、たまに散歩に誘うくらいならいいじゃんね。

ネコヤナギの幹をちょっと撫でたら、小川に沿ってくねくねと歩く。リンデンさんに挨拶をして、ぽかぽかした陽気に目を細めながらヴィルと手を繋いで。たまにわーっと駆け出すと、ヴィルが走って追いかけてくる。

「捕まえた」

「おーろーしーてー」

ぎゅうっと背中から抱きかかえられて、じたばたと足をばたつかせた。追いかけっこは楽しいんだけど、ヴィルはスキンシップが激しくて困る。しょっちゅうどこかにキスしてくるし、こうやってぎゅっと抱きしめてくるし。その度に真っ赤になって抗議するのに嬉しそうに笑うから、俺は唇を尖らすしかない。

そんなふうに初夏の裏庭を思う存分楽しんでたら、大きいお屋敷のすぐ近くまで来ていた。こっちがヴィルの本当の家で、使用人さんもこっちにいるんだって。なんでも、ネコヤナギ近くの小屋は、俺がいつ起きてもわかるように建てただけらしい。そのために一軒家建てちゃうとか、王子様ってすごいよなー。厳密にはもう王子じゃなくて、ナントカっていう爵位の貴族で、この辺り一帯を治める領主様らしいんだけど。難しいことはよくわかんない。

——あれ、でも、こんなに屋敷に近づいていいのかな？

「準備が整うまでは、るり様はできるだけ屋敷には近づかないでください」ってケヴィンに言われてたと思うんだけど……と、ちらりとヴィルを見上げたら、にっこり笑って手を繋がれた。促すようにして歩んでいく先は、やっぱりお屋敷の正面玄関の方だ。そういえば、使用人を紹介するとか言ってたけど、準備ができたってことなのかな？

……ううむ、やっぱりもう少し話せるようにならないと、聞きたいことが全然聞けないや。

むーんと唇をへの字に曲げていたら玄関にたどり着いて、内側から扉が大きく開かれた。中にいたのはケヴィンと、ザ・メイドさん！　って感じの女性が五人と、料理人っぽい男の人が二人、庭師さんが二人。え、使用人ってこんなにいるの。前に小さい屋敷だから少ししかいないとか言ってなかった？　ヴィルの概念どうなってんの？

咄嗟にささっとヴィルの後ろに隠れて、そろーっと様子を窺ってみる。うう、なんかみんなこっち見てる。人見知りってわけじゃないけど、注目されるのには慣れてない。前世はモテない男子高校生だったし、ちょっと前までスケルトンだったし。同じ精霊たちは気ままに過ごしてる人が多かったから、こんなに注目されることなんてクラスの発表以来じゃないか？　俺はもちろん苦手だった。

「紹介するね。料理長のベンと、見習いのティモ、メイド長のマルシア。メイドが左からアンナ、メアリ、……」

ヴィルの紹介に合わせて一人ひとり頭を下げてくけど、ちょっと待ってもうわかんなくなってきた。ムキムキコックさんがベンで、幼い感じのノッポがティモ、おさげのメイドさんがアンナで、ええと、ええと。……みんな名札付けてくれないかな。できればカタカナで。

「そしてこちらが、俺の伴侶のるりだ。……るり、帽子取れる？」

「えっ？　帽子取るの？」

「大丈夫だから」

ええーまじで？　ほんとに？　珍獣・猫耳人間！　って捕まえられたりしない？　動物園で暮らすのとか嫌だよ？

……ヴィルが大丈夫っていうなら、いいけどさぁ。

しぶしぶベレー帽に手をかけて、外したそれを胸の前でぎゅうっと握る。ちょっとびくびくしながら周りの反応を窺うけど……、なんだろ、案外驚いてないのかな？　ベンさんなんて完璧な仏頂面のまんまだし、メイドさんたちはむしろ瞳をきらきらさせてる。かわいい！　って聞こえてきそうな視線がむずがゆいけど、概ね好意的に受け入れられたっぽい。

「よ、よろしく、です」

まだ丁寧な言葉は使えないから、ぺこーっと頭を下げて挨拶をしてみる。温かな拍手で返されて、ほっとしてヴィルに微笑んだ。

＊＊＊

顔合わせが終わったら、次はお屋敷の探検だ。玄関ホールから左右に廊下が延びていて、真ん前にはよく磨かれた階段がある。一階は主に客室で、プライベートな空間は二階に集まってるんだって。なんか殺人事件とか起きそうな洋館だなあってわくわくして見てたら、最後に連れて行かれたのはヴィルの部屋だった。

つまりは館の主人の部屋ってことだから、そりゃもう重厚な造りでね。扉なんて両開きだし、絨毯だってふかふかだし。ベッドじゃなくて床でも寝られそうなくらいだ。扉から入ったところはソファーと執務机がある部屋、右隣はクローゼットで、左隣はでっかいベッドのある寝室。

天蓋がついたベッドとか初めて見たよね。ていうかこのベッド何人用？　頑張れば六人くらい寝れちゃうんじゃない？

好きに見ていいよって言われたから、適当に扉を開けてみる。ここはお風呂！　トイレもある！

……さっき見たメインのお風呂とは別に、自分の部屋にもお風呂あるんだね。すごいね。

あっあの扉はなんだろ？　まさか第二のクローゼットだったりして。

えーいっと扉を開けて覗くと、そこはちょっとかわいらしい感じの部屋だった。クリーム色の壁紙と、ヴィルのより一回り小さい机。曲線がかわいらしい猫脚のソファーとか、なんかちょっと女の子な雰囲気。そのさらに奥の扉を開けるとでっかい姿見と鏡台のついたクローゼット。そこにかかっているのはなんだか見覚えのある薄絹のドレスで――まさか、ここ、俺の部屋とか言わないよね？　ってヴィルを振り向くと、ヴィルは微笑みを浮かべて俺を見ていた。

……なんでそんなに嬉しそうなんだよ。

「この屋敷を改修するときには、まさかるりに使ってもらえるなんて思ってなかったんだ。るりに似合いそうな設えにしたけど、ここまでは来られないって知ってたから」

大きな寝室を真ん中に、左右対称に夫婦の部屋があるのが一般的で、つまりここは奥さんの部屋らしい。まだ俺が眠っていたころから俺に合わせた設えにしてくれてたってことは、ようするに、俺以外と結婚するつもりはなかったってことなのかな。

触れられなくても、話せなくても、俺だけを好きでいてくれたってことなのかな。

――それって、なんか。

ヴィルの気持ちはわかってるつもりだった。三年会えなくても待っててくれたし、会えてからはたくさん好きって言ってくれるし。触れ合う指先に、愛おしげに俺を呼ぶ声に、想いはたくさん詰まってるから。

でも、まさかそんなふうに、一生を捧げてくれるつもりでいたなんて、……そこまでの気持ちだなんて、知らなかった。

「嬉しいな」

ヴィルがとろけるような笑みを浮かべる。その表情に胸がきゅうっと締め付けられて、ヴィルの指に指を絡める。

ずっと会いたかった。話したかった。ヴィルと触れ合って、じゃれあって、ずっとそばにいたかった。

──嬉しいのは、俺の方だよ。

初めて好きになった人に、こんなに深く想ってもらえて。願ったことが、こうして叶って。

まだ言葉は上手とは言えないけど、ちゃんと気持ちを伝えることもできるから。

「ゔぃる、だいすき」

まっすぐ見つめながら気持ちを告げれば、優しいキスが降ってきた。

プレゼントを買いに

お屋敷のみんなと挨拶したことで、また生活はちょっと変わった。

後からわかったことだけど、皆に紹介してくれたのも、耳のことを伝えたのも、俺がのびのび生活できるようにってことだったらしい。耳と尻尾をしまった生活は窮屈だろうとか、王城の庭に住んでた頃みたいにたくさんの人と話したいかもしれないと思ったんだって。でもそのためには口の堅い人に入れ替えないといけなくて、かなり時間がかかったんだとか。

そんな無理しなくても……とは思ったけど、嬉しいっちゃ嬉しいよね。まだ初夏だから大丈夫だけど、夏場の帽子は蒸れそうだなーって心配だったし。のびのび過ごせるのは嬉しいしね！

あの日を期に俺とヴィルはお屋敷の方に移動して、あのめちゃくちゃ大きいベッドで寝てる。えっちなことは毎日するけど、抱き潰されることは減った。なぜかって、ヴィルがお仕事に行くようになったからだ。ていうか鬼執事ケヴィンがそう仕向けたから、って感じかな。

えっと、領主のお仕事は夏から秋にかけてが忙しくて？　秋には収穫祭とかもあって？　なのに春からこっちヴィルは俺にうつつを抜かしてばっかりで？

「領民を困らせるような領主の奥方様は、きっと苦労なさるでしょうね」なんていうため息混じりの決め台詞に、ふてくされたヴィルがしぶしぶ領主館に通うことになったんだ。

領主館ってここじゃないの？　って思ったんだけど、領地で一番大きな街の真ん中にでで一んっとあるんだって。でもそこだと精霊つきの樹はないし、ネコヤナギを植えられそうなところもないし……ってことで、わざわざ別に居を構えたんだとか。う一ん、なんというか、お金持ちってやることがすごいね。俺のためって思うとちょっとこそばゆいけどね。


そんなこんなで日中はヴィルがいないことが多いから、大体ひとりで遊んでる。小川でぱちゃぱちゃ遊んだり、リンデンさんに登ってみたり、芝生でごろごろ寝転んだり。

もう樹の精霊じゃないんだけど、やっぱり外が好きなんだよなあ。耳や尻尾の毛を風がくすぐっていく感じとか、小鳥の会話に耳を傾けながらの日向ぼっことか、ほんっとうに癒やされる。

それに飽きたら今度はお屋敷の探検だ。暇そうな人を探してうろうろして、構ってくれそうな人のところに突撃して。芋の皮を剥きながらティモの馬鹿な話を聞いたり、洗濯したシーツをせ一の！　で広げながら、アンナたちとおしゃべりする。手伝いになっているかは微妙なところだけど、皆優しいからついつい遊びに行っちゃうんだ。

でもそのおかげで、言葉もちょっと上達したんだ！　ほんのちょっとだけど！

…………先は長い。

＊　＊　＊

毎日思いっきり遊んでいたら、時が経つのもほんと早い。

気づけば初夏が終わって夏になって、ヴィルの誕生日が近づいてきていた。

実体のないときは花を降らせるくらいしかできなかったけど、今ならなんでもできるんだよな。

街に行ったのはヴィルに連れて行ってもらった一回だけだけど、ケヴィンは毎月お小遣いをくれるし。貯金も結構貯まってるはず。

でも問題は、この世界のプレゼントの定番がわからないってこと。

何かのアクセサリー？　……元王子の領主様に見合うアクセサリーとかいくらするんだろ。

じゃあ、タイとかチーフとか？　……うん、無理。服に合わなくて使えないオチが目に見えてる。それくらいならまだいいけど、ヴィルなら俺のプレゼントに合わせて服を仕立てたりしそうだし。本末転倒もいいところだ。センスが必要なものはやめておくとして……だとすると、何だ……？　ヴィルは何がほしいんだ？　とうんうん頭を悩ませて、悩ませすぎてよくわからなくなって、相談してみることにした。

「アンナ、メアリ、こいびと、なにあげる？」

「ええっ⁉　こ、恋人ですか？　私はまだ誰とも付き合ったことがないので……」

「うーん、この時期だと収穫祭用のお花が多いでしょうか。お店にたくさん並んでいましたよ」

「しゅうかくさい？　おはな？」

くてんと首を傾げて復唱したら、アンナとメアリが口元を押さえて俯いた。なんだろ、貧血か

しい。

りは永遠に結ばれると言われていて、収穫祭前には花を贈ってプロポーズしたりされたりするらが広場で踊るんだって。そのときに男性の胸ポケットと女性の髪に同じ花を飾っていたら、ふた

その年の実りを祝う収穫祭だけど、恋人たちにとってはちょっと特別なイベントで、カップル穫祭について色々わかった。

な。皆働きすぎなのかも。とりあえず椅子に座ってもらってあれこれと質問をしていったら、収

――花とダンス、かあ。

なんか、なんとなく、馴染み深いよな。ヴィルが十二の頃から数え切れないくらい一緒に踊ったし、誕生日に花をあげたりもした。春には桜吹雪の中でくるくる回って、秋には紅葉の絨毯を踏みしめて踊った。

そんな俺たちにとって、これはぴったりのプレゼントのような気もする。ヴィルは「結婚したい」って言ってくれたし、俺もそのつもりだけど、まだちゃんと気持ちを伝えてはいないし。はっきり言うのはちょっとハードル高くても、花をプレゼントして遠回しに……っていうのはいいかもしれない。

そうと決まれば、善は急げだ！

二人に勢い良くお礼を言って、ケヴィンを探して走り出した。

＊＊＊

「いってらっしゃーい」

ちゅっとほっぺにキスされて、同じようにキスを返す。いつもこうやって玄関でヴィルを見送るんだけど、これだけしてればさすがに慣れた。口へのキスはまだ全然慣れないけど、ほっぺにちゅーはこの国では挨拶のうちだから、いちいち赤くなってちゃ身が持たない。

ぶんぶんと手を振ってヴィルを見送り、ぱたんと扉が閉まるのを待って、慌てて部屋に駆け戻った。大慌てで服を『お出かけモード・貴族のお嬢さん風』に着替えて、ばっちり用意して隠しておいたお出かけ用の鞄を手に取って、ばたばたと階段を駆け下りる。

ヴィルにバレないように、待ち合わせは裏口。念のために遠回りしながら今日は街へお買い物だ！

ついてきてくれるのは、メイドのアンナと、料理人見習いのティモ。なんかね、ティモはアンナのことが好きなんだって。だから一緒に行かせてくれって頼み込まれて三人になったんだけど、いやー若いね。青春だね！　頑張れ！　おにーさんは応援してるよ！

なんで女装なのかっていうと、俺の見た目は結構目立つから、少し出歩いただけでも顔を覚えられちゃうかもしれないいんだってさ。半ズボンで出かけていた少年が、領主様の妻だった！　ってなったら色々マズいから、お屋敷の外ではしっかり女装。耳はもちろん帽子で隠して、カタコトがバレないようにできるだけ他の人とは話さない。話すときはアンナかティモを介するように、っていうのがケヴィンとの約束だ。失敗してヴィルが困るのは嫌だし、ちゃんと頑張る。

馬車に揺られて向かった街は、やっぱりすごく賑やかだった。領内で一番大きい街だって、ヴィルも前に言ってたっけ。前はまだ言葉も今ほど話せなかったし、あんまり長くいられなかったけど、今日はのんびりできるしちょっと嬉しい。

両側をふたりに挟まれた〝捕まった宇宙人スタイル〟で、まずは花屋さんに向かう。この世界の花は、魔法をかけたら数ヶ月は保つらしく、こんなに早く買っても平気らしい。むしろ早ければ春から準備する人もいると聞いてびっくりした。日本でいうとバレンタインみたいな感じだろうか。年が明けたらすぐにチョコのCMやってたし。

あれこれと余計なことを考えながら、たくさんの花で溢れた花屋さんの店先をそろっと覗く。今の見た目ならそんなにおかしくないはずなんだけど、なんか場違いな感じがしてむずむずするんだよな。挙動不審なせいかやたらめったら人に見られてるし、変質者みたく思われてるのかも。ささっと買って出るから許して！　どうやって選んだらいいか全然わかんないけどさ‼

と、内心では叫んでたんだけど、意外にもすんなりと花は決まった。

紫から紺にグラデーションしてる、母の日の花に似たやつがあってさ、一目見た途端ビビッと来たんだ。ヴィルの目の色と俺の目の色が一つの花に入ってるなんて、もう選ぶしかないよな。それを中心に、いつかヴィルに降らせた白と青の小さな花をあしらったら、花飾りの出来上がりだ。豪華に見えるけど可愛すぎない出来栄えで、結構うまくいったと思う。

この白と青の小さい花さ、偶然にもこっちの地方に咲く花なんだって。前は風の精霊さんに『今が旬の綺麗な花』ってお願いして運んできてもらっただけなんだけど、花屋さんで見つけたときは嬉しくなった。店員さん曰く、可愛くていい香りがして人気なんだけど、魔法をかけないと一日しか咲いてくれない花なんだとか。育てるのは難しい花だし、魔法がかかった花は高価だからよその地方ではめったに見られない花なんだって教えてもらった。

そんな花だなんて全く知らなかったけど、またこうして出会うなんて何か縁を感じちゃうよね。

よし、花が買えたら次はプレゼントだ！　と言っても、こっちはまったく決まってないんだけどな。ヴィルは何が嬉しいかなーっていう相談は、「るり様がプレゼントされたものなら何でもお喜びになりますよ」なんていう言葉で締められたからな。それはそうかも、って思っちゃうあたり、俺も大概自惚れてる。

けどさ、ちょっと前に見つけちゃったんだよな。俺が昔フラワーシャワーにしたあの花が、綺麗に押し花にされて栞になってるとこ。瑠璃色の台紙に貼って栞にするとか、ちょっと俺のこと好きすぎだろとか思ったけど。

……ヴィルに触れたい一心で実体化した俺も、人のことは言えない。

とりあえずぶらぶらしながら探そうかということになって、街一番の大通りを店を冷やかしながら歩いていく。大通り沿いには大きい店が、一本入ると少し小さな店がひしめき合うように並んでいて、見てるだけでも結構楽しい。

やっぱり服やアクセサリーは難しそうだし、何かの雑貨がいいかなあときょろきょろしていたとき、風の精霊がぶわりと近くをすり抜けて行った。

『気をつけて、つけられてる』

『気をつけて、いやな目つき』

『その小道を左に。急いで！』

初めて耳にする切羽詰まったような声に、身体は即座に反応した。アンナとティモの手をむんずと掴み、小走りに左の小道に入る。それと同時に大通りには突風が吹き荒れたようで、後ろできゃあっと悲鳴が上がる。振り向くような余裕はないけど、たぶん風の精霊たちが足止めしてくれたんだろう。心の中でお礼を言いながら、大急ぎで近くの店に飛び込んだ。

「ど、どうしたんですか、るり様」

「ん？　んんんー、なんにも。ここが気になったから」

とりあえずへらりと笑って誤魔化して、きょろきょろとお店を見回してみる。大通り沿いの店よりは小さいけど、その分品揃えにはこだわってるみたいだ。

入ってラッキーだったかも、と適当に一つ手に取りながら、さっきの事件について思い出す。精風の精霊の忠告なんて初めてだったし、あんなふうに突風まで起こすなんてなおさら珍しい。精霊は基本的に人間のことには我関せずって感じなのに、仲間だから気にかけてくれたのかな。

うーん、でも、なんで俺をつけてたのかはわかんないよね。貴族のお嬢さん風だから、お金を持ってそうに見えたのかな。身代金目的の誘拐とか？

——あ、これ。

商品を見ているフリで考えごとをしていたけど、それを見た途端頭はそっちに持って行かれた。置き物かと思ったけど持ってみるとずっしりと重くて、文鎮みたいなものだとわかる。見た目は白っぽい猫が伸びをしている姿そのままで、気持ちよさそうな表情は見ているだけで癒やされそうだ。

これなら仕事の合間に見て和むかもしれない。仕事場に持ってくのが恥ずかしかったら、家の執務室でも使えるかもだし。

「アンナ、これ」

「わあ、かわいい！　これになさいますか？」

「うん！」

貴族のお嬢さんは自分でお財布を出したりしないらしいから、品物をアンナに渡してお会計をお願いした。包装紙やリボンの色だけあれこれ注文をつけてから、ティモはどこ行ったんだろうと店内を見回す。一見すると見当たらないけど、お店の外にでもいるのかな？　と外に出て少し探していると、くねった道の先に少し風変わりな家があった。

なにが風変わりって、緑がすごい。家が見えないくらいに樹がもさもさと生い茂っていて、そのほとんどが精霊つきみたいだ。

すごい、うちより多いかもしれない。

『あらぁ、めずらしい子がいるわ』

『ほんとね、ロビンのお仲間ね』

『そんな物好きが他にもいるのねぇ』

「聞こえていますよ」

『聞かせているのよ』

　きゃらきゃらと賑やかな精霊さんたちに答えつつ、肩を竦めながら門を開けたのは、人間離れした綺麗な顔をした男の子だった。ほとんど真っ白だけど毛先に向かってだんだんピンクが濃くなっていく不思議な髪の色で、毛先と目の色は紫がかった濃いピンク。長い睫毛も根元は白くて毛先はピンクなんで、なんだか妙に感動してしまう。俺よりは少し大きいけど、まだ子どもらしい体つきだ。精霊にしてはめずらしい。……あれ、でも、透けてないな。門だって手で開けてたし。

「……精霊？」

「そうですよ、よく珍しいとか物好きとか言われますが、君と同じ存在です」

　え、すごい、仲間いたんだ⁉

　てことはロビンって呼ばれてたこの人も、同じように実体化したんだ。樹との絆を断ち切って、他の誰かと絆を結んで『存在改変』しちゃったんだ。

　それはちょっと詳しく話を聞いてみたい。たぶんロビンの方が先輩だろうし、これから役立つあれこれとか、『実体化精霊あるある！』とか話してみたい。

「よかったら中でお話でも……と言いたいところですが、るりというのは君ですか？　女の人が呼んでいますよ」

「あっそうだ！　俺行かなきゃ！　えっと、えっと、」

「ロビンです。また会いましょう」

「うん！　ロビン、またね！」

ぶんぶんと大きく手を振って、来た道を走って戻っていく。振り返るとロビンが微笑んで手を振ってくれていて、なんだか胸がわくわくした。

＊＊＊

アンナとティモと無事合流できて、戦利品を手に意気揚々と馬車に乗った。花も買ったし、子猫の文鎮も買えたし、これでヴィルの誕生日プレゼントはもうばっちりだ！

ロビンともう少し話してみたかったけど、そろそろ帰って元の格好に戻らないとヴィルに見つかっちゃうかもしんないしね。早くヴィルにプレゼントしたくてたまらないけど、誕生日までがまんがまん。こういうのはサプライズが大事だからね。

るんるんにまにましながら馬車に揺られているうちに裏門について、ティモが先に降りて扉を開けてくれた。それに続いてよいしょっと裾をからげて馬車を降りて、お屋敷の方に目を向けて——門の近くに立っているヴィルを見つけて、かちりと身体が固まった。


え、待って、なんで今日こんな早いの⁉

いつもこんな時間に帰ってきたことないのに！　ていうかなんでここで待ってるの⁉　俺が帰ってくるの待ってたってこと⁉

しかも、その、見たことないようなイイ笑顔は何⁉

誰もが見惚れるイケメンスマイルだけど、何か黒いものが見えるのは気のせい⁉

あまりの迫力に戦利品の入った紙袋を抱きしめるけど、……わぁ、お花のいい匂いがする、ちょっと和む〜。……って、現実逃避してる場合じゃない。

「ヴィ、ル、ただいま？」

へらりと笑って小首を傾げたら、ヴィルの笑みが一層深くなった。つかつかと早足で歩み寄り、俺を抱き上げて歩き出す。……あのう、オーラが、怖いんですけど。もしかして怒ってたりしますか。なーんて、明らかに怒ってるのに聞けないけどさあ。


無言のままつかつかと運ばれたのは、ネコヤナギの近くの小屋の方だった。裏門からだとこっちの方が近いからだろうけど、入ってすぐに鍵をかけられて尻尾がぶわりと太くなる。抱えていた紙袋を取り上げられ、ベッドに乱暴に降ろされて、嫌な予感に頬が引き攣る。

明らかに怒ってる。でもなんで？

なんでヴィルこんな怒ってんの？

「るり、言い訳はある？」

言い訳ってなんだ。たしかにプレゼントは買いに行ったけど、そんなに怒られるようなことはしてない、はず。耳も尻尾もちゃんと隠してたし、出先でもお嬢様っぽく振る舞ってたつもりだし。一瞬だけアンナたちとは離れたけど、大して経たずに合流できたし。まず何を怒ってるのかがわからないと、何を言い訳すればいいかもわからない。

えっと、と口を開きかけたら、がばりとスカートがめくられた。驚いて声も出せないうちにずるりとパンツも脱がされて、蕾に指が突き込まれる。毎日抱かれているせいで柔らかく湿っている襞を広げ、指が無遠慮に内壁をまさぐる。

「ティモと二人でお出かけなんて……一体いつから?」

「っひ、ぅ……んんっ!」

違う、二人じゃなくて、馬車の中にはまだアンナがいて――と言いたいのに、前立腺を擦られたら言葉なんて出てこない。それどころかヴィルはちんこをぱくりと口に含んでくちゅくちゅと舌で転がしてくるから、涙目になっていやいやと首を振ることしかできない。

まだ皮を被っている先っぽを、ヴィルが舌先でぐにぐにと舐める。皮と先端の間に舌を差し込んで、強引にそこを剥がしていく。ちりりとした痛みに身を震わせると前立腺がとんとんと刺激され、強すぎる快感にわけもわからずぼろぼろと泣く。

「にゃぁあ、あ、あっっ‼」

やがて皮が完全に剥けたとき、先っぽをきつく吸われながら前立腺をぐりぐりとイジられ、俺は猫みたいに悲鳴を上げてイった。目の前にちかちかと星が散って、身体が勝手にびくびくと跳ねる。それなのにヴィルは口を離さず先端ばかりを舐め続け、ぐちゅぐちゅと後ろをかき混ぜる。

やだ、やだ、もうイッたから離して、とぐずぐずに泣いて懇願するのに、ヴィルには全然聞こえてないみたいだ。

――ぁ、ぁ、…………なんか、クる、

かつてない感覚が駆け上ってきて、渾身の力でヴィルを押しのけた。ちゅぽんと間抜けな音を立てて性器が久しぶりに外気に触れ、それと同時にぶしゃあっと大量の水が噴き上げる。

「~~~~~~っっ!!」

「潮吹き?　……そんなに気持ちよかった?」

なに、これ。

潮吹きってなに?　女の子がするやつじゃないの?

ちんこは壊れた蛇口みたいに水をびゅくびゅく噴き上げているし、イキっぱなしの感覚だって止まらない。腰だけが勝手にかくかくと動いて、わけがわからないままぼろぼろと泣く。

たぶん、ちんこが壊れちゃったんだ。だからおもらしなんかしちゃって、イくのもこんなに止まらないんだ。ヴィルが、ヴィルがイジりすぎるから、ちんこ壊れちゃったんだ。

「っぅ、う、ゔぃるのばかぁ……!」

うわぁんと子どもみたいに泣いて、身を捩って枕に伏せる。尻尾を丸めてお尻の谷間を覆い隠し、ぺったりと耳を伏せてぐずぐずと泣く。

やだって言ったし、待ってって言った！　怒ってるヴィルは全然聞いてくれなかったけど！　ていうか、大体なんでそんな怒ってんの⁉　俺プレゼント買いに行っただけだし、ティモだけじゃなくてアンナもいたし！　言い訳は？　なんて聞いたくせに、言い訳する暇もくれないじゃんか！

いろんな感情がぐるぐると渦巻くけど、こんな勢いで言葉なんて出てこない。ゆっくり考えないと話せないし、そもそも泣きじゃくっててしゃべれないし。枕に伏せて、ひっく、ぐすっ、って泣くなんて子どもみたいだけど、涙は全然止まらない。

「るり、るり、ごめん」

ヴィルに頭を撫でられたけど、ぺしっと払って顔を背けた。

お、俺だって、怒るときは怒るんだからな！

せっかくヴィルの誕生日プレゼント買いに行ったのに、ヴィルのこと考えて選んだのに、……なんでこんなことになっちゃったんだろ。

俺はただ、ヴィルにおめでとーって言って、プレゼント渡して、喜んでもらいたかっただけなのに。喧嘩なんてするつもりなかったのに。

「っおれ、ティモとデートしてないっ！　アンナもいた！」

「……っ、ごめん。……泣かないで」

「ばか！」

「ごめん」

ヴィルが布団をかけてぎゅっと抱き込んできて、ぼろぼろ泣いたままヴィルを罵《ののし》る。といっても、ばか以外の言葉は知らなくて、ほんとにそれしか言えないんだけど。

泣きじゃくりながら拳を握りしめていたら、ヴィルの手が優しくそれを包み込んだ。

＊＊＊

あー泣いた泣いた。こんなに泣いたのいつぶりだろ。

瞼は腫れぼったい感じがするし、鼻水だってずびずびだ。きっとひどい顔をしているだろう。

「……るり、顔、見せて？」

ヴィルが優しく声をかけてくるけど、ぶんぶんって首を振って、ぎゅうっと胸にしがみ付く。

俺、悲しかったし、怒ってんだからな！

アンナに気づいてなかったのかもしんねーけど、ちゃんと話くらい聞いてくれとか、エロいことだってもう少し加減を考えろとか！もっと言葉が達者ならいっぱいいっぱい言ってやるのにと、胸を軽く拳で小突いて、むうっと唇を尖らせる。

「本当に、ごめん。……きらいになった？」

ぽつりと落とされた悲しげな声音に、驚いてヴィルの顔を見つめた。

え、な、なんでそんなつらそうな顔してんの⁉ 顔見せるのやだって言ったから⁉ ちょっと胸を小突いたから⁉ そんな顔お母さんが亡くなったとき以来見てないんだけどー⁉

うう、そんなしょんぼりした顔すんなよ。どうしたらいいかわかんなくなるじゃん。

ばかだな、少しくらい怒ったとしても、きらいになんかなるはずないのに。

「ばか。すき。……あれ、ヴィルの」

えーと、プレゼントってなんて発音するんだったっけ。ええっと、誕生日は……こっちもド忘れした。机に置かれた紙袋を指しながら弱りきってヴィルを見上げると、ヴィルがきょとりと目を丸くした。

机の上を見て、俺を見て、机の上を見て、……紙袋からこぼれた箱に目を見開く。

飴色の包装紙も紺色のリボンも、ちゃんと俺が選んだんだ。センスなんてないに等しいけど、お店の人が上手に包装してくれたおかげで、結構見栄えはよくなってる……と、思うんだけど。

どうかな？　とじいっとヴィルを見つめていると、綺麗な顔がくしゃりと歪んだ。


――この顔、知ってる。泣きそうなのを我慢してるやつだ。


ついつい忘れがちになるけど、ヴィルってまだ十七なんだよな。もうすぐ十八になるところ。領主様で、屋敷の主人で元王子で……しっかりしてるから忘れそうになるけど、前世の俺と同い年なんだよな。

前世の俺はもっと子どもだったけど、ヴィルだってまだ子どもなんだよな。

「……るり」

あーあ、ほんとーに、まいった。

俺にしては結構怒ってたんだけどな。プレゼントだって、本当は誕生日にいちゃいちゃしながら渡すつもりだったのにって、ちょっと残念に思ってたのにな。

ここでこんな顔されたら、もう怒ってなんていられない。素直に泣けない子どもみたいな、慰めたくなっちゃうような顔なんて、ほんとーにまいった。

首に手を回して抱きついて、額と額をくっつける。

紫の瞳を覗き込んで、しょうがないなってちらりと微笑む。

「ごめん」とともに降ってきたキスが、じわりと心を解いていった。


気持ちいいことは好きだけど、こういうえっちが一番好きだ。激しく貪るようなえっちじゃなくて、ゆっくりと味わうみたいなえっち。

ヴィルの膝に跨って、ずっとキスしたまま深く深く繋がる。ぬぷぬぷと最奥の襞が擦られて、ゆらゆら揺れる尻尾をヴィルが優しく扱き上げる。ツンと立ち上がる乳首をくりくりと指先で転がして、ちんこの蜜をつうっとなぞって。

「すきだよ」なんて甘く囁かれながら気持ちよさだけを感じていると、とろとろと溶けてしまいそうになる。心も身体もどろどろになって、ヴィルのことしか見えなくなる。

「ぁ、ぁ……ゔぃ、るぅ……っ」

「るり、気持ちいい？」

耳にかりっと歯を立てられて、にゃあにゃあ啼きながら頷いた。さっきからずっと小さくイキつづけている感じだ。ちんこからは何かがずっと溢れてくるし、乳首も物欲しげに立ったまんま。既に何回かヴィルのを注ぎ込まれたお腹の中は、ヴィルが動くたびにもっともっときゅうきゅう締まる。

こつん、と少し強めに突き上げられて、快感に目の前がちかちかと弾けた。腰を引いてまた埋め込んで、少しずつ激しくなっていく動きに、ヴィルの限界の近さを悟る。また、熱いのをナカに注いでもらえる。

「っにゃぁあっ……！　ゔぃるっ、ゔぃるぅっ……！」

「るり、出していい？　るりのナカ、いっぱいにしていい？」

「んんぅっ！　ぅんっ……！　いっぱい、…………ッあ!!」

叫ぶと同時に熱が弾けて、その熱さに頭の芯まで灼かれてしまう。真っ白になった頭で快感だけを追いかけながら、ヴィルの身体に縋りつく。

どろどろに溶けてしまった頭の片隅で、ただ幸せだけを感じていた。

＊　＊　＊

ふー。まんぞくまんぞく。

らぶらぶえっちは気持ちいーね。でも気持ちよすぎてちょっとだめだね。ずっとずーっと指を絡めて、キスしたまま繋がったりしたら、幸せすぎて胸もきゅんきゅんしちゃうよね。

……ほんとどこのバカップルだよ。

結局止まらなくなって何回も身体を繋げた後の記憶がない。たぶん例によって気絶するまでえっちして、ヴィルに後始末をしてもらったんだろう。身体はすっきりと拭き清められて、柔らかな寝間着が着せられていて心地いい。

すっぽりとヴィルに包み込まれて目覚めるなんて、かなり幸せな目覚めかも。

んー、あったかい、とすりすりと頬を擦り付けたら、ヴィルがくすくすと笑みをこぼした。

……起きてたなら言えよ！　はずかしーだろ！

「おはよ」

うーわー、なんでヴィル半裸なの。夏だからなの。半裸のイケメンがつやっつやの笑みを浮かべて挨拶するとか、どんなシーンなのこれ。しかも微笑みかけられているのは俺なんだよ？　どういうことなの？

無性に恥ずかしくなって赤くなったら、ヴィルがからかうようにほっぺたをつついてくる。

なーんーだーよーやーめーろーよーってむくれると、もっともっと嬉しそうに破顔する。

そうしてるとなんか子どもみたいだ。あんなにエロエロなくせになあ。

「プレゼント、見てもいい？」

「ん」

紙袋に入っていた箱は二つ、こぼれ落ちて見えている小ぶりな箱と、底に入れていた真っ白の箱。それぞれ子猫の文鎮と、収穫祭で使う花飾りとが入っている。

飴色の包装紙で包まれた方をヴィルが開けている間に、俺はそっけない白い箱に手をかけた。こっちは、中身を出してプレゼントする仕様になっているから、梱包は花が傷まないための簡単なものだ。通常であれば男性が女性の髪に花を飾って一緒に踊るようお願いするらしいんだけど、俺からヴィルの場合はどうしたらいいんだろう。胸ポケットに刺そうにも、ヴィル上半身裸だし。

ちらりと中身を覗いて悩んでいるうちに、ヴィルが感嘆の声を上げた。白い子猫の文鎮を恐る恐る取り上げて、近くでまじまじと見つめている。「るりみたい」なんていう言葉にはちょっと笑ってしまったけど、喜んでもらえたみたいでよかったよかった。

「ヴィル、これも」

「うん？　…………花？」

「収穫祭、一緒におどろ？　……できれば、だけど」

花を差し出して自信なく言葉を付け加えたら、ヴィルが心底驚いたように目を瞬いて、とろけるような顔で笑った。

文鎮を置いて、押し抱くように花を受け取り、においを嗅ぐように鼻先を寄せる。紺から紫にグラデーションしているような豪奢な花と、その周りを彩る白と青の小さな花。もう何年も前にあげた花だけど、ヴィルはしっかり覚えてたみたいだ。紫の瞳をわずかに潤ませ、愛おしむように睫毛を伏せる。

「…………るり、ありがとう」

そんなに喜んでもらえると、ちょっとくすぐったいような嬉しいような。やっぱり嬉しい。

ぎゅうっと抱きしめてくるヴィルの背中に手を回して、収穫祭に思いを馳せる。

一ヶ月後に迫るお祭りが、今から楽しみで仕方なかった。

得難い幸せ　《ヴィル視点》

ずっとるりといられたら良いのだけど、領主である以上そうもいかない。再会に浮かれるあまり少し仕事を疎かにしてしまっていたことをズケズケとケヴィンに指摘されれば、反論する言葉などどこにも見つかりはしなかった。

朝に街にある領主館へと赴き、仕事を終わらせて夕方に帰る。領内で起きた犯罪の裁判や、国へ報告する書類の準備、領地を守る騎士たちの激励や秋の収穫祭の段取りなど、やらなければいけないことは山ほどある。めまぐるしく過ぎる毎日で、るりとゆっくりできるのは夜と週末だけになってしまった。

「それでね、ティモがね、」

にこにこと楽しげに話するりは、俺がいない間も楽しく過ごしているらしい。言葉の練習相手になればと紹介した使用人たちとも、あっという間に打ち解けてしまった。

触れ合えなくても、声が聞こえなくても、俺と友達になってくれたるりだ。誰かと友達になることなんて、きっとわけもないことなんだろう。

そう思えば胸にもやもやしたものが広がって、浮かべる笑みはぎこちなく歪んだ。

もやもやの正体が嫉妬だと知ったのは、るりを泣かせてしまってからだった。

珍しく早く仕事が終わり、浮かれた足取りで家に帰れば、ティモと外出していたらしいるりを目にして。焼け付くような怒りに駆られるままに行動した結果、初めてるりを泣かせてしまった。

「っぅ、ぅ、ゔぃるのばかぁ……！」

快楽で啼くときとは違う、本気の涙。ぺったりと耳を伏せ、悲しみに身体を震わせて泣きじゃくる姿に、冷水を浴びせかけられたような心地がした。

俺を想い、何年もかけて実体化してくれたるり。精霊の仲間たちと離れ、人間の言葉を少しずつ覚えて、いつも楽しげに笑っていたるり。……るりが、大変じゃないはずがない。仲の良い精霊たちと挨拶もできないまま引き離されて、寂しく思わないはずがない。

それなのに、誤解して嫉妬して、——こんなにも、泣かせて。

挙句、外出した理由は俺の誕生日プレゼントを買うためだったと、かわいらしい子猫の文鎮と収穫祭で飾る花を贈られて、罪悪感に胸が張り裂けそうになる。

——るりは、こんなにも俺を想ってくれている。

恋人がお揃いの花を飾って収穫祭で踊れば、永遠に共にいられるというジンクス。るりが聞いたら恥ずかしがりそうだからと、秘密にしたままさりげなくダンスに誘おうと思っていたのに。まさかるりが、ジンクスを知ったうえで、花を用意してくれるなんて。

紺から紫へと色が移ろう大輪の花と、その周りを飾る小さな花。るりが昔降らせてくれて、母と二人で押し花にした思い出の花。るりの想いを示すその花に、じわりと視界が滲《にじ》んでしまう。

この想いに、報いたい。

るりがくれた以上の幸せを、俺もるりに感じてほしい。

収穫祭までの多忙を極めた日々の中、ただそれだけを考えていた。

＊＊＊

るりと結婚する。口で言うのは簡単だけれど、手続き上はさほど簡単なことではない。曲がりなりにも俺は元王子で、るりは精霊だ。人間の決めた位などとは関係のないところで生きている。

それでも俺が結婚しようと思えば相手は最低限貴族でなければならず、俺は父の手法を真似ることにした。父が母を貴族の養子にし婚姻を成したように、るりを誰かの養子にしようということだ。

精霊を養子にしてくれというのだから、さすがに誰にでもお願いできるわけではない。というより、こんなことをお願いできるのは一人しかいない、と母の元侍医――幼い頃から『じい』と慕っていた人に手紙を送ってからしばらく。収穫祭の間際になって、快諾の手紙とともに養子縁組の書類一式が送られてきて、ようやく俺とるりは名実ともに夫婦になれた。

『老いぼれの目がまだ見えるうちに、初恋の君を拝する機会に恵まれるよう祈っております』

喜びが滲み出るような文章が、しみじみと胸に沁み入ってくる。遠からず王都に挨拶に行こうりを彷彿とさせる姿に口元を綻ばせながら、収穫祭へ思いを馳せた。

俺が用意した衣装は、淡い紫色のドレスと瑠璃紺のタキシード。るりの用意してくれた花を見たときは、誂えたような雰囲気に思わず感動してしまった。まるで俺とるりの気持ちが同じだと示しているようで、浮かれてしまうのも仕方ないだろう。

けれど、それらを身に纏ったるりは、想像よりもっとずっと美しかった。

ほとんど白に近い淡い紫の生地を、胸の下のところで濃い紫のリボンが締める。控えめにすとんと落ちるようなラインのドレスは些細な風にもふわふわと揺れて、少しずつ色合いを変えていく。

俺が扉を開けたことに気づいたるりが、ふわっと笑って振り返った。

ふわふわの髪は、顔の横あたりで綺麗に編み込まれて、至るところに濃い紫紺の花が咲いている。大人っぽい色の花がたくさん使われているのに可愛らしい仕上がりで、心配していたかわいい耳は、花と髪とで上手に隠されている。

ひと目見てまた恋に落ちたと言ったら、るりは笑うだろうか。

見惚れて黙りこくったままの俺を見て、るりが不思議そうに首を傾げるから、懸命に言葉を絞りだした。

「るり。……きれいだ」

気取った言葉も美辞麗句も、何も思いつきはしない。ようやくそれだけを告げてるりの手を取り、そっと指先にキスを落とす。

そのままうっとりとるりを見上げると、真っ赤な顔ではくはくと唇を開いている。数え切れないほど身体を繋げて、いつも快楽に身を震わせて淫らに啼くのに、るりは本当に初心なままだ。指先への軽いキスひとつ、些細な愛の言葉ひとつで真っ赤になる姿を見るたびに、想いはどんどん深まっていく。

「行こうか」

緊張しながら手を差し出したら、少し唇を尖らせたるりがそっとその手を重ねてくれた。

＊＊＊

いつもより少し背が高いと思ったら、ドレスのために少し踵の高い靴を履いているらしい。そのせいか今日の歩みはいつもより淑やかで、神秘的な美しさを引き立てるようだ。背中に羽が生えて飛んでいってしまうのではないかと、少し不安になってしまう。

街外れで馬車を降りて、収穫祭の会場までのそぞろ歩き。道の脇にひしめくように建ち並ぶ露店を冷やかす間、道行く人がぽかんと口を開けてるりを見ている。その視線から守るようにるり瞳をきらきらさせて辺りを見渡し、にこにこと笑みを浮かべている。

「ヴィル！　あれ、なに？」

「芋をすり潰して作った生地に、肉を巻いて焼いたものだよ」

「へええ……！　あれは？」

「魔法で作られた蝶だね。それをひとつ」

七色に輝く蝶を受け取り、るりにそっと手渡した。祭りが終わる頃には消えてしまう蝶だけれど、るりはうっとりと見つめている。ふうっと息を吹きかけたり指先にちょんととまらせたりしながら微笑む姿は、なんとも言えず愛くるしい。

知らないにおいにふんふんと鼻を動かして、俺の説明にきらきらと瞳を輝かせるところは、まるで人間の子どもみたいだ。精霊はつんと澄ました人が多いから、いつも本当に不思議に思う。

――るりがるりで、良かった。

精霊のひとたちは皆優しいけれど、人とは明確に一線を引く。寄り添うように側にはいてくれても、決して自分からは近寄ってこないし、一緒に泣いてくれたりもしない。気まぐれに親切にしてくれたとしても、人とは違う生き物だ。お前の居場所はこちらではないというように、突き放されることもある。

でも、るりはるりとしてそばにいてくれた。

人でも精霊でも関係なく、ただの友達として俺といてくれて。

そして今は、恋人として、伴侶として、俺の隣にいてくれる。

「ヴィル、あっち！」

何かを見つけたるりにぐいぐいと手を引っ張られながら、得難い幸せを噛み締めていた。


宵闇が近づく頃が本当の祭りの始まりだ。

街中の人どころか、もしかしたら領地中の人が集まってるんじゃないかという人ごみの中、広場に設えられた壇上にあがる。

全員の手には、葡萄酒か葡萄ジュース。この領地の名産で乾杯をして、それを勢い良く地にこぼす。そうして大地の恵みに感謝を捧げると、楽隊が音楽を奏でてカップルたちが踊り出す。みんなその時を待ちわびて、今か今かと俺の挨拶に耳を傾けている。

壇のすぐ近くで見上げているるりも、きらきらした目で俺を見ている。

「最後に、俺の伴侶を紹介したい」

毎年お決まりの言葉の締めくくりにそう告げると、広場が少しどよめいた。驚いて目を瞬くるりに手を伸ばして、華奢な身体を抱き上げる。どさくさ紛れに柔らかな頬にキスを落として、すぐに赤くなるそこに目を細める。

「るりという。よろしく頼む」

俺の言葉に合わせてるりが軽くお辞儀したとき、広場の興奮は最高潮に達した。

わぁああっと歓声が広がり、あちこちで乾杯の声が上がる。「領主様のご結婚に！」「美しい奥様に！」「今年の恵みに乾杯！」と次々に聞こえてくる声に、るりは恥ずかしそうに身を竦めている。

「こうして一緒にいられることに」

乾杯、と杯を掲げたら、るりが口元を綻ばせた。俺と同じように杯を掲げてこつんとそれを触れ合わせる。大地の恵みに感謝して葡萄酒を少し地面にこぼせば、楽しげな音楽が流れ始めた。

るりの目の前に腕を差し出し、軽く膝を折ってじっと見つめる。小さい頃から何度も何度も取ってきた、ダンスに誘うときのポーズ。けれどいつもよりずっと緊張して、差し出した腕が少し震える。

「るり、好きだよ。……俺と、踊ってくれませんか」

おずおずと手を差し出したるりも、もしかしたら緊張しているのかもしれない。腰を抱き寄せてステップを踏んだら早速むぎゅっと俺の足を踏んづけて、びっくりしたように俺と顔を見合わせる。

たくさんたくさん踊ってきたけど、るりに足を踏まれたのは初めてだ。たまにステップを間違えても、るりには触れられなかったから。足と足が重なっても、なんの感触もなかったから。

お互いに見つめ合うことしばらく、俺たちは同時に噴き出した。くすくすと笑いをこぼしながら再びダンスの体勢を取り、せーのとステップを踏み始める。今度は滑らかに身体が動いて、小さい頃と同じようにくるくると踊る。

――夢みたいだ。

花すら恥じらう可憐さで、ふわりふわりとるりが舞う。目が合うと花が綻ぶように微笑んで、星空のような瑠璃色の瞳が、喜びをたたえて俺を見る。繋いだ手から、抱き寄せた腰から、るりの温もりが伝わってくる。

触れたいと願った。声を聞きたいと、涙を拭《ぬぐ》いたいと思っていた。華やかなパーティーに参加する度、ここにるりがいたらと想像もした。

るりに恋をした頃の俺が驚くようなことすべてを、るりが叶えてくれている。あの頃の俺が見た夢が、想像さえできなかったほどの幸せが、溢れんばかりに降り注いでいる。

なぜだか少し泣きそうになって目を瞬くと、るりが弾けるような声で笑った。

＊　＊　＊

収穫祭が終わり慌ただしく冬支度を済ませるとすぐに、長い冬がやってくる。王都よりずいぶん北にあるこの領地の冬は厳しく、よく暖炉を焚いていても窓の近くでは寒さが身体に染み入るようだ。暖かな毛で編まれたセーターを着込んでいてもなお、布団が恋しく思えてくる。

「ヴィル、寒い？」

「ほんの少しね」

答えつつ椅子を少し暖炉に近づけると、るりがブランケット片手に近づいてきた。俺の膝にちょこんと腰掛け、大判のそれを上からかける。頭をぐりぐりと胸に擦り付けてきて、どう？　というようにくりりとした瞳で見上げてくる。

「ありがと、暖かいね」

こくりと頷いたるりは、もしかして少し眠いんだろうか？　わずかに耳を垂らしているし、身体はいつになく温かい。くってりと身を預けるところも、いつもより言葉少なところも、それを裏付けているように思える。俺に寒いかと聞いたのは、くっつく口実が欲しかったんだろうか。

さほど経たずしてすうすうと健やかな寝息を立て始めたるりをそうっと撫でながら、昔のことを思い出していた。


母は身体が弱かったから、ほとんどの時間をお部屋で過ごされていた。具合が悪いときはベッドの上で、お元気なときは暖炉のそばで、いつも優しく微笑んでいらした。

まだ幼い頃は、こうして膝に乗せて頂いた。王子には相応しくないと知りながら膝によじ登ると、母はくすくす笑いながら抱きしめてくれて。色々なお話をするうちに、うとうとと眠たくなったりして。

俺が侍医と爺の区別がつかなくて、ただ『じい』と呼んでいたお母様の侍医は、糸のような細目をさらに細めて微笑ましそうに眺めていた。

――春頃に一度王都に行こうか。

しばらく参っていない母の墓前に顔を出して、じいにるりを紹介して。王城のあの庭に顔を出して、無事に結ばれたと報告をして。

あの庭の精霊たちはきっと、我が事のように喜ぶだろう。じいもきっと、細い目が消えてしまうほどくしゃくしゃに笑って、もしかしたらその目に涙を滲ませるかもしれない。血の繋がりはないけれどそう想像できるくらいには、家族のような時間を過ごしてきたから。

『ヴィル、約束。幸せに、なってね』

耳に母の声が蘇り、少し目を伏せてるりを見つめる。ふわふわの耳を暖炉が照らして、暖かなオレンジ色に輝いている。

得難い幸せを噛み締めているうちに、いつしか眠りに落ちていた。

＊　＊　＊

昔のことを思い出したのは、今思えばなんらかの予兆だったのかもしれない。その数日後、降り積もった雪を踏みしめながらやってきたのはじいだった。分厚い旅装に身を包み、室内の暖かさにほうっとため息を吐く。その頬も鼻も寒さで赤くなっているけれど、細い目は再会の喜びに輝いている。

「ずいぶん、頑張っておられるようですな。あちこちで良い領主様だと耳にしましたぞ」

「必死なだけです」

気恥ずかしくて肩を竦めると、じいが少し笑みを深めた。親が子どもを見るような目に少し照れてしまうけれど、俺もじいの前では子どもの頃に戻るような心地がする。

お母様が逝った後、医師として市井に下ることを選んだじい。王都でその腕をふるいながら、今も城にある母のお墓に通っているのだろう。俺が臣下に下るときに声をかけたけれど、墓参りを理由に断られた。

「ユリアナ様がお寂しいでしょうから」という言葉に含まれたじいの想いを、俺は未だに聞けずにいる。

「……して、初恋の君はどちらに？」

「あそこからこっそり覗いています。るり、おいで」

うっすらと開いた隣室の扉を指し示すと、るりがぴんと耳を立てて、気まずそうに顔を出した。まさか気づかれていないとでも思っていたんだろうか。ちらちらと見え隠れするかわいい耳や髪の毛を、俺が見逃すはずはないのに。

ちょこちょこと近寄ってきたるりは、街に出かけるときのような格好をしていた。るりの言葉その枠に到底収まりはしないが。

「はじめまして、るりです」

「あなたが……」

ぴょこりと頭を下げたるりの髪は、いつかのように綺麗に編み込まれていた。髪飾りは何もつけていないけれど、艶やかな白銀の髪はそれそのものが何にも勝る美しさだ。ふっさりと柔らかな毛に覆われた耳も含めて、るりはそのままの姿が一番綺麗だと思う。

息を呑んだように黙りこくったじいは、信じられないものを目にしたかのように何度もその目を瞬いていた。るりの耳に目をやって、花のような顔《かんばせ》に視線を向けて。やがてきょとりと目を丸くして首を傾げたるりに向かって、ゆっくりと唇を笑みに歪める。

「瑠璃色の、瞳――たしかに、初恋の君なのですね」

「ええ」

「そう、ですか。……ユリアナ様に、お見せしたかった。きっと誰より、お喜びになられたでしょう」

じいの瞳がわずかに潤み、辺りにしんみりとした空気が漂う。身体は弱かったけれど、いつも明るかった母。俺がるりの話をすると、いつもころころと笑っていた。「いつか会ってみたいわ」と微笑んでいた母にるりを会わせることはできなかったけれど、俺が瑠璃色を纏いたいと言えば「瑠璃色の瞳なんてとても素敵ね」と喜んで生地を選んでいた。

その母がるりにもし会えたなら、たしかに誰よりも喜んだだろう。少女のようにはしゃいだ声を上げて、るりを着せ替えて遊んだかもしれない。るりと踊る俺を見て、柔らかな笑みを浮かべたかもしれない。

「暖かくなったら、るりと二人で会いに行くつもりです」

「おお、そういえば、本題を忘れるところでした。こちらに来るはずの使者の仕事を、ついでに奪い取ってきたのです」

皺《しわ》の増えた手を懐に忍ばせ、じいが一通の手紙を取り出す。恭しく両手で差し出されたそれを受け取り封蝋を確かめると、そこには王家の紋章が刻まれていた。

王家が使者を寄越すようなことなど、それほど多くは思い浮かばない。数多くいた義兄弟たちはそれぞれ臣下に下っていて、残っているのは国王陛下の他は王太子である義兄だけのはずだ。その義兄は既に結婚して久しいし……と考えてちらりとじいに視線を送るが、特に変わったところは見受けられない。悪い知らせではないということだろうと見当をつけ、丁寧に手紙の封を切る。

「……国王陛下の退位式典」

「ええ。もちろんるり様も招待されておりますよ」

「えっ!?　俺も!?」

素っ頓狂な声を上げたるりがきょろきょろと俺やじいを見回したけれど、残念ながらそれは事実だ。大事になりすぎるため結婚式は省略したものの、俺とるりは正式に夫婦になっているのだし、こうした式典に帯同するのは当然とも言える。……精霊のるりに人間の世界のしきたりを押し付けて良いのかとも思うが、できうるなら参加してほしい。るりが隣にいさえすれば、つまらないパーティーもきっと楽しくなると思う。

「ドレスを着て、少し挨拶するくらいだから。……だめかな?」

「だっ……だめじゃない、けど、でも、作法とか色々」

「そちらに関してはお任せください」

「ケ……ケヴィン」

気配を消して控えていたケヴィンの申し出に、るりが頬を引き攣《つ》らせる。元気に立っていた耳もへっしょりと垂らして、諦めたように肩を落とす。

式典のある春まではかなり時間があるとはいえ、ケヴィンの指導はきっと過酷なものになるだろう。様々な種類のダンスや礼の取り方、貴族らしい言葉遣いや仕草まで、覚えることは多岐にわたる。るりには厳しい時間になるだろう。

「さほど気負われずとも大丈夫ですよ。国内外の貴族が参加する大きな式典ですから、一人ひとりは目立ちはしません」

「そ、そんなにおっきいパーティーなの……?」

じいの慰めの言葉は逆効果で、るりがますます縮こまった。それに焦ったじいが安心させようと次々に言葉を重ねるけれど、るりの耳は垂れるばかりだ。ケヴィンは珍しく口元に笑みを刷《は》いているし、安心できる材料が一つもないから仕方ないだろう。それを見てますます焦るじいには申し訳ないけれど、やり取りが可笑しくて口元が勝手に緩んでくる。

るりとじいと、そしてケヴィンと。絵に描いたような幸せな光景が自分の目の前にあるなんて、母を亡くした頃は想像することもできなかった。得難い幸せを噛み締めながら、退位を決めた陛下を思う。

血の繋がりは明らかなれど、ずっと他人のようだった父。母への想いは垣間見たものの、未だに父というよりは国王陛下という印象が強い。

けれど、温室でゆっくり話したときや、臣下に下るときに向けられた俺と同じ紫の瞳には、確かな愛情が籠もっていたように思う。

——るりと並ぶ姿を見せれば、少しは喜んでもらえるだろうか。

母のようにはしゃぐ姿はまったく想像できないが、そうだったらいいと思った。

＊　＊　＊

国王たる父の退位式典ともなれば、衣装もそれなりのものを用意しなければならない。今は北の小さな土地の領主だとしても、元王子であることに変わりはないからだ。生半可なドレスを用意してるりに恥ずかしい思いをさせるわけにはいかない。

ただでさえ、元平民の母を持つ第十二王子だ。小さい頃から義兄弟には何かとからかわれてきたし、マティアス兄様を始めとしてやけに突っかかってくる人もいた。俺にあれこれ言うくらいなら構いやしないが、るりには何も言えないようにしなければ。

必要なドレスは、昼に行われる式典用のドレスと、夜会用のドレスの二着。収穫祭は動きやすい略式のドレスだったし、精霊の頃は庭でのダンスに似合うかわいらしいドレスが多かったから、きっちり装うるりを見るのは初めてかもしれない、と思いかけたとき、いつかのるりの姿が瞼に蘇った。

るりが長い眠りから覚めたときに纏っていた、あの美しいドレス。いったいどんな織り方が為されたものなのか——精霊のドレスなのだから織ったわけではないのかもしれないが——向こうが透けて見えるほど薄い生地には、繊細な白銀の刺繍が施されていた。大きく開いた胸元の生地はるりの肌を最大限に引き立てる真珠のような白さで、わずかに透ける裾の部分は明け始めた空のような美しい紫。背中は複雑に編み上げられ、華奢な腰を強調するように引き絞られた後ふわりと広がり、見るものすべてを魅了するようだった。

少し悔しいけれど、あれ以上にるりに似合うドレスはきっとないだろう。

——あのドレスを夜会で着てもらおうか。

あれほどに美しいるりの姿を見たのは、今のところ俺だけだ。それを嬉しく思い、このまま独り占めしておきたい気持ちもあるけれど、精霊の正装とも言うべきあのドレスを仕舞い込んでしまうのは勿体ない気もする。

そして、もしどこかであのドレスを使うのだとしたら、これ以上に相応しいときはないだろう。かつてるりと遊んだあの庭の精霊たちに挨拶をして、父にるりを紹介する。結婚式を省略した俺たちにとって、互いの家族にお披露目をするこのときが、もっとも重要なときであるのは間違いない。

とすると夜会は、あのドレスに合わせた小物類や髪飾りを揃えればいいだろう。しっかりと耳を隠しつつ、あのドレスを着たるりの美しさを邪魔しないようなものを用意すればよい。

「失礼します」

「ケヴィンか、どうした」

「式典に出立なさいます前に、少しお耳に入れておきたいことが」

大抵のことは一人で処理してしまうこの男がわざわざ進言にきた、その事実に嫌な予感を覚えつつ低く落ち着いた声に耳を傾ける。「おそらく夏頃からだと思いますが」と前置きしてケヴィンが話しだしたのは、領内に不審な男たちが入り込んでいるというものだった。

粗野な旅人を装っているがその足取りは訓練されたもの。おそらくどこかの貴族に雇われている騎士ではないかと思われるが、いまいち狙いがつかめない。

この屋敷の周辺を探っていたようだが、外周をぐるりと覆う樹々のおかげで中の様子までは窺えなかったらしく、領民にさりげなく聞き込みをしているらしい。旅人が情報を集める街の酒場や宿屋だけでなく、この屋敷が食材を仕入れている肉屋にも顔を出す念の入れようだと言う。

「大した情報は得られていないようですし、どこの手のものか確認するために泳がせていたのですが……式典前に突き止めるのは難しそうですので」

「……つまり、良からぬことを企んでいる誰かが、式典で何かをするかもしれないということか？」

「現状では何もわからないと言うのが正直なところですが、十分にご注意頂ければと」

なるほど、と頷いて返しつつ、ぐっと眉間に皺を寄せる。犯人も狙いもわからなければ、確かに注意することしかできない。領地が狙いならば領内の守りを固める必要があるし、他の何かが狙いだとしたら――何かは皆目見当つかないが、気をつけるに越したことはないだろう。

あまり浮かれてばかりもいられないな、と胸の中で呟いて、遠い王都の方角に目を向ける。

ちょうどそちらに垂れ込めている分厚い雲が、良くない未来を暗示しているように思えてならなかった。

馬車に揺られてお城まで

収穫祭が終わると皆忙しくなって、俺は暇な日が増えてしまった。ヴィルは仕事、皆も仕事、俺は言葉の練習くらいしかすることがない。はじめはさ、これでも色々手伝ったりしたんだ。庭師さんが薪のために切り落とした枝を拾おうとしたり、暖炉の煤払いをするメイドさんたちを手伝おうとしたり。でもその度に「怪我をするといけません」とか「白いお肌が煤で汚れてしまいます」とか言われたらさ、逆に困らせちゃうのかって思うしかなくてさ。

庶民としては皆働いてるなら俺も何かやる！って感じなんだけど、それが貴族の奥さんらしくないことは俺でもわかる。でも、落ち着かないものは落ち着かない。

というわけで、皆が駄目ならケヴィンに聞いてみよう！

「ケヴィン、何か手伝うことあるー？」

「そうですね。るり様には読み書きの勉強をして頂きましょうか。いずれお手紙のやり取りの必要も出てくるでしょうし。丁度参考になる本を取り寄せたところですので、こちらをどうぞ」

……ケヴィンなんかに聞くんじゃなかった。俺は勉強じゃなくてお手伝いがしたいのなんて言えない雰囲気だ。そんなことを言ったりしたら、「奥方様の務めは下働きの者の仕事を奪うことではありません」とか、「文字も読めないような奥方様ではヴィルフリート様が恥をかかれるかもしれませんよ」とかなんとか言われるのが目に見えている。そもそも、ケヴィンに口で勝てるはずがない。

けど、なんでそんなにちょうどよく教材を用意してんの？　俺が何も言わなくても、絶対やらせるつもりだったよね？　最近俺がそこそこ話せるようになってきたからって、次の宿題を与えようと用意してたよね？

──鬼だ、鬼がいる。

「何か仰いましたか？」

「な、ナニモイッテナイヨー」

しかも心まで読める。怖い。ほんとにケヴィンは怖い。こういうときだけうっすらと微笑むのとかほんと怖い。

ずっしりと重い三冊の本を素直に受け取り、ぎくしゃくとケヴィンに背を向ける。とりあえず部屋に戻って少し解読を試みて、無理だったら部屋で大人しくしていよう。

上から順に手を付けるようにと指示された通りに本を開くと、最初の本は英語で言うところのアルファベットの練習教材みたいなものらしかった。ただし、ミミズ。どう見てもミミズ。並んでいる文字の違いが全然わからないし、そもそもその文字がなんの音なのかもわからない。AとかBとか練習できたのはさ、あくまで日本語が読める前提があったわけじゃん？　見出しとかは日本語で書いてあって、先生もいて、ふむふむって勉強できたわけじゃん？　何も知らないままいきなりアラビア語の本渡されてさ、頑張って書けるようになれとか言われてもさ、ふむふむなるほどってならないでしょ？　なんとなく真似て書いてみてもさ、あってるかどうかもわかんないでしょ⁉

ハイ無理もう無理ほんと無理。俺にしてはよく頑張ったよ。続きは誰か先生が来てから頑張るよ。ヴィル……は忙しそうだけど。ケヴィン……は忙しい以前に怖いからヤだけど。ええと、他の誰か……はちょっと思いつかないけど！

え、これなんとかして頑張るしかないってこと？　なんとかってどうやって？

むううっと一人で本とにらめっこしていたら、窓をこつこつと叩く音がした。そちらに目を向けると見たこともない美しい小鳥がいて、ぱちぱちと何度も目を瞬く。

顔や身体は真っ白なんだけど、羽の先に向かってだんだんとピンクが濃くなっていく不思議な小鳥で、尾羽の先っぽは紫がかった濃いピンク。珍しい小鳥だけどどうしたのかなと窓を開けに向かっているとき、その色とよく似たものを思い出した。

収穫祭よりも前、ヴィルの誕生日プレゼントを買いに行ったとき、偶然たどり着いた家。たくさんの精霊つきの樹に囲まれたそこに住んでいたのは、俺と同じように実体を持った精霊だった。

たしか、名前は——、

「ロビン？」

「よくわかりましたね。お久しぶりです」

大きく窓を開いて名前を呼ぶと、小鳥はみるみる変化して、前に会ったロビンの姿になった。ただし、大きさは手乗りサイズだしスケルトンだ。極小サイズの精霊って感じ？　精霊っていうより小人みたいだけど。

「すっごい、それ、どうやるの？」

「人間の魔法の応用で小鳥を作って目的地まで飛ばし、服を作るときのように念じて身体を変化させて意識を移す……という感じなのですが、少し難しいかもしれませんね」

「むむ、確かに難しそう！」

でも同じ勉強ならこっちの方がずっといい。後で詳しく教えてもらおうと心に決めつつ、ロビンを部屋に招き入れる。

初めて見る魔法に興奮しちゃってたけど、ロビンには色々と聞きたいことがあったんだ。ロビンはどうして実体化したのかとか、俺と同じように『存在改変』したのかとか。他の誰かと絆を結んだのなら、どうやって暮らしているのかとか？

そもそも今の俺が精霊なのかそうじゃないのかすら、いまいちわかってないからね。聞いてどうなるもんでもないけど、聞けるなら色々聞いておきたい。

実体化は期間限定で、ある日突然樹の精霊に逆戻り！　なーんてことも、絶対にないとは言えないわけだし。

「ねぇロビン、俺まだ実体化したばっかりで、仲間？　に会うのも初めてなんだけど、色々聞いてもいい？」

「もちろん。僕も実体化して百年以上経ちますが、同じ存在に会うのは初めてです」

「ひゃ、百年⁉」

それはちょっと、想像以上にお爺さ……ごほん、お兄さんだ。小柄だからてっきり俺と変わらないくらいかと思ってたけど、精霊の年齢は見た目によらないんだっけ。

でも、あれ？　そうしたら、絆を結んだ相手はどうなったんだろう？

実体化して百年以上経ってるってことは、相手は百歳超えのお爺さん……？　この世界の人たちって、そんなに長生きなんだろうか？

「ふふ。るりは正直者ですね。疑問が顔に書いてあります」

「う、ごめん、気になっちゃって。でも嫌だったら話さなくても、」

「大丈夫ですよ。後でるりも、話を聞かせてくれますか？」

うん！と勢い良く頷くと、ロビンが小さく笑みを浮かべた。不思議な色合いの睫毛が伏せられ、朝焼け色の瞳が遠くを見つめる。

この優しい眼差しの先には、絆を結んだ相手がいるのかな。それはどんな人だろう――そう想像を巡らせていると、ひと呼吸おいたロビンがゆっくりとその唇を開いた。

＊　＊　＊

「僕が絆を結んだ相手の名は、エリアス。精霊の瞳を持つ、少し変わった少年でした」

そんな言葉で始まったロビンの話は、初めはきらきらと眩しい恋物語だった。ロビンが精霊として生まれたときには目の前にエリアスがいて、とても驚いた顔をしていたらしい。ヴィルと同じ精霊の瞳を持っていて、ヴィルよりもっと、精霊に深い興味を抱いていたエリアス。ロビンと出会ったことでその興味は更に膨れ上がって、精霊と会話するための魔法まで編み出していたという。

そんな魔法があったら俺とヴィルも話せたんじゃ？と思ったけど、とりあえず質問は後回しにしてロビンの声に耳を傾ける。

「精霊の身でありながら、僕はエリアスに恋をしました。そしてそれを正直にエリアスに伝えたんです。……エリアスの答えは、僕をそんな風に見たことはないというものでした」

「えっ？」

「フラれたんですよ、ひどい男でしょう？」

くすくすと笑うロビンは懐かしそうに目を細めるけど、フラれたのに一体どうやって、ロビンは実体化したんだろう？　実体化できても絆を結べなければ消えてしまうと、精霊さんたちからは聞いたはずだけど……。

もしかして、ロビンはエリアスが頷くまで何度も告白したんだろうか。こんな大人しそうに見えるけど、案外肉食系なんだろうか。すごい。

「そんでそんで?」

「人間に生まれたかったと泣きながら眠りについて、気づいたら三年経っていました」

「ええー!?」

それって、俺と似たようなパターンじゃない? 突然過ぎてびっくりするやつじゃない? 『存在改変』しますか? はい／いいえ、みたいな選択肢がないままに『存在改変』が始まっちゃってて、絆を結べなかったら死んじゃうシステムで……この世界の神様って結構いけずだ。もう少し説明とか相談とかあってもいいと思うんだけど。

ていうか、絆だよ絆。ロビンはエリアスにフラれた直後に眠りについてるのに、どうして絆が結べたんだろう。普通に考えたら絆なんて結べるはずないよね……?

もしかして、絆以外にも何か方法を見つけたんだろうか。

くてりと首を傾げると、ロビンが唇にゆるく弧を描いた。少し照れたような、それでいて少し苦いような不思議な笑みを浮かべて、目を伏せたまま言葉を続ける。

「僕が起きたときには、エリアスは別人のようになっていました。『精霊憑《つ》き』と呼ばれ忌み嫌われ、あの家に引きこもるようにして精霊のことばかり研究していました。……僕が突然消えたのを、死んだと勘違いしたのでしょう。精霊を蘇らせる方法を探していたようです」

「そっ……そんなこと、できるの?」

「どうでしょう。エリアスは魔法に長けていたので、もしかしたらできたのかもしれませんね。

……実際には僕は寝ていただけですし、目覚めた瞬間になし崩し的に絆を結んでしまったのですが」

あ、それは俺も身に覚えがある。何故かはわからないけどヴィルと繋がりたくて仕方なくて、強い本能に衝き動かされるままにヴィルと繋がった。あれが絆を結ぶ行為だったのかとか、性欲じゃなくてたぶん生存本能だったんだろうとか、考えられるようになったのは色々と落ち着いてからだった。

――無事に絆を結べたからいいけど、結構いきあたりばったりだよな。

しかしエリアスさん、ロビンをフったのに生き返らせる方法を必死に探して、再会したら即えっちしちゃうってどういうことなんだろう。エリアスはロビンをちゃんと好きだったのかな？それとも、絆を結ぶだけなら身体さえ繋がっていればいいのかなあ。

ロビンはこんなに幸せそうだし、今は両想いなんだと思うけど。

「あのときはひどく怒られました。寿命が違う人間と想い合っても僕がつらいだけだからと苦渋の想いで断ったのに、こんなことができるならさっさと言え！って。絆は心まで繋げなければ成立しないので想われているのはわかっていたのですが、……エリアスは色々とめんどくさい人なんです」

めんどくさいなんて言うくせに、ロビンの顔には「大好き！」って書いてあるみたいだ。まだ会うのは二回目だけど、ロビンのエリアスへの想いはよくわかる。エリアスの名前を口にするとき、宝物を見せるように優しく吐息にのせているから。

精霊と人間が恋に落ちて、実体化して、絆を結んで——って、そこまでは俺とヴィルと同じだけど、後の流れは全然違う。ヴィルと違ってエリアスは、結構ひねくれてるみたいだし。

「ねね、俺やロビンって、今も精霊なの？　そうじゃないの？　この身体って、期間限定だったりしない？　また見えなくなったりしちゃわない？」

「一応は精霊の類になりますが、もっとずっと不安定ですね。期間限定の身体というわけではないですが、絆が揺らげば消えてしまうような曖昧な存在です」

「絆が、揺らぐ……？」

それってどういうこと？と聞こうとしたとき、ロビンの身体がすうっと薄れた。目の錯覚かと思って瞬きすると、輪郭がぐにゃりと歪んで再び小鳥の姿になる。最初来たときよりも一回り小ぶりな文鳥サイズ。この姿もかわいいけど、どうしたんだろう。

『少し長く話しすぎてしまったようです。籠めた魔力をほとんど使い切ってしまいました。続きはまた今度、こうして話しに来てもいいですか？』

「うん、もちろん！　いつかその魔法も教えて！」

窓を開けてロビンを放つと、くるりと旋回してから飛び去っていく。暮れ始めた空にピンクの羽が滲むように溶けていって、俺はほうっとため息を吐いた。

なんか、不思議な時間だったなあ。ロビンが小人サイズだったせいもあるかもしれないけど、夢でも見ていたような気分だ。

百年以上前に結ばれたロビンとエリアス。その後の二人は、いったいどんな風に過ごしてきたんだろう。俺とヴィルも、似たような道を辿るんだろうか。

――うーん、いまいち、想像つかない。

けど、ロビンがこうして来てくれてよかった。こんなに皆が忙しそうだと街に行きたいとか言えないから、俺から会いにいけるのはもっと先になっただろうし。その頃には俺が道を忘れちゃってたかもしんないし。

やっぱ友達と話すのっていいね！　ヴィルはもう友達じゃなくなっちゃったし、家の皆も友達とは違うし、精霊さんたちは優しいけどどこまで話せるわけじゃないし……あれ、俺、もしかして今まで友達いなかったんじゃない……？

がーん。

＊　＊　＊

「また今度」と言ってくれた通り、ロビンはそれからも会いに来てくれた。大抵俺が一人で部屋にいるときで、誰かに見つからないよう気を配っているみたいだ。俺が見つけたあの家も、普通の人間には見つからないような魔法をかけているらしい。

誰にも言うなって言われたわけじゃないけど、なんとなくロビンのことは誰にも話さなかった。べ、別に勉強してるフリで遊んでるのがバレたら困ると思ったわけじゃないから。そんな悪いこと考えてないから。

そりゃおしゃべりもするけど、ちゃんと勉強だってしてんだからな。小鳥を作る魔法とか、ミミズが這ったような文字の書き方とか、ロビンに教えてもらってんだからな！

——けど、そんなのほほんとした生活は、とある日を境に一変した。

きっかけは、冬も深まった頃にやってきたお客さん。ヴィルが「じい」と呼ぶ、ヴィルにとっては血の繋がらないお父さんみたいな人。

いや、お客さんが来たのはいいんだ。じいは悪くない。目尻をしわくちゃにして笑う顔はすごく優しくて、俺はひと目で大好きになったし。

じいといると、ヴィルは少年みたいな顔をするんだよな。うんと小さい頃は一人で眠れなくてよくじいのベッドに忍び込みにきたとか、王子としていつも笑顔でいるように教え込まれているが、苦手なものが食事に出ると少しぎこちない笑顔になるからわかりやすいだとか。ケヴィンとじい二人がかりで掘り起こされる昔の話にバツが悪そうにしているところを見ると、ほっこりと胸が温かくなる。

問題は、そのじいが持ってきた退位式典の招待状だ。へえ、ヴィルのお父さん引退するんだー、そりゃヴィルもお祝いに行かなきゃだよねーなんて呑気に思っていられたのは最初だけ。

え？　俺も参加？　国中の貴族が集まるような、大きいパーティーに俺も参加？

退位式典がどんなのかはわかんないけど、……野球選手の引退会見とはやっぱり違うよね？

シャンパンシャワーとかしないよね？　きっと厳かな雰囲気でやるんだよね？


――え、無理！


ムリムリ無理無理無理！　言葉だってようやくそこそこ話せるようになってきたくらいで、丁寧語だってまだあやふや。礼儀作法なんてまったく知らない。ダンスだって見様見真似で覚えただけで、正しい踊り方かどうかもわからない。

なんとかして断る方法は――と焦っているうちにケヴィンが教師に名乗りを挙げて、じいが優しく慰めてくれて、式典に参加することが決まってしまった。

……逃げられないとはわかっていたけど。


そこから始まったケヴィンせんせーの指導がどんなものだったかって？　そんなの、一にスパルタ、二にスパルタ、三、四が鬼で五にスパルタ。一言で言うならスパルタです。休憩なにそれ美味しいの？　ロビンとおしゃべり？　そんな時間もらえると思った？　思ってなかったよ鬼ケヴィン!!――って感じ。

正しい動きが身につくまで延々と同じ仕草を繰り返したり、頭にりんごを載せたまま踊ったり。正しい姿勢で踊れば落ちないはずだって、言いたいことはわかる。わかるけど、できるかどうかは別問題だからな⁉

そんなこと言うならケヴィンがやってみてよ！　なんて言い返した俺は悪くない。けど、できることなら口を滑らす前に戻りたい。ケヴィンが自分にできないことを言うはずがないし、生意気な生徒に優しくしてくれるわけもない。さらりと実演した後の指導が特別厳しいものになることくらい、よく考えればわかったはずなのに。

「大丈夫？　疲れたなら馬車を止めようか？」

「んーん、だいじょうぶー」

今までの日々に比べたら、馬車に揺られるくらいどうってことない。いや、むしろ、天国と言ってもいいくらいだ。ここには俺とヴィルしかいないから、くてっとしていても怒られないし。ふわあと大きく欠伸をしても、鋭い視線も飛んでこない。いっそこのまま永遠に揺られていたいくらいだ。王都になんて着かなければいいのに。

過酷を極めた訓練のおかげでケヴィンの合格はもらうことができた。式典と祝宴に参列する間くらいなら、そしてあれこれと余計に話さなければ、立派な淑女に見えるだろうとの太鼓判ももらった。あとは楚々とした笑みを絶やさずにヴィルから離れないようにするだけ——とか言われたってさ。不安なものは不安なわけでさ。

はあ、と大きくため息を吐いて、ヒールを履いた足をぶらぶらと揺する。

馬車の窓から外を覗けば、遠くの方に見慣れたお城が見えてきていた。

＊＊＊

うわ、あ、お城ってこんな風になってたのか。そこそこ住んでたはずなのに全然知らなかったよね。俺が行ったことあるところなんて、ネコヤナギの周りとヴィルの部屋の周りくらいだもんな。しかもそれも精霊のときだったから感触も何もなかったわけで。メイドさんもおしゃべりしてるところばかり見てたわけで。

こんなにも絨毯がふっかふかなのとか初めて知ったし、来賓を迎えるメイドさんたちがピシッとお辞儀しているところを見るのも初めてだ。

ああ。ふかふかの絨毯をつま先でふみふみしてみたい。豪華な装飾をおおーって思い切り見渡して、すっげーって叫びたい。けど今日は我慢。というか、お城にいる間はずっと我慢。明日は一日休憩だけど、明後日のお昼に退位式典、その夜に盛大な祝宴、その後一日休んだら再び領地にとんぼ返りだ。

「はるばる王都まで行くんだし、せっかくだから長居しようよ！」なんて実はちょっと思ってたけどさ。泊まるところがお城って聞いて引っ込めたよね。絶対絶対落ち着かないし、なんなら気だって抜けないし。ケヴィンに仕込まれたご令嬢モードは、三日装うのが精一杯です。

「るーり、もう楽にして大丈夫だよ」

部屋に入ってもカチンコチンのままの俺を見て、ヴィルが優しく声をかけてきた。あーーーつかれたーーー。馬車での移動より、お城に入ってからここまでの移動が一番つかれたーーー。案内してくれる人くらいにしか会わないだろうと思ってたのに、何人もすれ違う人がいたし、やけにじろじろ見られた気がする。

付け焼き刃訓練のかりそめ令嬢だってバレちゃったわけじゃないよね？　何かやらかしてたらケヴィンに声をかけられてただろうし、それがなかったってことはちゃんとできてたってことで良いんだよね……？

「大丈夫だった？　ちゃんとできてた？」

「もちろん」

「わずかに歩みに乱れがございましたが、お姿に見惚れていた者たちは気がついていないでしょう。上々です」

お、おお！　めちゃくちゃ褒められてる!!　ケヴィンに上々なんて言われるの初めてじゃない!?

やったー!!って叫びたいくらいだけど我慢我慢。いくら分厚くて立派な扉でも、外に音が漏れないとも限らないもんね。ガッツポーズは取るけどね！

あーなんか、安心したら眠たくなってきた。馬車くらいならむしろ天国！って思ってたけど、揺られてるだけでもやっぱり疲れたのかもしれない。車と違ってガタガタ揺れるし、舗装されてない地面はボコボコだし、変に力が入ってたのかも。

明後日はほぼ丸一日緊張してないといけないはずだし、今日はゆっくり休もうっと。

はふー、極楽極楽。やっぱりお風呂はいいですなぁ。

熱いお湯にゆっくり浸かると、疲れがお湯に滲み出していくような感じがするよね。はぁ、最高。お風呂最高。んんーっと大きく脚を伸ばして浴槽の縁に頭を預けて、ヴィルの背中を伝い降りる水滴をじいっと見ていたら、振り向いたヴィルが微笑んだ。

――おお、なんか、シャンプーのCMみたいだ。

これだけ一緒にいるからさすがに見慣れたけど、ヴィルはどこからどう見てもイケメンなんだよな。顔はもちろん王子様だし、髪の毛は艶やかで綺麗な金色だし、身体も均整が取れている。乗馬や剣の稽古で身体を動かすせいだろうけど、無駄な贅肉なんてないんだよな。割れた腹筋が羨ましい。

俺、なんで全然筋肉つかないんだろうな。えっちって結構ハードだと思うんだけどな。腕も身体もほっそいまんまだし、ドレスだって違和感なく着れる。実体化した精霊って、成長することはないんだろうか。

自分の身体を見下ろしてむうっと唇を尖らせていたら、ヴィルが湯船に入ってきた。俺の後ろに腰掛けて、背中からぎゅうっと抱きしめてくる。

あのう、俺そろそろ暑くなってきたんですけど。

お尻のあたりに当たってる硬いのってなんなのかな。俺ちょっとわかんないな。抱き寄せるのはいいけどさ、なんで耳を齧るのかな。俺がそこ弱いって知ってるでしょ？

「んッ……！　ヴィル、まって、だめ」

「駄目？　どうして？」

「お風呂……っ、っん、……ひ、響く、から……ッ」

耳にやわく歯を立てながら、ヴィルが両手で乳首をいじる。男のそんなところ何でもないはずなのに、きゅうっと摘まれると身体が跳ねて、くりくりと転がされるとじんわりと身体が熱くなる。声が響くから駄目って言うだけなのに、息が上がってうまく言えない。快感に慣らされた身体は素直に先を期待して、尻尾がヴィルの身体をなぞる。

「響くと駄目なの？」

「ッあ、やぁっ……そこ、」

意地悪な手が次に向かったのは、すっかりと勃ち上がったちんこだった。揶揄するようにゆっくりと擦り上げながら耳の中をれろりと舐めて、甘やかな声を吹き込んでくる。俺を膝の上に抱き上げて、もう片方の手がつぷりと後ろに侵入してくる。

小さな喘ぎでも大きく響くとわかってるのに、外に聞こえちゃうかもとも思うのに、そこをかき混ぜられたらもう駄目だった。熱いお湯がナカに入り込みいやいやと首を振るけれど、口からは勝手に嬌声が漏れる。

「ぁっ、あぁっ……！　ゔぃる、ゔぃるぅ……っ！」

「るりのココ、どうなってるのかな。いつも濡れてて柔らかくて、俺のことを待ってるみたいだ」

ぐちゅりとナカを掻き回した指が、前立腺をちらりと掠める。それにびくりと身を跳ねさせるけど指はそのまま抜けていって、代わりに剛直が押し当てられた。お湯よりも熱い先っぽがわずかにナカに入り込んで、蕾が期待にきゅうっと締まる。

――ぁ、だめ、

それを挿れられたらもう、絶対に声なんて抑えられない。ヴィルに翻弄されてにゃあにゃあ啼いて、もっともっとと腰を揺らす未来しか見えない。こんなに音が響く浴室でそんなことをしたら、恥ずかしくて外を歩けなくなる。……けど、もう、ベッドまでなんて待てない。

身を捩ってヴィルを振り返り、その唇に口付けた。首に縋りついて舌に舌を絡ませながら、ねだるように腰を揺らす。お尻の下にある硬いものが蕾に擦れて、鼻から甘い吐息が抜ける。

「んっ、……ん、んんぅッ！」

両手でお尻が割り広げられたと思った次の瞬間には、剛直が蕾に潜り込んでいた。大きなものがみっちりと内壁を押し拡げて、内壁ぜんぶを擦り上げる。張り出したところでぐじぐじと前立腺を押し潰しながら、最奥を目指して突き進んでくる。悲鳴も嬌声もヴィルがまるごと呑み込んで、身動きできないくらいにキツく俺を腕に閉じ込める。

——ぁ、あ、イく……ッ！

こつんと最奥に行き当たった剛直がそのまま襞をぬちぬちと嬲り、逃げ場のない快感が頭の中で真っ白に弾けた。背を反らし爪先を丸めて耐えるけど、強い快感に涙が溢れる。きゅうっと締まった内壁がくっきりとヴィルの形を伝えてくるのに、ヴィルが構わずに最奥の襞をこじ開ける。

「ひッ、ぁ、あああ、だめっ、だめっ……！」

「だめなの？　こんなにきゅうきゅう悦んでるのに？」

「イッて、る、っ……イッてる、からぁっ……！」

もがいた足先がお湯を撥《は》ね上げて、ぱしゃりと微かな水音がした。けれどそれさえ気にならないくらい、浴室には淫靡な音が響いている。口を塞いでもらう余裕もないくらいに泣きじゃくる俺の嬌声と、繋がったところから聞こえるぐちゅぐちゅという音。身体の中から直に伝わってくる淫猥な音に、羞恥はどんどん高まっていく。

ここはお城で、今日ついたばっかりで、なのになんでえっちしてるんだろ。こんなにも音が響く浴室で、ベルを鳴らせば聞こえるところにお城のメイドさんもいるはずなのに、どうして気持ちいいが止まらないんだろう。

　恥ずかしくてたまらないのに、どうして腰を揺らしちゃうんだろう。

「るーり、気持ちいい？　これ好き？」

「んッ、ぅんっ……！　すきっ、すきぃっ……！」

　最奥を潰すように突き上げられて掻き回されて、わけのわからないままこくこくと頷く。ヴィルの首にすがりついてもっともっとと腰を揺らして、ねだるように舌先を差し出す。

　軽く細められた紫の瞳が、獣みたいにぎらぎらと輝く。

「もう、限界。……可愛すぎる」

　舌打ちとともに唇に噛みつかれて、少し乱暴に突き上げられた。上げた悲鳴を舌で舐め取り、ヴィルが最奥に白濁を放つ。ぐじゅぐじゅと奥を突き上げながら、内壁に熱いものを塗り込めていく。

　その熱さにつられてまたイきながら、白く霞む頭の中に、ちらりと嫌な予感が掠めた。


　――明日は、立てないかもしれない。

　ケヴィンのスパルタ指導の間、ヴィルとのえっちは控えめだったし。こんなに理性を飛ばしたヴィルは久しぶりに見る気がする。……そして、一度スイッチの入ったヴィルの絶倫さは、俺の深く知るところで。気絶するまで貪られたり、翌日足腰立たないことも何度もあって。

――でも。

ヴィルの腰に両脚を回して、ぎゅっと全身でしがみ付く。より深く入り込んだ剛直に身を震わせながら、ねだるように唇を舐める。

たった一度のえっちだけじゃ、俺だって我慢できそうになかった。

神様、ピンチです！

後先をよく考えてから行動しましょうって、ほんとその通りだよな。このままヤったら足腰立たなくなるなってわかってたのに、なんで煽っちゃったんだろなー。わっかんないなー。

決して欲求不満だったとかではないはずだ。ケヴィンの訓練のために抱き潰されなくなったけど毎日シてたし。休みの日にひたすらえっちする！　みたいなこともここしばらくはしてなかったけど、ヴィルとはちゃんとイチャイチャしてたし。

理性ぶっとんで、どろっどろのぐちゃぐちゃになるえっちはそりゃあ気持ちいいけど、別にそれがないと欲求不満とかそんなことは……ないはずだよな……？

もし明日足腰立たなくなっても、一日休みだからいーやとか、ちょっとは思った。そりゃちょっとは思ったけど。……うん、深く考えるのはやめておこう。

後先きちんと考えた上でぐちゃどろえっちおねだりしましたとか、控えめに言ってやばい。絶対やばい。認めちゃだめだ。

「るり、大丈夫？」

あーこの感じ、何度目かな。抱き潰された翌日のこの、ツヤッツヤなヴィルの顔。心配そうではあるんだけど、ちょっと嬉しそうっていうか。笑顔も声も甘ったるくて、愛おしさが全面に溢れ出てる感じっていうかさ。

　昨晩のエロいヴィルからしたら考えられない爽やかな笑顔だ。お風呂を出た後脱衣所でもバックで貫いてきて、爪先が浮くくらいに奥ばかり貪ってきた人とは思えないよな。

「んー、だいじょうぶー」

　散々喘いだわりに声は案外嗄れてないみたいだ。……快楽が過ぎると声すら出せなくなるからそのせいかもね。昨日も最後の方はびくびくとイキ続けることしかできなかったもんね。そのせいで今はちょーっと足腰立たないけど、しばらく休んだら元気に動けるようになると思う。ヴィルの精気をたっぷりもらって、身体はこの上なく快調だし。

　俺の返事にほっとしたように頬を緩めたヴィルが、そうっと髪の毛に触れてきた。ふわふわの毛質を確かめるように指をくぐらせ、毛並みを整えるように耳を撫でる。猫にするみたいな仕草だけど、ヴィルにこうして触られるのは大好きだ。言葉で言われるよりもっとずっと、好きだと言われているような気がするし。

「動けるようになったら、一緒に行ってほしいところがあるんだ」

「ん。行く」

　そんな心配そうな顔しなくてもさ、ヴィルが行きたいところなら一緒に行くよ。しばらくしたら動けるようになるだろうし、もしならなくても抱っこして連れて行ってくれたらいいし。

　じっと目を見て即答したら、ヴィルがとろけるような笑みを浮かべた。

動けるようになって着替えた服は、街を歩くときに使うような、くるぶし丈のドレスだった。お城で着るものだからかいつもより格段に高そうだけど、装飾自体はあまり多くないシンプルなもの。ゆったりとした作りで動きやすく出来ていて、いったいどこに行くんだろうと首を傾げる。

ネコヤナギがあった庭には、パーティーの後に行くことになっていたはずだ。その方がゆっくりできるし、目覚めたときのドレス姿を見せて驚かすこともできるからって理由を聞いて、「ドッキリ！　大事！」って賛成したんだ。風の精霊たちが教えないようにちゃんと口止めもしてるし、明日会えるのを楽しみにしてる。

他にヴィルが行きそうなところは……って考えるけど、そもそもお城の中のことをよく知らないからわからない。わざわざ動きやすい服にしたからにはたくさんある庭のひとつなのかなーと想像しながら、ヴィルに手を引かれて歩いていく。お城の中では令嬢のフリをしてないといけないから、おしゃべりしながら歩くこともできない。しゃべりながら歩くなんてはしたないことなんだって。貴族のご令嬢は大変だよねぇ。

＊＊＊

背筋と足取りに注意しながら歩いていると、ヴィルはお城を回り込んだ裏手の方に向かっているようだった。小高い丘の斜面を綺麗に整備された芝生が覆っていて、段ボールで滑ったら気持ちよさそうだ。ところどころに植えられている低木も花も控えめだけど可愛らしくて、王城の庭にしては素朴な感じ。振り返ると王都が一望できる素晴らしい景色が広がっていて、思わず感嘆の声が漏れた。

——すごい。これを見せようとしてくれたのかな。

国一番の都だけあって、領地にある街よりずいぶん賑やかだ。太い道には馬車が行き交い、建ち並ぶ煉瓦造りの建物には色とりどりの花や布がかかっている。きっと都中が、ヴィルのお父さんの引退をお祝いしているんだ。

「ここだ。じいが掃除してくれたのかな、ぴかぴかだ」

ヴィルの声に振り向くと、真っ白に磨かれた石が地面に埋め込まれるようにしてそこにあった。周りに木も芝生もあるのに少しも汚れず真っ白なまま、春の陽射しを浴びている。そこに刻まれた文字はまだ読めない。でも、ヴィルが愛おしそうに向けた視線で、これが何かはすぐにわかった。

——ヴィルの、お母さんの……。

どうして今まで思いつかなかったんだろう。お母さんを亡くしてまだ四年も経っていない。ヴィルが王城で一番に寄りたいところなんて、お母さんのところに決まってるのに。

「お久しぶりです。……今日は、伴侶を連れてきました」

「るりです。えっと、その、ヴィルの奥さん、です？」

咄嗟にお嬢様言葉が出てこなくて、いつもの自分の言葉で挨拶してから頭を下げた。ヴィルの大好きだったお母さん。少し身体が弱くて、でも明るくて、ヴィルが俺と遊んだことを話すと嬉しそうに笑うんだって、あの頃のヴィルはよく話していた。

きっとヴィルが楽しそうにしてるのが嬉しいんだろうって、その話を聞くたびに心がほっこりしたりもした。

「るりが、昔花をくれただろう？　白と青の、小さい花」

「うん」

「あれは母の住んでいたところ——俺たちが今住んでいるところだけど、そこにしか咲かない花なんだ。だからあの花を見たときは、母はずいぶん喜んでいた」

「そっ、か」

「一緒に押し花にもしたんだ。今も栞を大切に持ってる」

前に見つけてしまったヴィルの栞。俺が降らせた花をこんなふうに取っておくなんてって気恥ずかしく思ったりしたけど、こんな理由があったんだ。

風の精霊に適当に運んできてもらった種がお母さんの思い出の花だったなんてすごい偶然だけど、喜んでもらえたなら本当に良かった。

それで、お母さんとヴィルの思い出が一つでも増えたのなら本当に良かった。

「花は持ってこられなかったから、ワインにしたよ。今年は最高の出来だったんだ」

懐から小瓶を取り出したヴィルが、その中身をとぽとぽとお墓に振りかけた。真っ白な墓石が白ワインで濡れて輝き、少し喜んでいるように見える。

ヴィルの話でしか知らないひとだけど、今ここにいたらきっと嬉しそうに笑うんだろうな。こんなに立派になってって、少し泣いちゃうかもしれないな。

想像したら少し泣きそうになっちゃって、目を瞬いて空を見上げた。真っ青に抜けるような空を、風の精霊たちが楽しそうに吹き抜けていく。それを見ていたらふいにあることが思い浮かんで、小さな声で精霊を呼んだ。

——もしかしたら、あの時のように花が咲かせられるかもしれない。

種さえあったら、花を咲かせるのは難しくない。昨日精気をもらいすぎなくらいにもらっているし、とダメ元でお願いしてみると、そんなに経たずに数粒の種が手の中に落ちた。

『ありがとう』

「るり、どうし——…………種？」

「うん。見てて」

手のひらに載せた数粒の種に、むーんっと力を集中する。種から芽が出て、茎が伸びて蕾がついて……と早送りで進む成長をつぶさに見守りながら、調整した力を送り続ける。無事に花を咲かせるためには、力を与えすぎてもいけない。慎重に、慎重に、とはやる気持ちを抑えて力を注ぎ続けると、やがてふうわりと花が開いた。

「できた！」

良かった、久しぶりでもちゃんとできたと胸を撫で下ろし、咲いた花をお墓に供える。花束とは呼べないくらいにささやかだけど、ふわりと花の香りが漂ってくる。

この世界の祈りの作法は知らないから、芝生の上に膝をついた。両手を組んで目を閉じて、ヴィルのお母さんのことを思う。ヴィルのこと、心配してるかな。天国でハラハラ見守ってるかな。

――俺、できるだけ頑張ります。ヴィルが笑っていられるように。

祈りというよりただの抱負になっちゃったけど、ゆっくりと瞼を持ち上げる。強く吹き抜けた風に乗って、どこからか『ありがとう』と聞こえたような気がした。

＊　＊　＊

あそこにお墓を作るって決めたのは誰なんだろ。ヴィルはまだ小さかったし、やっぱりヴィルのお父さんかな。きっと、奥さんのことが大好きだったんだろうなあ。

元平民で、あまり華やかなものを好まなかったヴィルのお母さん。ドレスや宝石より花や自然の方が好きだったって、いつだったかヴィルは言っていた。ベッドの上で病に臥せっているときも、花を見ると嬉しそうに口元を綻ばせていたとも。

そんな話で聞いていた印象と、あの小高い丘にあるお墓とは、なんだかすごくしっくりきた。

素朴な花も、王都が一望できる風景も、風に揺れる芝生もぴったりに思えた。もしかしたら、夫婦でよくデートした場所だったりするのかもしれない。あの場所に二人並んで腰掛けて、お城や王都をゆっくりと眺めていたのかも。

わあああっと上がった拍手に、はっとして慌てて手を動かす。壇上では国王陛下が片手を挙げて歓声に応えている。今まさに退位式典の挨拶が終わったらしい。威厳を持って頷く陛下の顔立ちはヴィルとはあまり似ていないけれど、紫の瞳はそっくりだ。

ぐるりと辺りを見渡した目と一瞬視線が絡んだ気がして目を瞬く。でもそれも気のせいかと思うほど一瞬のことで、心の中だけで首を捻った。

——うーん、気のせいだったかな？

こんなたくさんの人の中で、目が合うなんておかしいよね。ヴィルの奥さんだから前の方に席はあるけど、もっと前にも人はいるし。たぶん気のせいだったんだろう。

それにしても、つーかーれーたー。

式典なんていう正式な場だから、昨日みたいな動きやすい楽ちんドレスというわけにはいかない。淡いピンクと紫で上品にまとめられた釣鐘形のドレスは確かに可愛らしいけど、着るときはそりゃもう大変だった。胸は詰めものをすればいいけど、女性らしいラインを出すためにはぎゅーっと腰を絞らなきゃならない。腰が細ければ細いほど、ベルの形に膨らんだスカートが映えるからって。言いたいことはわかるよ、わかるけど、マジで何かが出るかと思った。精霊から何が出るかはしらないけど。

そして今も、リラックスとは程遠いこの緊張感ね。ケヴィンには背筋をピンと伸ばすようによく言われたけど、ここまで締め上げられていたら猫背になる方が難しいよね。

「じゃあ俺たちも行こうか」

「ヴィルフリート」

やった終わった退場だ！　というタイミングで声をかけてきたのは初めて見る女の人だった。ヴィルよりもいくつか年嵩で、親しみやすい顔にほのかな笑みを浮かべている。いったい誰だろうと思いながら膝を折って一歩下がると、ヴィルが「エレオノール姉様」と声を上げた。

エレオノール姉様って、聞いたことある。たしか、たくさんいる義兄弟の中で、ほぼ唯一ヴィルに優しくしてくれた人だ。ヴィルの猫アレルギーがわかった白い子猫の飼い主も確かこの人だったっけ。

兄弟にしてはぎこちなく会話が始まって、ヴィルが俺を紹介するのに合わせてもう一度ドレスを摘んで膝を折ると、エレオノールさんが微笑んだ。

「るり様というの、素敵なお名前ね。それに、まるでおとぎ話の妖精のような愛らしさだわ」

「そんなことは」

「こんな可愛らしい方にお願いするのは申し訳ないのだけれど、少しヴィルフリートをお借りしてもよろしいかしら？　兄弟水入らずで話したいことがありますの」

ええっと、どうしよう、これは想定問答集に入ってなかったぞ？　兄弟水入らずで話なんて、いいね！　どーぞどーぞごゆっくり！　ちょっと帰り道わかんないから一人じゃ帰れないけど、俺その辺で待ってるんで！　……って、お嬢様言葉で言ったらどうなるの？　誰か翻訳して!!

「エレオノール姉様、お話とは……」

「詳しいことは後で話すわ。るり様には申し訳ないけれど、こちらの控室で待っていてくださる？」

「は、はい」

気圧されるように頷くと、エレオノールさんがにっこりと笑みを深めた。親しみやすいとか言ったけど、そうだったこの人王女様だった。ごく当たり前に人は自分に従うと思っているし、実際ずっとそういう立場にいたんだろう。

うん、すごい。なんかすごい。ヴィル、がんばれ。

二人に連れられるようにしてすぐ近くにあった控室に行き、入り口で去っていく二人を見送る。ヴィルは何度か心配そうに振り返ってたけど、待ってるくらい大丈夫なのに心配性だなあ。ここ個室だし、部屋でくつろぐのとそんなに変わんないのにね。誰が来てもいいように、ちゃんと大人しくしてるつもりだし。

夕方にはまたパーティーがあるんだもんなー。ヴィルが戻ってくるまで、少し休憩していようっと。

＊　＊　＊

お菓子も食べられないしお茶も飲めない。そうするとさすがに暇になってきて、窓を開けて外を眺めたり、こっそりと小鳥を作る練習をしたりした。

ロビンに教えてもらったおかげで、作るところまではちゃんとできるようになったんだよね。ただそこから先の、指示通りに小鳥を動かしたり、変化させたり、意識を移したりはまだできない。自由に遊ぶ小鳥もかわいいからいいんだけどね。俺の瞳と同じ瑠璃色の羽だから、ちょっと親近感も湧いちゃうしね。

まだ時間はあるだろうし、せっかくだから芸を仕込もう。とってこーい！　とかできたらいいな。と、小鳥を空に放ったところで、案外早くに部屋の扉がノックされた。兄弟水入らずと言ってたわりに随分早いなと思いながらお嬢様らしく返事をすると、扉を開けたのはまたまた知らない人だった。

茶色の髪と茶色の瞳、そばかすくらいしか特徴のない顔立ちは、良く言えば平凡、悪く言えば地味。前世の俺とどこか似たものを感じるね。初対面だけど勝手に親近感持っちゃうね。

「はじめまして、僕はマティアス。君は、ヴィルの奥さんであってる？」

「え、ええ。はじめまして」

「兄弟の集まりに君を連れてきてほしいと頼まれたんだ。エレオノール姉様があまりにも君を褒めちぎるから。ついてきてくれる？」

兄弟の集まり……ってことはこの人も王子様なのか。お母さんが違うせいか皆あんまり似てなくてわかんないな。式典で前の方にいた人も含めて、一番王子っぽいのはヴィルだなって思ったくらいだし。

ええと、マティアスって誰だったっけ。ヴィルから聞いたことある名前だと思うんだけどなー……元々記憶力には自信がないのに、最近お嬢様言葉とか叩き込まれてたからちょっとパッと出てこない。新しい単語が入った分、古い記憶が抜けちゃったのかも。

ちょっと質問してみるべき？　……いや、やっぱナシ。会話なんてしたらお嬢様のメッキが剥がれちゃう。楚々とした歩みでヴィルに付き従うこと、紹介されたらドレスを摘んでお辞儀をして、視線を合わせてにっこりと微笑むこと。必要ならいくつかのお嬢様言葉を組み合わせて返事をすること。知らない人にふらふらとついていかないこと。

きつく言い含められた言葉を思い返すけど、今回は会話しなきゃいけないケースではない……よね？　話しかけられたら答えればいいよね？

あれ？　もしかしてこれって、知らない人についていったってことになるのかな？

うーん、でも、ヴィルの兄弟なわけだし。これからヴィルのところに行くわけだし。それを断るってのはちょっとないもんな。うん、セーフセーフ！

「ここだよ。さあ、入って」

促されるまま部屋に一歩踏み込むと、ふっかりとした絨毯に爪先が埋まった。おお、すっごい。さすが王子様たちの集い、いい部屋でやるんだな――って、あれ？　なんで誰もいないんだろう？奥の部屋に皆揃ってたりするのかな？　でも、応接セットっぽいのはここにあるんだけどな。

うーん、と内心で首を捻ったとき、後ろでカチリという音がした。気のせいじゃなければ、今のって、部屋の扉に鍵をかけた音だよね？

王子様と王女様ばかりの集まりだから、セキュリティにもうるさいのかな。

「さあ座って。君とはゆっくり話してみたかったんだ」

促されるままソファーに座ると、目の前にマティアスさんが腰掛けた。その唇を歪めるような笑みを目にした途端、肌がぞくりと粟立つのを感じる。なんだろう、何かわからないけど、嫌な雰囲気だ。ヴィルはどこにいるんだろう。本当にこの近くにいるんだろうか？

マティアスって、本当に誰だったっけ。あの頃よくヴィルから名前を聞いたはず……と再び記憶を探った先で、ようやくその名前を思い出す。

幼いヴィルがマティアス兄様と呼んでいた人。ヴィルのほんの数日前に生まれたすぐ上のお兄さんで――ヴィルを一番いじめていたひと。

その人が今、歪んだ笑みを浮かべて目の前に座っている。

……あれ、これ、もしかしてヤバいやつなんじゃない？

＊　＊　＊

紅茶のいい香りがふわりと漂い、目にも楽しい変わったお菓子がテーブルに並べられている。

飲めないし食べられないけど飲むフリくらいはしないと……とカップを手にとって口をつけてま

た戻す。それをじいっと見ていたマティアスさんの視線が気になって目を向けると、またあの歪な笑みが向けられた。

「本当に、目が覚めるような美しさだね」

「そんなことは……」

「ヴィルとはどこで出会ったの？　ヴィルはデビューの時からずっと瑠璃色を纏っていたし、かなり昔からの付き合いなんだろう？」

　そうきたか！

　えーっと、やばい、なんて答えたらいいのかわからない。スパルタケヴィンの鬼講習では、貴族との問答はヴィルに任せればいいって言われてた。俺は少し後ろで微笑んだまま、褒められたら「そんなことは……」と恐縮して、たまに「ありがとうございます」とにっこりしていればいいって言われてたのに！

　ええっと、なんて答えたらいいんだろ？　正直に言うのは……ダメだ、お城で出会ったなんて言ったら、どこから不法侵入してたんだって話になる。

「誰との婚約にも頷かなかったヴィルが、領地で極秘結婚だろう？　それも、ひと目でも見たら誰も忘れられないほどの美貌の持ち主とだ。気にならない方がおかしいだろう？」

「……それ、は」

「デビュー前の王子は城の外には出ないから、ここで出会うしかないはずだけれど。……君ほどの美貌ならどんな下働きでも評判になるだろうし、」

そこでぱたりと言葉を切って、マティアスさんがじっと瞳を覗き込んでくる。うう、なんか、いやーな雰囲気だ。この後とんでもないことを言うためにわざと溜めを作ったみたいな沈黙。ありふれた茶色の瞳に宿るのは、ねずみを追い詰める猫みたいな残忍な輝き。

気圧されてじりじりと下がった背中が、ソファーの背もたれにぶつかる。暖かい春の陽射しが差し込んでいるのに、背中にぞわりと鳥肌が立つ。

何も言葉を返せずにいると、マティアスさんが再び口を開いた。一言一言、聞き漏らしのないようはっきりと、言葉を紡いだ。

「君は、本当に、人間なのかな？」

――やばい。

えっとこれは、本当にやばい。俺が精霊だって、もしかしてバレてる？　それともカマをかけているだけ？

どっちにしても、なぜかマティアスさんはほとんど確信を持ってるみたいだ。じいっと俺の表情を観察して、頭のてっぺんから爪先までをまじまじと見ている。

今日の髪型はいつにも増して厳重だから、耳は見えていないはず。万一髪飾りが落ちても耳が見つからないよう、複雑に髪を編み込んで耳を覆いさらに髪飾りをつけている。耳がぺたんとして声が聞きにくいなんて文句を言ったけど、アンナやメアリには感謝しないといけない。

……けど、たとえ耳が見つからなくても、俺は無事にこの場を切り抜けられるんだろうか。

「……まあ。嫌ですわ、マティアス様ったら」

冷や汗をだらだら流しながら、うふふと笑う。うう、なんなんだこれ気持ち悪い。見た目には似合っているんだろうけど、俺の精神が拒否反応を起こしている。

でも、こんなの冗談で笑い飛ばす以外の選択肢はないよなあ。

マティアスさんがなんでそんなに確信を持っているのかわかんないけど、決定的な証拠なんてないはずだ。……たぶん。きっと。そうだったらいいな。

もし証拠がないなら、冗談にして流してくれるかもしれない。「ハハハ君があんまりにも美しいから妖精なのかと思っちゃったよ！」なんてちょっとキャラ変わりすぎだけど、こんな感じで乗り切りたい。

うふふふふと笑っていると、マティアスさんもあはははと笑う。これは、もしかしたら、イケるんじゃないか!?

何事もなかったかのように流せるんじゃないか!?

「はは。…………脱がせ」

乾いた笑いを止めて指パッチン。するとすぐさま隣の部屋から三人の男たちが出てきて、盛大に顔を引き攣《つ》らす。

――神様、マジでピンチです!!

＊　＊　＊

今、脱がせって言ったよこの人。しかも華麗に指パッチンだよ。悪役だ。絶対悪役だ。親近感とか抱いている場合じゃなかった。たぶんこの後着ていた皮をびりっと破って、化物形態になるやつだ。

急募：ヒーロー。それもちょっと切実な感じで。

脱がせって、それはさすがにマズいって。女の子じゃないから別にいいかって思いかけたけど、まず女の子じゃないことがマズいって。女装してドレス着て式典に参加してましたって、俺もヴィルもただの変態だと思われかねない。

もっとマズいのが尻尾だよね。これはもうなんの言い訳もできないくらいバッチリしっかり生えちゃってるからね。今だけちょっと着脱可能とか、そんな便利にはできてないからね。

尻尾をすっぽり隠してくれるボリューミーな釣鐘形のドレスだって、脱がされちゃったら意味ないよね。

はいやばいー。もうやばいー。どうしたら逃げられるのかわかんないー。

入り口はダメだ。鍵がかけられてたし、廊下の外には護衛みたいな人が二人立っていて、部屋の扉を開けてくれた。まず間違いなくあの二人も手下だろう。

鍵を開けて外に出られても、すぐにとっ捕まって部屋の中に逆戻りだ。

――くっそう、もうお前なんかマティアスって呼んでやる！　心の中でもさん付けなんてしてやんねーから‼

残る逃げ道は窓しかない。一階だしどうにかして外に……って、窓が高いな！　窓枠の下のところが胸あたりにあるな！　俺がちっこいからなの⁉　ちびっ子だからピンチなの⁉

背伸びしてどうにか鍵を外したところでタイムアップだった。三人が輪を狭めるようにじりじりと距離を詰めてきていて、その後ろでマティアスがにやにやと笑みを浮かべている。

うーんヤバい。これはヤバい。マティアスに飛び蹴りかましたい。

普通に考えてさ、俺が人間の女の子だったらどうすんの？　って話だよな。なんだ気のせいだったのかゴメンねって言われても、もう手遅れだからね。夫以外の人に無理矢理裸にひん剥かれましたなんて、トラウマでしかないからね。

「あの、さ。王子様が、こんなことしていいのかなあ」

じりじりと寄ってくる三人の男から目を離さずに、マティアスに言葉を投げかける。お嬢様言葉とか、そんなこともう気にしてるような場合じゃない。なんとかここを無事に乗り切らないと、ヴィルが困る。俺を養子にしてくれたじいも困る。ケヴィンもアンナもメアリも、領地に残してきた皆も困ったことになるかもしれない。そんなのぜってー嫌だもん。

後ろ手で窓を押し開けるけど、力が籠められないせいでうっすらとしか開けられない。でも最悪ここから大声で叫べば、誰か助けてくれるかもしれない。

ぎゅっと唇を引き結んで男たちを睨みつけたら、マティアスがくすくすと笑いだした。おかしくって仕方ないというように笑いながらゆっくりとこちらに歩み寄り、俺の目の前でぴたりと止まる。ねっとりとした瞳で俺の顔を舐めるように見つめて、顎を掴んで上向かせてくる。

「は！　さすがに下賤らしい言葉遣いだが、その美貌だけは似つかわしくないな。母上から父上を奪ったあの女みたいだ」

「え……？」

「心配には及ばないさ。すべて終わった後、ちゃんと『控室で困っていた義弟の妻に声をかけたら、服を脱いで誘われてしまった』と周りに相談するからね。素性もしれない女と元王子の僕、皆はどちらを信じると思う？」

えーとつまり、俺が仮に人間の女の子だったとしても、脱がされた時点で悪評立てられちゃうってこと？　ヴィルの奥さんはビッチだぞって言いふらされちゃうってこと？

……くっそ、こいつ本当に性格悪いな。

あの女っていうのはきっとヴィルのお母さんのことなんだろう。盗ったとか盗られたとかはよくわかんないけど、ヴィルのこともヴィルのお母さんのことも、きっと妬ましくて憎らしいんだ。だから、離れて暮らしていたのにわざわざ、ヴィルを貶めようとするんだ。

「誰も、信じてくれなくていい。ヴィルが信じてくれるからいい」

きっと強く睨み返すと、マティアスが一瞬怯んだ顔をした。けれどすぐに憎々しげに睨みつけてきて、顎にかかった手に力が籠もる。痛い。けど、時間稼ぎにはなったみたいだ。後ろ手で作るのは初めてだったけど、細く開けた窓の向こうに小さな小鳥が生まれたはず。

――お願い、誰か呼んできて。

「やれ」

マティアスが下した命令とともに、六本の手が伸びてきた。

桜の下で　《ヴィル視点》

るりと一緒に母に挨拶に行った次の日、抜けるような青空の下で国王陛下の退位式典は執り行われた。壇上で朗々と話すその表情は、国王らしく毅然としている。いつかの温室で見せられたような父としての顔よりも、こちらの方が見慣れているのもおかしな限りだ。けれど長きにわたって国を支え、こうして退位の日を迎えられた陛下のことは、一臣下としても息子としても、誇らしく思えた。

陛下が退席されて式典は無事に終わりを告げ、隣に佇むるりを見下ろす。いつもぴこぴこと動く可愛らしい耳が髪飾りに隠されているせいか、令嬢らしい楚々とした仕草を心掛けているからか、神秘的な美しさに拍車がかかっているようだ。見慣れた俺でも見惚れてしまうほどなのだから、初めてるりを目にした者たちの驚きは想像に難くない。

美姫を見慣れた城の使用人たちもるりの麗しさには目を瞠っていたし、貴族たちから寄越される視線はうるさいほどだ。式典前の短い時間にもひっきりなしに挨拶されたし、その全員がほうっとるりに見惚れていた。

――これでは、誰が悪意を持っているのかわからない。

ケヴィンから受けた不穏な報告は、ずっと頭の片隅にある。

何かを探っていたという不審な人物。狙いは領地か、るりか、あるいは俺なのか。目立つ財などはないはずだし、私怨を受ける覚えもないのだが、今は用心することしかできない。

俺かるりが狙いだとしたら、仕掛けてくるのはこの式典か、夜の祝宴かのどちらかだろう。一番良いのは心配したけれど何もなかった、という結末に終わることだが、油断はできない。

……るりがこれほどに衆目を集めていると、下手な手出しはできないような気もするが。

とりあえず一山は越えたと、退席するためにるりを促す。後ろから声をかけられたのは、ちょうどその時のことだった。

「ヴィルフリート」

エレオノール姉様。義兄弟の中でほぼ唯一、優しく接してくれた人だ。他国の王家に嫁がれたはずだけれど、この日のために戻っていらしたのだろう。昔の面影を残したお姿でるりに気さくに話しかけるのを見ていると、なんだか不思議な気持ちになる。姉と話し、るりと遊んだ幼い頃。その頃からこんなにも時を重ねた今になって三人で話す時が来るなんて、あの頃は想像すらしていなかった。

『兄弟水入らずで話したい』という姉の申し出に頷いてしまったのは、こうした感傷があったからだろう。今この時を逃せば、次に会えるのは誰かが亡くなるときだからという理由もあった。

晴れやかな気持ちで昔話をするのに、今日以上に相応しいときはない。

るりのことは少し心配だったけれど、控室に送り届けたし大丈夫なはずだ。少し歓談して戻るまで、るりの休憩にもなるだろう。

「あーんなにたくさんの女の子を袖にして、選んだのが彼女だなんて。我が弟ながら憎たらしいわ」

「袖にした覚えは……あちらからのお断りの方が多かったですし」

「まあぁ、呆れた。貴方の心の中に彼女がいたから、皆諦めるしかなかったのでしょうに」

細い指で瑠璃色のタイを指差して、エレオノール姉様がわざとらしく肩を竦める。実際にはあちらにも意中の相手がいることが多かったのだが、それを言ったらさらに反論されそうだ。元々結婚するつもりもないのにお見合いをしていたことは確かだし、後ろめたい気持ちもある。

誤魔化すように笑みを浮かべたら、姉様は「とにかくおめでとう。お幸せにね」と締めくくってくださって、ほっと胸を撫で下ろした。

「それで姉様、お話というのは……」

「そうそう、貴方、ミランダ姫のことを覚えていらして？」

「ミランダ姫というと、あの小さな姫ですか？」

「もう成人したから小さくはないけれどね。私に会うたびに、貴方のことを聞いてくるの」

それは、一体どういうことだろう。姉様の意図が読み取れず、ぐっと眉間に皺《しわ》を寄せる。友好国の第三王女の彼女とは、俺が社交界にデビューした頃に出会ったきりのはずだ。まだ十かそこらの小さな姫の相手にはちょうどいい年頃だったから、滞在期間は彼女の相手をするよう申し付けられていた。

だが五年も前の、一月にも満たない短い期間のことだ。それなのになぜ、今になって彼女の口から俺の名前が出るのだろうか。

「どこまで本気かはわからないのだけれど、成人と同時に貴方に求婚するつもりだったそうよ。それなのに貴方が結婚してしまって、枕を涙で濡らしたとか」

「はあ」

「気の抜けた返事ね。いいから気をつけなさい、あの国は色々とこう……情熱的な国だから」

ありがとうございます、と頭を下げたものの、いまいち実感は薄いままだ。懸命にあの頃のことを思い出しても、使用人のようにこき使われた覚えしかない。末姫のせいか大変可愛がられて育ったようで、わがままというか傍若無人というか、姫というよりは女王様のような振る舞いがとても多かった。るりのところに行きたいのにどうしてこんなことを、と不満に思っていた記憶もある。


——まさか、ミランダ姫が領地を探っていたのだろうか？

可能性としては、なくはないといったところか。友好国の騎士が領内に入り込んでいたとなると国と国の問題に発展しかねないが、わがままな彼女ならやりそうでもある。

念のためケヴィンに報告をした方が良いだろう、と考えを巡らせていたところで、姉様の元に侍女がやってきて、ひそひそと何かを耳打ちした。その言葉を聞いた途端少し厳しい表情を浮かべたことから、何か急ぎの用件だろうかと腰を上げる。それを片手で制されて再び椅子に腰を下ろすと、姉様が重苦しいため息を吐いた。

「貴方に繋ぎを取ってくれと言われていたのだけれど、あちらの都合で駄目になったみたい。まったく、そのためにせっかくるり様に外して頂いたっていうのに」

「俺に繋ぎをですか……？　一体どなたが……？」

「マティアスよ。昔のことを謝りたいのですって」

マティアス兄様が、俺に謝りたい？

一体それはどんな冗談だろう。物心ついた頃からずっと、一挙手一投足をあげつらうようにして嘲笑われてきたし、何かにつけ下賤の血と蔑まれてきた。臣下に下るときも何か嫌味を言われたように記憶している。それからまだ一年と経っていないのに、何があったというのだろうか。何か裏があるのではないか。

——裏？

「……るりのいないところで話したいと言ったのは、マティアス兄様なのですか？」

「ええ、そうよ。初対面のご婦人の前での謝罪はバツが悪いからって」

「っ！　姉様、失礼します！」

椅子から立ち上がり走り出した俺を、驚いた姉様の声が追いかけてくる。けれど説明している余裕はない。控室に一人残してきたるり。騎士たちに守られているあの部屋なら大丈夫だろうと思っていたが、もしあそこから連れ出されていたら？

連れ出したのがマティアス兄様なら、誰ひとり不審に思わないだろう。俺が呼んでいたとでも言えば、るりも何の疑いも持たずについていくだろうし。


——無事でいてくれ……！

控室までの距離を数倍長く感じながら、必死に足を動かした。

＊＊＊

息が上がるほど走って辿りついた控室には、やはりるりの姿はなく、代わりにケヴィンの姿があった。るりはどこへ？　そして、なぜケヴィンがここにいる？

混乱のまま矢継ぎ早に口にした質問を受けて、ケヴィンは訝しげに眉を顰めた。少し思案げに睫毛を伏せて、白手袋に覆われた手をゆっくりと開く。

そこで羽を繕いながら寛いでいたのは、見覚えのある瑠璃色の小鳥だった。

「お帰りを待っておりましたらこの小鳥が窓に降り立ちまして、先導するようにここに連れてこられました」

「……………るりの、小鳥だ」

「そのるり様はどちらへ？　ご一緒ではないのですか？」

　ぐっと奥歯を噛み締めて、ケヴィンに手短に説明をする。式典が終わったとき、エレオノール姉様に声をかけられたこと。控室にるりを置いて、別の部屋で歓談していたこと。実はマティアス兄様が絡んでいたことがわかり、慌ててここに戻ってきたこと。……そうしたら、るりがいなくなっていたこと。

　控室周りの騎士に聞けば、るりを連れて行ったのはマティアス兄様で間違いはないらしい。だが、どこへ行ったかは知らないと。……当然だろう。元王子に行き先を尋ねるなど、騎士の役目を超えている。

「なるほど。油断なさいましたね」

「ああ、俺のせいだ。行き先は兄様の部屋か客室か……虱潰しにあたる時間はないが」

「先程るり様の小鳥と仰いましたが、こちらはるり様が作られたもので間違いはないと？」

「それがどうした」

「なんとかなるかもしれません」

　そう言うが早いか、ケヴィンが何かをぶつぶつと呟き、ふっと小鳥に息を吹きかけた。何の魔法かはわからないが、何らかの魔法が作用したらしい。一瞬だけ魔法陣がきらりと輝き、小鳥がどこかへ向かって飛び去っていく。

　走りながらでは聞く余裕もないが、ケヴィンがなんとかなるかもと言ったのは、小鳥に案内させるからということか。るりの魔法で編まれた小鳥だ。自分の主の居場所はわかるのかもしれない。

小鳥を見失わないよう全力で走りながら、ただるりのことだけを思う。今はどうしているのだろうか。不安を感じてはいないだろうか。ただ話をしているだけなら良いのだが――わざわざ俺を呼び出してるりを一人にさせて、さらにそこから連れ出す周到さだ。話をするだけなら控室でもできることを考えると……嫌な想像ばかりが頭の中を駆け巡る。

苛立ちにきつく拳を握りしめたとき、少し前を行くケヴィンが舌打ちとともに言葉をこぼした。

「駄目ですね、もちそうにない」

「どういうことだ」

「少し薄れてきているでしょう。籠められた魔力が尽きかけているんです。このままでは到着する前に消えてしまうかもしれない」

「くそっ」

小鳥を追いかけているうちに、既に招待客が泊まっている棟に入り込んでいた。俺たちが泊まっているのとは別棟の、特に位の高いものたちが泊まっている棟だ。この中のどこかにマティアス兄様も泊まっていて、そしてそこにるりを連れ込んだのだろう。だが、それがどの部屋かがわからない。もうほとんど背景と同化している小鳥が消えたところから、虱潰しに当たっていったとして、正解に辿りつくまでいったいどれほどかかるのか。

ここまでか、などと思いはしない。少しでも早くるりの元に着くための方法を考えながら、薄れていく小鳥を見つめ続ける。

「中庭に行く。ケヴィンはそのまま小鳥を追え」

「かしこまりました」

　勝算なんてまるでない。それでも、少しでも可能性のある道を探すしかない。中庭には確か精霊つきの樹があったはずだ。耳を傾けてもらえるかはわからないが、るりの危機だと言えば協力してもらえる可能性はある。もし協力してもらえなくても、声の限りにるりを呼ぼう。もしるりが声を出せる状態なら、きっと返事をしてくれる。もし返事ができない状況だったら——そうでないことを祈るしかない。

　祈るような思いで中庭に踏み込んだ途端、額に何かがぶつかった。いったいなんだというんだ、こんなときに！

　払いのけるために掴み取り、苛立ちを籠めて放ろうとする。そのときに手の中のものがちらりと見えて、すんでのところで思いとどまった。


　——瑠璃色の小鳥！

　さっきの小鳥とそっくり同じ、だけれど透けていないそれは、るりが近くにいることを示している。おそらくはこの中庭に面した窓のどこかから、るりがこの小鳥を放ったのだ。まだ目を回しているらしい小鳥を胸に抱いたまま、開いている窓を探して視線を動かす。どこだ、どこに……と必死に泳がせたその先で、一つの窓ががたりと揺れた。

「るり！」

見つけた！

運がいいことに一階だが、状況は至極悪いようだ。こちらに背中を向けたるりの向こうに、数人の男たちの姿が見える。るりを囲み手を伸ばす男たちから逃れるように、るりが窓に背中を押し当てている。

薄く開いた窓に手をかけて、無理矢理にそれを手前に引いた。バランスを崩したるりが倒れ込んできて、華奢な身体を抱きしめる。ほんの一瞬身体を強張らせたるりだったが、すぐに俺と気がついたらしい。ほっとしたようにくったりと身体の力を抜いて、俺に身体を預けてくる。

その衣服にまだ乱れはなく、見えるところに傷もない。


――良かっ、た。間に合った……。


深い安堵に脱力感を覚えながら、きつくマティアス兄様を睨み上げた。何が目的で何をしようとしたのか。なぜそんなことをしようとしたのか。そんなことに興味はない。

るりを連れ去り、何らかの害をなそうとした。その事実だけで十分だ。

四人がかりでるりを囲み追い詰めていた、あの光景を思い出すだけで、視界が怒りに染まっていく。

「久しぶりだね、ヴィルフリート。窓越しの挨拶なんて、ずいぶんと小粋な真似をするものだ」
「るりに何をしようとしていたのかと聞いている！」
「……マティアス兄様、一体何をなさっておいでなのですか」

声を荒らげて窓ガラスを殴ると、パリンと音を立てて呆気なく砕け散った。それを目にした兄様がほんの一瞬目を見開き、唇をわななかせてから引き結ぶ。周りの男たちも睨めつければ、こちらは気まずそうに視線を逸らした。あくまで首謀者は兄様で、こいつらはそれに従っていただけなのだろう。……でも、だから何だと言うんだ？

るりに手出しをしようとしたことに変わりはない。手の中にるりを抱いていなければ、この手で八つ裂きにしてやりたいところだ。

怒りのあまり震える手に、るりの手が優しく重ねられる。桜貝のような爪が並ぶ小さな手。怒りを宥めようとするような柔らかな感触に、却って怒りは増していく。るりが一体何をした。俺がそんなに憎いのか。感情の奔流に飲み込まれて、何も言葉が出てこない。

無言のまま睨み合っていると、彼らの背後にある扉が開いた。室内の物音で居場所がわかったのだろう、ケヴィンが悠然とした足取りで踏み込んで、外を守っていたらしい護衛を一人ずつ室内に転がしていく。

「なッ……なんだ、お前……！」
「おや、これは失礼。申し遅れましたが、ヴィルフリート様の執事のケヴィンと申します。彼らには少し気絶して頂いただけですのでご安心を」

「うっわぁ……ケヴィン、こっわ」

腕の中のるりが声を上げたときには、室内で乱闘が始まっていた。兄様が残る三人をケヴィンにけしかけ、ケヴィンがそれに応戦している形なのだが、ひと目でどちらが優勢なのかが見て取れる。武器を持った三人に対峙するケヴィンは丸腰なのだが、相手の隙をついて次々に気絶させていく。

ひらめく燕尾を眺めているうちにあまりにも呆気なく三人が片付いて、驚きに固まる兄様の意識さえ、無造作にケヴィンが刈り取った。


——確かに、これは。


るりが怖いというのも無理はない。

扉を守っていたらしき二人の護衛と、室内にいた三人の男。兄様の配下の中でも精鋭だろう五人を難なく叩きのめして、元王子だろうと一瞬の躊躇《ちゅうちょ》なく気絶させる。赤子の手を捻るような、という喩えが浮かぶほどにその実力差は歴然としていた。血の一滴はもちろん、わずかな悲鳴すら上げさせないままに事態は収束し、辺りになんとも言えない沈黙が漂う。

拍子抜けとはこのことだろうか。

焼け付くような怒りに冷水をかけられた気がして、どう反応したら良いかもわからない。俺もるりのように拍手すべきなんだろうか。

「例の不審人物に相違ありません。後始末は私にお任せ頂いてもよろしいでしょうか？」

「あ、ああ、頼む」

「るり様、私の不手際で危険に晒してしまい、誠に申し訳ございません。瑠璃色の小鳥の機転、お見事でございました」

「えっ……ケヴィン、頭でも打ったの？　誰かに殴られたとか？」

「ご心配には及びません。……それでは、私は彼らの処理を致しますので、お二人はお部屋で休んでいてください。ヴィルフリート様の手の傷もきちんと治療なさいますよう」

慇懃に頭を下げたケヴィンの言葉に従って、俺たちはその場を後にした。

処理という言葉が少し気にはかかったが、ケヴィンなら悪いようにはしないだろう。

＊　＊　＊

後始末の大半はケヴィンに任せたとはいえ、祝宴までの時間は細々とした処理に追われることになった。手の治療をし、失礼な形で席を立ったことを姉様に謝罪して事の経緯を話し（ショックを受けられたのちご立腹され、宥めるのにとても苦労した）、るりに詳しい話を聞いた。

「俺が本当に人間かどうか、脱がせて確かめようとしたみたい」

女装も尻尾もバレなくて良かったー、と話するりは、いつもと変わりないように見える。怯えたりショックを受けたりしていないのは嬉しいのだが、本当に無理はしていないのだろうか。身体の傷と違って、心の傷は見えにくい。あんな風に囲まれて追い詰められたのだから、恐怖を抱いてもおかしくはないのに。

「……るり、やっぱり祝宴は、」

「またそれ!? 祝宴は行く！ ヴィルのお父さんをお祝いする！ そう言った！」

「でも、あんなことがあった後だし……」

「カンケーない！」

ぷっと頬を膨らませるるりは、装いをすっかり祝宴用に変えている。眠りから覚めたときに着ていた夢のようなドレスを身に纏い、星屑のような小粒の宝石を集めたアクセサリーがその胸元を飾る。華やかに結い上げられた白銀の髪を彩るのは、ドレスと同じ紫色のヘッドドレス。ちりばめられた宝石も相まって、明け始めた空を連想させる仕上がりだ。手首までを覆う薄絹の手袋も同色でまとめられていて、華奢な肩や腕、そして胸元の透き通るような白い肌を最大限に引き立てている。

これほどに美しく装ったるりを、見せたい気持ちは無論ある。けれどそれと同じくらいに、誰にも見せたくないとも思ってしまう。るりに惹きつけられてしまう者は、きっとたくさんいるだろう。無理矢理にでも手に入れようと、悪巧みをする者さえいるかもしれない。

るりを探して走っている間、るりを喪う不安に押し潰されそうだった。……もう二度と、あんな思いをしたくはない。

暗く落ち込む気持ちに俯いて拳を握りしめる。るりがじっと見つめてくるのがわかるけど、気持ちの整理はつきそうにない。

祝宴に参加するべきだと頭ではわかっている。けれど心は行かせたくないと叫んでいる。

「ヴィル」

名前を呼ばれて目を開けると、柔らかなものが唇を掠めた。見開いた目に伏せられた白銀の睫毛が映り込み、息を呑んで目を瞬く。柔らかく温かく、一瞬だけ触れて離れたもの。今のはまさか、と呆然としている俺の目の前で、るりが恥ずかしそうに頬を染める。不貞腐れたように唇を尖らせ、顔を隠すように俯いて、無造作に片手を差し出してくる。

「行こ」

手を重ねたらそっと指が絡められて、るりがぷいっと顔を背ける。その首筋までが羞恥に赤く染まっていて、呆然と見惚れたまま足を動かした。

＊＊＊

豪華絢爛な大広間に一歩足を踏み入れると、ざわめきがすうっと遠のいた。水を打ったような静けさの中、係の者が高らかに俺とるりの名前を読み上げ、再びざわめきが戻ってくる。緩やかなアーチを描く階段を降りる間ずっと、たくさんの人々がるりに声もなく見惚れている。

少し目を伏せてしずしずと歩くるりは、周りの視線には気づいていないようだ。おそらくヒールの足元が不安なのだろうが、傍から見ると落ち着いて歩いているように見える。式典のときもその所作の美しさには驚かされたが、ケヴィンとの訓練の賜物だろう。

るりへの注目に耐えながら待つことしばらく。壇上に父と兄が連れ立って現れ、新国王として祝辞と挨拶を述べられて、ようやく祝宴は始まりを告げた。

——マティアス兄様は不参加か。

それも当然かもしれないと思いながら、次々とやってくる貴族をあしらう。るりを褒め、ドレスを褒めて自らが主催するパーティーへと誘う、型にはまったようなやりとりに辟易してきた頃、ゆったりと流れ始めた曲に誘われて、るりの前で膝を折った。

「俺と、踊って頂けますか」

くすりと笑って腕を取ったるりも、きっと話すのに飽き飽きしていたのだろう。きらきらした瞳で俺を見つめて、軽やかな足さばきでドレスを揺らす。

たくさん練習していたのは知っている。ケヴィンに「おにー！」と叫んだりしながら、懸命に食らいついていたことも。その結果、ゆったりした曲も速い曲もここまで踊りこなすのだから本当にすごい。これほど踊れる淑女はめったにいないだろう。るりは淑女じゃないけれど。

「ケヴィンとの練習、大変だった？」

ぴたりと寄り添って身体を揺らすダンスのとき、耳元で小さく囁けば、るりがさり気なく顔を顰めた。ドレスで見えないように俺の足を踏んで、やれやれと呆れたような顔をする。もしかしてケヴィンの真似だろうか。本当に可笑しい。

思わずくすくすと笑みをこぼすと、るりも顔いっぱいの笑みを浮かべた。大輪の薔薇が咲くような、辺りが明るくなるようなその笑顔に目を奪われて、わずかにステップが乱れてしまう。

——キス、したいな。

こうして実体を持ってくれたとはいえ、るりは精霊だ。ダンスだって丁寧な言葉だって、覚えなくても生きていける。それでも懸命に練習してくれたおかげで、こうしてずっと一緒にいられる。

愛おしさが胸に込み上げて、るりの頬をするりと撫でた。曲の終わりの余韻に乗じるようにるりを抱きしめ、そのこめかみにキスを落とす。ぎゅうっと握りしめられた手が、震える長い睫毛の先がるりの動揺を伝えてきて、心がふわふわと浮かれてしまう。

「挨拶したら、抜けようか」

「ん」

こくりと頷いたるりの目元が、羞恥に赤く染まっていた。

＊　＊　＊

父の退位を祝うパーティーなのだから当然なのだが、ゆっくり言葉を交わすことは難しかった。お祝いの言葉を述べて、るりを紹介して二言三言話すのがやっとだ。けれど久しぶりに目にしたその瞳は嬉しそうに細められていたし、父の想いは伝わってきた。

「――幸せか？」

「はい」

「そうか」

去り際に父と交わした言葉はそれだけだったけれど、多くを語るより雄弁に想いを示していたように思う。あまり長く共に過ごしたことはなく、今も遠く離れている。だからこそ、俺の幸せを願ってくれているのかもしれないと思った。


賑やかな大広間から抜け出して、宵闇の中をるりと歩く。城の裏手をぐるりと回り込めば、そこにはるりと過ごした裏庭があった。ちょうど桜は最盛期を迎え、はらはらとその花びらをこぼしている。久しぶりに目にするその光景に歩みを緩めたとき、ぽうっと辺りに光が灯った。

一つ一つの灯りは拳大ほどだが、いったいいくつあるのだろうか。数多作られた魔法の光が裏庭を照らすようにふわふわと揺れて、その陰からたくさんの精霊たちが顔を出す。いつか見た神妙で厳かな雰囲気ではなく、顔いっぱいの笑みを浮かべて、るりの元へと走ってくる。

うずうずしているるりの背中をとんと押すと、るりもそちらへと駆け出した。ドレスをからげて花びらを踏みしめ、光の中へ飛び込んでいく。精霊の言葉で何かを話し、みんなにもみくちゃにされながら顔いっぱいで笑っている。

くるくると変わるその表情はあの頃のるりそのままで、だけどるりだけが透けていない。精霊たちと触れ合うことも、もうできない。

――彼らとの世界を捨てて、俺との未来を選んでくれた。

頭ではわかっていたことを改めて目の当たりにして、心がきゅうっと締め付けられる。

あまりにも美しく切ない光景に見惚れていたら、桜の精霊が何かを言いながら俺の方を指し示して、るりが俺を振り返った。

満面の笑みのままちょこちょこと近づき、俺の目の前でドレスを摘んで膝を折る。澄ました顔でスッと片手を差し出したと思った次の瞬間、無邪気そのものの顔で笑う。

『ヴィル、踊ろう！』

精霊の言葉はわからないけれど、るりの想いは伝わった。差し出された手はそのままに、細い腰を掴んで抱き上げる。「うわっ!?」と声を上げたるりを高く抱き上げ、笑いながらくるくると回る。最初は驚いていたるりも弾けるように笑い始めて、腕を広げて喜んでいる。

ぶわりと強く風が吹いて、桜の花びらがひらひらと舞った。幻想的な光がより細かい粒子になってぱちぱちと弾けて、るりの瞳の中に花が咲く。

とろけるような眩しい笑顔に惹き寄せられるまま口付けて、柔らかな唇をしっとりと味わう。

「愛してる」

心のままに言葉をこぼせば、るりからのキスが降ってきた。

会いたいけど、会いたくない

王都から戻ってしばらくしても、時々あのときのことを思い出す。映画の中でしか見られないようなキラッキラなパーティーもすごかったけど、やっぱり一番はまた皆に会えたことかな。百年の時を生きる精霊にとって四年は大して長くない期間らしいけど、俺にとっては十分に長い時間だ。懐かしさがぐっと込み上げてきて、思わず泣きそうになったりしちゃったくらい。

だってさ、たくさんの魔法の光で迎えてくれるとか、全員が『おめでとー！』って言ってくれるとか思わないじゃん？　皆いつもあんなにツンと澄ましてんのにさ。ツンデレかよって思うじゃん？

『ほら、前みたいに踊って！』
『せっかく素敵なドレスなんだから！』
『精霊の花嫁衣装なんだから！』

口々にそう言われてヴィルをダンスに誘った。さっきまで散々踊ってたけど、懐かしいこの庭で踊りたいなーって思ったし、ちょっとツンと澄まして誘ってから、照れ隠しにヴィルに笑いかけて。まさか抱き上げられてくるくる回されるとか思わなかったけど、あれも本当に楽しかったな。「愛してる」とかこっ恥ずかしくて死ぬかと思ったけど、どうしようもなく嬉しかったし。

俺たちが踊り始めたら皆も周りで踊り始めて、ダンスパーティーみたいで楽しかったし。

王城だからそんなに頻繁には行けないけど、何年かに一回くらいでいいから、ああして会いに行けたらいいなぁ。


目が覚めてからまる一年以上経ったわけだけど、俺の生活に変化はない。朝ヴィルを見送ってから読み書きの練習をして、ロビンが来てくれた日はちょっと遊んで。小鳥を作るのも結構上達して手紙の配達くらいならできるようになったんだ！

マティアスに脱がされそうになったときも小鳥のおかげで助かったし、もう少し色々芸を仕込みたいよね。意識移したり変化させたりは難しいけど、これくらいしかやることもないしね。

領主様の奥様なのにそれでいいのかとも思うけど、俺にしては結構頑張ってる、はずだ。全く言葉も通じないところから、ちゃんと話せるようにはなったしね。お嬢様言葉はまだ舌が回らなくなるけど、そっちは無口キャラで行くからいいんだ！


そんなニートかペットみたいな生活を送ってる俺だけど、実は一つお仕事もできたんだよね。何かって言うと、天気予報！

朝のお見送りのときに天気をヴィルに教えていたら、毎日見事に的中したらしくて。そりゃあ精霊だから天気くらいわかるよって言ったら、結構びっくりされたんだ。この世界にはまだ天気ちゃったとか、雨が降らなくて作物に影響が出ちゃったとか。

何日先までわかるかとか、どれくらい遠くの天気がわかるのかとか聞かれたときは焦ったけど、風の精霊に聞いたりするとかなり正確にわかるんだよね。領内の天気は全部わかるし、向こう一週間ならまず外れない。

そんなわけで、精霊さんたちから聞いた天気をへたくそな字で書き起こすと、ヴィルが領内にそれをお知らせしてくれてるみたい。お仕事っぽいお仕事ができると嬉しいよね。この世界初の気象予報士を名乗っちゃおうかな。

「るり様、それでは参りましょうか」

「うん！」

変化といえばもう一つ、保護者付きの外出が自由にできるようになった！

これはある日突然ケヴィンに言われたんだよね。「諸々の処理が終わりましたので、るり様も自由に出歩いて頂いて構いません」って。諸々の処理ってなんだよとか、そういえばマティアスってどうなったんだろとか色々気になることはあったけど、ケヴィンがやけにいい笑顔だったから聞けなかった。

なんかヤな予感すんだもん。聞かない方がいいことって、きっと世の中にはあると思うんだ。

そんなわけで、今日はアンナとお買い物。

実は最近ちょっとヴィルがおかしいんだよね。なんかちょっと疲れてるみたいで、ため息は多いし眉間に皺《しわ》が寄ってたりするし。前は帰ってきてすぐハグとかキスとかしてきたのに、最近はそれもまったくない。一人でさっさとお風呂に直行するようになったし、いちゃいちゃも少し減った、ような気がする。

収穫祭前でもこんなことはなかなかなかったから、よっぽど忙しいんだと思うんだよね。何かお仕事が手伝えたらいいけど、読み書きもやっとの俺じゃ全く役には立たないし。

と、いうわけで、今日の目当ては入浴剤！　ゆっくり湯船に浸かってリラックスして、ベッドでマッサージでもしてあげたら、少しは疲れが取れるかなーと思うわけです。


外出するときは相変わらず貴族のお嬢さんスタイルだけど、これだけ着てればまあ慣れる。踵が太めのヒールならたくさん歩いても疲れにくいし、胸下で切り返しのあるふわふわロングワンピースなら下手なズボンより楽ちんだ。女装に慣れちゃうのもどうかと思うけど、奥さんだからしょうがない。似合う顔で良かったってことにしとこう。

入浴剤の匂いをくんくん比べて一つに決めて、アンナにお会計をお願いした。ここは前に子猫の文鎮を買った雑貨屋さんなんだけど、結構品揃えが良くて気に入ってるんだ。アンナが自分の買いたいものをうんうん悩んでる間にちょっとロビンに会ったりできるし、一石二鳥ってこのことかな。

くねくねした道の先に鬱蒼と樹々が生い茂る家と、庭に佇むロビンが見えた。何度か来て知ったことだけど、あの家は普通の人には見えないような魔法がかかっているんだって。ロビンがあまり人前に姿を見せたがらないことと、何か関係があるのかも。

ぶんぶんと手を振りたくなるのを堪《こら》えながら澄まし顔で一歩踏み出したとき、表通りでふいに大きな声がした。

「領主様もひどいよなぁ！　あーんな美人な奥様がいるってのに！」

「いやぁ、でもまた全然違うタイプの美人だよなぁ、あーんな肉感的な美女に迫られたらぐらっと来ても仕方ないぜ」

ちげぇねぇ、と笑った男たちの言葉に、かちんと思考が停止する。

え、領主様って、ヴィルのこと……？　ひどいって、何？　肉感的な美女って……？

働かない頭で呆然と男たちを見送っていると、お店からアンナが転げるような勢いで走り出してきた。入浴剤、値札ついたままだけどいいのかな？

めちゃくちゃ焦った顔してるけど、なんでそんなに焦ってんの？

「あ、あ、あの、るり様、あの噂はきっとそんなに心配することなくてですね、領主様がるり様ひとすじなのは使用人一同確信しておりますし、たぶん何かの間違いで、」

「噂って、さっきの？　……アンナ、知ってたの？」

「…………は、い」

ぐしゃりとアンナが顔を歪めて、ぎゅうっと入浴剤を握りしめた。あの噂って、さっきの男たちが話してたことだよね。ヴィルが、肉感的な美女に迫られて、浮気してるかもっていう。屋敷に住み込みで働いてて、あんまり外出しないアンナにも聞こえてくるくらいに、噂が広まってるんだなぁ。

俺が今まで聞いたことなかったのは、皆黙っててくれてたからかな。屋敷の人も、風の精霊も、……ヴィルも、皆。

――ヴィルが、浮気……？

あの、ヴィルが？　まさか！　と笑い飛ばしたかったけど、アンナの手の中の入浴剤から目が離せない。

帰ってきてすぐのハグやキスがなくなった。ご飯より前に一人でお風呂を済ませるようになった。それよりもっと前に、甘い香水の香りを嗅いだこともある。嗅いだことのない香りで「これなんのにおいー？」って聞いたとき、ヴィルはなんて答えたんだっけ。思い出せない。

いちゃいちゃも減っていた。えっちのときも、そうじゃないときも、あまり目が合わなくなったような気がする。ヴィルから視線を感じて振り向くと目を逸らされたり、思い返せば不思議なことはたくさんあった。

――…………そっ、か、

こんなにたくさん兆候があったのに、全く気づいていなかったな。ヴィルが浮気するなんて考えたこともなかったから、今の今まで、仕事の疲れだと本気で思い込んでいた。

だから今日、入浴剤を買いにきたんだけど。

明日は仕事がお休みだから、ゆっくりお風呂でいちゃいちゃしようとか、勝手に考えていたんだけど。


心臓が握りつぶされるようにひどく痛んで、思わずそこにしゃがみ込む。アンナの悲鳴が聞こえるけど、痛すぎてうめき声さえ出せない。身の内が引き裂かれるような、何かがぶちぶちと千切れるようなそんな痛みで、勝手に涙が溢れ出す。

なんだ、これ。心臓が破裂しそう。

精霊にも心臓ってあるのかなとか、そんなこと考えてる場合じゃないみたいだ。ぎゅうっときつく胸を押さえた指先が、腕が、どんどん透けてきているのがわかる。

精霊の力が、生命が、ぼろぼろとこぼれ落ちていく。

「るり様っ……！　お手が…………!!」

「るり、大丈夫、息を吸って。抱き上げるけど、びっくりしないで。るりは僕が預かるから、貴女は帰ってそう伝えて」

「ロ、……ビ、ン……」

なんでここに、と考えて、ロビンの家の近くだったと思い出す。あんまり人に見られたくないみたいだったのに、出てきちゃって大丈夫なのかな。

でも、ロビンが来てくれたならきっと大丈夫だ。

良かった、と思ったのを最後に、ふっつりと意識が暗闇に落ちた。

＊　＊　＊

さわさわと葉っぱが擦れる音がする。閉じた瞼の向こうでちらちらと木漏れ日が揺れるのがわかって、重い瞼をゆっくりと開く。ぽかぽかとした良い天気で心地よい目覚めのはずなのに、身体は鉛のように重いままだ。

ここは……？　とゆるく視線を動かすと、すぐ近くにロビンの姿があった。

「気がつきましたか？」

うん、とひとつ頷いて、もう一度目を瞬いた。

空が近い。どこかの樹の上に寝かされているみたいだ。名前は知らない樹だけど、この樹の感じは知っている気がする。

「この樹、ロビン？」

「そうですよ。今は力を借りています」

そうなんだ、と答えて目の上に手を掲げた。あんなに透けていたのに今はちゃんと元に戻っている。でも、胸にぽっかりと穴が空いたみたいで、なんだか力が入らない。脱力感がひどくて起き上がる気にもならないし、ロビンが言った『今は力を借りています』って言葉も気になるのに、頭が上手く働かない。

なんだろーこのかんじ、テストの日の朝、布団から出たくないのをひどくしたかんじ？

俺の身体に何が起きたのかとか、これからどうしたらいいのかとか、色々考えなきゃいけない気がするんだけど、今はまだ考えたくない。

「これ、なんていう樹なの？」

「更紗木蓮ですよ。遠い国の言葉ですが、この国の呼び方より似合っているとエリアスが言うのです」

エリアスさん。ロビンの絆の先にいる人。いつも優しく微笑んでいるロビンだけど、彼の名前を呟くときはもっと優しい顔になる。愛おしくてたまらないと書いてあるその顔を見ると、俺まで胸がきゅうっとなる。俺もヴィルのことを話すとき、こんな顔をしているんだろうか。

――ヴィル。

朝見送ったばかりなのに、会いたい。でも、会いたくない。こんなの初めてだ。

「ねぇ、ロビン。俺どうなっちゃったんだろ。胸にぽっかり穴が空いたみたい」

「……前に、僕たちは不安定な存在だと話したのを覚えていますか？　絆が揺らげば消えてしまうような、曖昧な存在だと話したのを」

「うん。……もしかして、それでさっき消えそうになったの？」

「ええ」

そっか、絆が揺らぐってこういうことなのか。

俺とヴィルの、心と身体を結んでいたあの細い糸。さっき感じた引き千切られるような痛みは、それが千切れる感覚だったのかも。目を凝らしてそれを辿ろうとしてみるけど、曖昧になりすぎててよくわからない。

代わりにロビンの樹から俺に別の糸が伸びていて、ぱちくりと目を瞬いた。なに、これ。なんで俺とロビンの樹が繋がってるの？

「あのままでは消えてしまうので、とりあえずこの樹と生命を結びました。本当は貴方の樹でやる方がいいんですが、僕にはこの魔法を刻むことはできないので」

ロビンが指し示す先を辿ると、そこには複雑な模様が焼き付けられていた。幹の根元の方から広範囲にわたって描かれているそれは、何かの魔法陣だろうか。円が多重に絡み合っていて、複雑過ぎてよくわからない。

これが、樹と生命を結ぶための魔法陣なのかな？

「これ、エリアスが作ったの？」

「ええ。消えそうになった僕を助けるために。そして、今は僕の命綱になっています」

「じゃあやっぱり、エリアスは……」

「死にました。もう何十年も前のことです」

少し目を伏せて微笑むロビンは、今もエリアスのことを想っているんだろう。愛おしげなその視線の先に彼がいることはわかるのに、そんなにも前にエリアスを喪っていたなんて。

絆を結んだ相手が死んだら、俺たちは生きてはいられないはずだ。もう樹との絆は切れているから、根っこを失った花が枯れてしまうように、俺たちも長くは生きられない。そのはずなのに。

『命綱』と言ったロビン。樹と生命を結ぶことのできる魔法。

ロビンは、つらくはないんだろうか。寂しくはないんだろうか。


「魔法の安定まで時間がかかりますし、少し昔話をしましょうか」

柔らかく微笑んだロビンが、優しい眼差しで樹を見上げる。

宝物に触れるようにそうっと魔法陣をなぞりながら、ロビンはゆっくりと唇を開いた。

＊＊＊

「僕たち以外の精霊が大人ばかりなことを、不思議に思ったことはありませんか？」

「大きくなれないのか聞いたことあるよ。樹の成長次第だって言われたけど」

「それも一つの答えですが、精霊は大抵生まれたときから大人の姿なんですよ。子どもの姿で生まれるのは特別なときだけなんです」

特別なときってなに？　何か特別なことなんてあったっけ？　と首を傾げる。心当たりといえば転生したことくらいだけど、ロビンは転生したわけじゃないみたいだし。ていうかそもそも、精霊つきの樹とそうじゃない樹の違いってなんなんだろう。比較的若くても精霊つきの樹もあるし、老木でも精霊がいない樹もある。

ランダムに精霊がつくのかなとも思ってたけど、そういうわけじゃないいんだろうか。

「樹の精霊は、他者から愛されることで生まれます。人間や動物からの愛が力の源となるんですね。ただ、これには時間がかかります。生まれたての若木が大木に育つほどの時間が。なので、この精霊たちは生まれたときから大人の姿なのです」

「へええ……！　じゃあ俺とロビンは他とどう違うの？」

「ふふ。ヒントは、僕のエリアスと、あなたのヴィルの共通点です」

ヴィルとエリアスの共通点？　ええーと、なんだろう？

俺たちと出会って恋に落ちて……ってのは、俺たちが生まれた後の話だから違うよね。俺たちが生まれる前から共通していること……？

そう言われても、エリアスさんのことあんまり知らないからなあ。『精霊憑《つ》き』って呼ばれるほどの変な人で、魔法の研究が大好きで、切られそうな精霊つきの樹があったら、大枚叩いて買い集めて。そのせいでここが樹だらけになったって、前にロビンが嘆いてたけど。

ええと、うーんと？　二人の共通点なんて、人間だってことくらいしか………、あ。

わりに生まれるのが早いため、成長しきらない子どもの姿になるんですよ。ちょうど僕や、るりのように」

「正解。精霊の瞳を持つものが樹に愛情を注ぐと、稀に精霊が生まれるのです。条件が厳しい代

「精霊が見えること？」

へえ……！　ってことは俺、ヴィルの愛情から生まれたってことなんだ。ヴィルがネコヤナギに愛を注いだから生まれて、友達になって。ヴィルが想ってくれたから、絆を繋ぐことができて。いったいどこまで、ヴィルの愛で出来てるっていうんだろう。

——それももう、他の人のものかもしれないのに。

胸が再びずきりと痛んで、拳を作ってそこを押さえた。心臓が怖いくらいに脈打っていて、細く細く息を吐く。駄目だ、きっと、これを深く考えちゃ駄目だ。

嫌な考えに囚われてしまったら、きっとそこから抜け出せなくなる。

「——あなたのヴィルは、金髪に紫の瞳をしていますか？」

「そうだけど、どうして……？」

「来ます」

厳しい表情を浮かべたロビンの視線の先に目を動かすと、そこには確かにヴィルがいた。雑貨屋のそばで俺を呼び、この家に気づいて駆けてくる。普通の人には見えないようになっているこ

の家も、ヴィルの目ならば関係ない。

本当にヴィルだ。……どうしよう。

まだ何も、考えてない。考えたく、ない。

ヴィルに会いたかった。けどそれ以上に、会いたくなかった。

本当のことを知りたいけど、同じくらいに聞きたくなかった。

ぐちゃぐちゃになった心のせいで動けずにいると、ヴィルが樹の上にいる俺を見つけて、声を振り絞るようにして叫ぶ。

「るりっ……!!」

「こないでっ!!」

叫び返すと同時にぶわっと風が吹き荒れて、ヴィルが驚いたように足を止めた。

こんな乱れた心のまま、ヴィルと話なんてできない。ヴィルを見ただけでいろんな感情が吹き荒れて、それがそのまま風になって樹々を揺らす。立っていられないほどの風にヴィルが門に掴まるのが見えるけど、どうしたら止められるのかもわからない。

涙が溢れて、とまらない。

「るり、落ち着いて。力を使ってはいけない。本当に消えてしまう」

「ロビンっ、でもっ、わかんなっ、」

ぶんぶんと首を振って泣きじゃくると、ロビンの指が涙を拭《ぬぐ》った。そのままぎゅっと抱きしめてきて、強張る背中を撫でてくれる。力を封じ込めるように俺を腕に閉じ込めて、耳元で何度も

「大丈夫だから」と囁いてくれる。

その優しさに縋るように伸ばした腕が、また透けているのが目に映った。ロビンの言うとおり、まだまだ不安定なんだろう。風が少しずつ落ち着いても、力はこぼれ落ちていくまま。腕も脚も透けていって、このまま消えてしまいそうだ。

「……そこの人。出ていってくれないかな？　それとも強制的に追い出してほしい？」

「だが、るりは……！」

「そのるりを、消したいというの？」

「そんなわけっ！」

「消したくないなら、去ることだ。誰のせいでこうなっているか、よく考えるといい」

冷たくヴィルを突き放して、ロビンが指先を動かした。開いていた門がガチャリと閉まり、すぐに木の根が絡み付く。何よりも明らかな拒絶を受けて青褪めたヴィルが、振り返りながら去っていく。

それが悲しいのにどこかほっとしている自分がいて、なぜかわからないけど涙がこぼれた。

＊＊＊

あー、泣いた泣いた。めっちゃ泣いた。泣きすぎて瞼が重たいや。

でも、透けていた身体はもうすっかり元通りだ。まだ少しだるい感じはするけど、すぐに消えはしないと思う。それもこれも、ロビンが自分の樹と俺を繋いでくれて、落ち着くまで側にいてくれたからだ。

ロビンがいなかったら、俺は今頃消えてしまっていただろう。

「落ち着きましたか？」

「ん、ごめん」

ぐすっと洟《はな》をすすりながら頷くと、ロビンが頭を撫でてくれた。まだ抱きしめられたまんまなのが恥ずかしいけど、ロビンにこうされるとすごく落ち着く。ロビンの樹を介して繋がっているからなのか、強張っていた心が解けていく。

「気にしないでください。……実は僕も、消えかけたことがあるんですよ」

「ロビンが？」

「ええ」

にっこりと微笑むロビンの姿からは、とてもそんなことは想像できない。エリアスの話をするときはいつも嬉しそうにしていたし、てっきりずっとラブラブなんだと思っていた。ぱちぱちと目を瞬くとロビンは恥ずかしそうに肩を竦めて、ぽつぽつとそのときの話をしてくれた。

エリアスは変人だけれど格好良かったから、お誘いもその分多かったこと。けれど人間嫌いの精霊好きだったから、ロビンとしては安心だったこと。けれどエリアスが同じ精霊の瞳を持つ女性と出会ってしまって、ロビンは次第に浮気を疑うようになってしまったこと。

「僕は、エリアスのことが信じられなかったんです。そのせいで絆は脆く弱くなり、割れた水瓶のように生命も漏れ出してしまった。胸のあたりまで透けたそうですよ」

「そ、それで……？」

「こっぴどく叱られました。俺の嫁ならどんと構えてろ！　なんて言って。勝手な人なんですよ、エリアスは。勝手に僕を置いて逝ったくせに、帰って来るまで待ってろなんて言うんです」

ひどいでしょう？　とロビンは笑うけど、顔には大好きだって書いてある。待ってろって言われた言葉の通りに、今もエリアスを待っているんだ。ちゃんとエリアスが生まれ変われるのかもわからないのに……違う、ロビンは信じてるんだ。エリアスがそう言ったなら、絶対帰って来るんだって。全然疑ってもいないんだ。

いいな、と素直にそう思えたとき、ロビンが微笑みながら俺を見つめた。「あなたのヴィルはどんな人ですか？」と質問だけを投げかけて、じっと俺の答えを待ってくれる。

――ヴィルは、

無邪気で可愛くて、まっすぐだった小さなヴィル。触れられない俺の耳をふわふわと撫でて、嬉しそうに笑っていた。それから少しずつ距離が縮まって、触れられなくてもキスをして。三年の眠りから覚めてからは、ぐんと大人びたヴィルに翻弄されることもしばしばだ。たまに意地悪だし絶倫だし、恥ずかしいことも平気で言うし。キス魔だしハグ魔だしスキンシップやたら多いし。……それも最近は、ちょっと変わっていたんだけど。

「浮気するような人だと、思いますか？」

「それ、は……わかん、ない。しない、と、思ってた。け、けど……」

ひくりと喉が引き攣って、ぼろりと涙がこぼれ落ちる。

駄目だ、涙は出尽くしたと思ってたのに、次から次へと溢れてしまう。

ヴィルが浮気するなんて、全く考えたこともなかった。愛情表現も多かったし、パーティーで女の人と話すときも別人かと思うくらいに冷たかった。俺が三年寝ていたときにお見合いをしたのだって、断ること前提で動いていたと言っていた。庭でヴィルとお見合いしていたレティシア嬢も、式典のときに「ラピスラズリの君との恋を叶えられたのですね」と言っていて、お見合い相手とどんな話してたんだって思ったくらいだったのに。

「るり、泣かないで。焦らなくていいんですよ。彼が浮気したのかどうかわかるまで、ここにいたらいいんです。そしてもし本当に浮気していたら、そのときにまた泣いたらいい」

『そうよそうよー！　ここで一緒に住めばいいわよー！』

『浮気男なんて吹き飛ばしちゃえばいいのよー！』

『樹の養分にしちゃえばいいのよー！』

ずっと見守っていた精霊たちがきゃらきゃらと楽しげに混ぜっ返して、思わずぷはっと噴き出した。樹の養分って、もはやホラーだ。けどそっか、まず浮気かどうか確認して、浮気だったら怒ればいいんだ。泣いて怒って吹き飛ばして、もしそれで消えてもそのときはそのとき。ギリギリ消えずに済んだなら、そのときはここにお引っ越ししよう。

——ん、くよくよすんの、やめた！

まずは本当のことを確認しなきゃ始まらない。肉感的な美女って誰なのかとかさ、気にならないって言ったら嘘になるし。ていうかめちゃくちゃ気になるし。

ヴィルは浮気しないだろうと思い込んでたけど、この国って一夫多妻制も許されてるんだよね。パーティーでも両手に花状態の貴族たちをたまに見かけた。割合としては圧倒的に一人の奥さんの人が多いけど、文化としてダメなわけじゃない。

でも俺は無理。ほんと無理。ヴィルが本当に浮気してたんなら、もうハグもキスもしないでほしいと思っちゃう。他の人を抱いた指で、触れてほしくないと思っちゃうから。

その夜は力の回復のためにずっと樹の上にいて、次の日の朝に手紙を書いた。宛先はアンナとケヴィンと、領主館で働くリュカとニーノ。中身は心配させたことを謝る言葉と、『ヴィルの噂について知っていることを教えて。もちろんヴィルには内緒で』というもの。運ぶのはいつもの瑠璃色の小鳥だ。

ヴィルにも何か書こうかと思ってペンを取ったけど、何も言葉が浮かばなかった。あんなふうに消えかけたし心配していると思うけど、ヴィルなんて心配すればいいんだ。

俺だって怒るときは怒るんだからな！

＊＊＊

ロビンの家はこぢんまりとしているけど、すごく居心地が良かった。木の床も扉も綺麗に磨かれていて、広い窓からは生き生きとした緑が見える。外から見ると鬱蒼として見えるけど、中から見ると皆伸び伸びと枝を広げていて、精霊たちも気持ちよさそう。小鳥もたくさん遊びに来ていて、天気やご飯の話をしてる。たまに窓の側に寄ってきて、「遊ぼー」「遊ぼー」ってロビンを誘う。

やっぱりロビンが小鳥《ロビン》だから小鳥たちも遊びに来るのかな。

あれ、でもなんでロビンは小鳥《ロビン》なんて名前になったんだろ。

「ねーねー、ロビンってなんで小鳥《ロビン》っていうの？　やっぱりエリアスがつけたの？」

「つけたのはエリアスですが、…………名前の由来は、秘密です」

答えようと口を開いたロビンが、赤くなって目を逸らす。いつもエリアスの話をするときは、愛おしそうに微笑むだけで赤くなったりしないのに。こんな顔で秘密って言うなんて、いったいどんなあま～い秘密なんだろう。いいねいいね、ラブラブだね！

エリアスが何十年も前に亡くなってるなんて、聞かなきゃわからないぐらいのラブラブさ加減だ。一人で待つのが寂しくないわけはないのに、ロビンはそれすらも大事に大事に抱きしめている。

エリアスが与えたものならば寂しささえも愛おしむ姿に、なぜだか胸がきゅうっとなる。

――ヴィル、浮気じゃないといいな。

俺たちもエリアスとロビンみたいに、ずっと想い合っていられたらいいのに。

ロビンとゆったり話しながら待っていると、手紙の返事は異常な早さで返ってきた。

アンナからは俺の身体を心配する言葉が九割で、残り一割で噂について触れられているだけ。『ヴィルが異国風の美女を連れ歩いているところがたくさん目撃されている』『街で買い物をしたり、ワイン蔵を見学したりしているから、領民に噂が広がっている』と言うのが噂が流れた原因みたいだ。

うーん、これは確かに噂になるだろうとどこか他人事のように考えながら、ほぼ同時に届いた二通に手を付ける。

差出人は、領主館勤めのリュカとニーノ。こちらには有力な情報が書かれていた。

噂の相手は隣国の姫で、勝手に押しかけてきてしまったこと。勅命が下って本国からお迎えが来るまで接待しなければならず、領主館に泊めて面倒を見ていること。姫だからかわがままが酷くて、仕事が滞って困っていること。ヴィルも姫がいるときは笑顔で応対しているけど、いなくなるとイライラして舌打ちをしていること。ヴィル、領主様なのに人前で舌打ちしていいのかな。その後長々と書かれていたのは、あんな女よりるり様の方が何百倍も素敵ですなんていうお世辞。

お世辞は置いておくとしても、隣国の姫とか勅命とか聞くと、浮気じゃないのかなーなんて思えてきた。なんでこんな端っこの領地まで押しかけてきたのかはわからないけど、この手紙に書かれていたことが本当なら、ヴィルは嫌がってるみたいだし。

でも、それならそうと最初っから言ってくればいいーんだ！　ヴィルのばかー！

真っ先に返事が返ってくると思っていたのに、夕方になるまで返事が返ってこなかったのはケヴィンだった。

一番早く返しそうなのに意外だなーと思いながら待っていたんだけど、夕暮れの中やってきた手紙ってゆーか、これ小包だ。瑠璃色の小鳥じゃ運べないくらいの大きさで、鴉が二羽で運んでいる。小鳥は目の前を道案内として飛んでいるだけ。

それを見てもうびっくりした。

えー、なにあれ。まじか。ケヴィンに鴉って似合いすぎてやばい。黒髪黒目に黒い執事服だし、お腹の中まで真っ黒だし、もうケヴィンが鴉にしか見えなくなる。次に会ったら噴き出しちゃいそう。

笑いを堪えながら小包を受け取って封を開くと、出てきたのは一枚の手紙と分厚い本だった。

「えーと、なになに？　か、ん、さ、つ、き？　……観察記？」

革の装丁に金文字でタイトル入れるって、どんな豪華な観察記なの。しかも通し番号は十四。この分厚いのが十四冊……？　いったい何を観察してんの？

恐る恐る表紙を開いてみると、一行目に日付が書かれていて、その下にはずらずらと記録が並ぶ。見事すぎるほどに流麗で乱れのない文字は印刷したって言われても信じるレベルだ。まだ読み書きが得意じゃない俺にとっては読みにくい。

ええと……？

七時、起床。今日は朝の営みはなし。支度は順調。
八時、出勤。るり様と別れを惜しむ。今日の予報は晴れ。
八時半、領主館着。真っ先に子猫の文鎮に挨拶。
九時、始業。一件目の仕事は――

そこまで読んでぱたんと閉じた。
え、やばい。なんだこれ。ストーカー的なやつ？　観察記って、ヴィルの観察記ってこと？

こんなのが残り十三冊もあるの？　ていうかケヴィンはずっと屋敷にいるのに、なんで領主館での記録まであるの？　千里眼なの？　やばくない？

とりあえず先に手紙を、と開けば、本と同じ達筆すぎる文字が並んでいた。

るり様

ヴィルフリート様の無実の証明として、執事の極秘記録をお送りします。

三〇九頁からが参考になるかと存じます。

今回の件は誠に情けない限りですが、ヴィルフリート様にはいい教訓となるかと思います。領主たるもの周りの目を意識して行動して頂かねばなりませんので、るり様には奥様として十分に躾をして頂きたいと思っております。

ご不在の間のお屋敷のことは不肖ながら精一杯務めさせて頂きますので、安心して羽を伸ばしてください。

お身体のみ、十分にご自愛くださいますよう。

追伸：ヴィルフリート様にのみ手紙が届かず、瑠璃色の小鳥にも避けられたことで、大変落ち込んでおられます。この調子で頑張ってください。

ケヴィン

えーと。つまり、ヴィルは無実だけどもっとやれ、ってこと？　領主としてふさわしくない行動を戒めるために、って？

こっわ！　ケヴィンこっっっわ‼

一応参照って言われたとこも読んだけど、ため息の回数まで書いてあって逆にこわい！

欄外にはるりカウンターまであった！　るりと呟いた数は一日平均五回のところ、ミランダ姫来訪時より平均九回まで上昇、とか、なにこれ必要ある⁉　なんの健康状態を測ってんの⁉　こ、こえー。

「疑いは晴れたようですね」

少し離れて見守っていたロビンがにっこりと笑って、うんと一つ頷いた。

ミランダ姫が来たときのヴィルの様子や、指示を仰ぐために慌てて国王様に連絡をしたこと、姫様の要望をできる限り叶えるために奮闘しつつもイライラしてることまで書かれていたら、流石に浮気とは思えない。

紛らわしいことすんな！　って気持ちはやっぱりあるけど。なんで避けてたのかとかは、本人に聞いてみないとわかんねーけど。

――ヴィルとこんなに離れたの、初めてだ。

昨日の昼前に倒れてから、もう二晩目だ。実体化してからは一日も離れたことなかったし、なんだかちょっと落ち着かない。

ヴィルに会いたい。

会って、ヴィルの口から話を聞いて、こーゆーことはちゃんと言えって怒って。そんでちゃんと、仲直りしたい。

「ロビン、ありがと。明日、ヴィルんとこ行くね。……って、俺ここから出られないんだっけ？」

「僕と手を繋いでいれば出られますよ。るりとこの樹の仲介役だと思ってもらえれば。彼との絆が、きちんと戻るといいですね」

「うん」

すっかり暗くなった空を見上げて、屋敷にいるだろうヴィルのことを思う。

まだ少し怖いような気持ちもあるけど、それよりもっと、会いたさばかりが胸を占めていた。

君だけを　《ヴィル視点》

いったいどこからどう間違っていたのだろう。

ほんの一週間ほど前までは、るりとの暮らしにわずかな翳《かげ》りもなかったのに。ただただ幸せだけを感じていたのに。

事の発端はいつだったのか。

ミランダ姫がやってきたときか。退位式典のとき、エレオノール姉様の言葉を聞き流してしまったときか。それとももっと前の——彼女の世話を任された十三のときに、既に騒動の種は芽吹いていたのか。

答えのない問いを星空に探して、今までのことを思い返した。

＊＊＊

そろそろ夏を迎えようというこの時季は、領主の仕事もあまり忙しくない。部下たちから上がってくる書類に目を通して印璽を押し、るりの天気予報を領地に知らせるために清書し直したものを部下に渡して複製させる。るりの字がかなり上達した今となっては清書しなくともよいのだが、原本を手元に残すためには必要な作業だ。初期のものに比べて日に日に上達していく筆跡を見ているだけで、心がほうっと温かくなる。

「本当に正確な天気予報ですよね」

「今年は雨の被害が少なく済みそうです」

「そうか」

部下のリュカとニーノの褒め言葉に、勝手に口元が緩んでしまった。るりは何でもない風に渡してくるが、この天気予報は本当にすごい。晴れや雨などの天気だけでなく、風がどれくらい強く吹くか、雨はどれほど激しいかまでわかりやすく書かれていて、事前に対策が立てられる。先日大きな嵐に見舞われた際も、予め水路に流す水を減らし、葡萄の樹に補強するなどして、被害を少なく乗り切ることができた。

これは、るりが精霊たちに頼んでくれたことも大きいだろう。精霊の言葉はわからないから具体的にはわからないが、風の精霊にあまり強く吹かないようにお願いしていたようだった。

るりはたまに「何もできない」とか「遊んでるだけ」などと口にするが、一体どれだけ助けられているか。街に降りれば領民たちにも気さくに接し、パーティーに出ればその美しさで見るものすべてを魅了する。そして、精霊が持つ特別な力を、領民のために使ってくれる。

ああ、早く仕事を終わらせてるりに会いたい。

領主館に招かれざる客がやってきたのは、そんなときだった。

来客予定もないのに前庭に入ってきた豪華な馬車。執務室からそれを見下ろし、心当たりを探っているうちに馬車の扉が開かれて、中から出てきたのはこの国ではあまり見かけない褐色の肌の女性だった。

豊かな黒髪とはっきりした顔立ち。扇情的にすぎる露出過多な服装が、身体の曲線をこれでもかというほどに強調している。その顔に見覚えはまったくない、いや、面影がほとんどないと言った方が正しいか。馬車の紋章と朧げな記憶、エレオノール姉様の事前情報からミランダ姫だろうと推察はできたが、それらがなければ気づけなかっただろう。

十歳そこらの女の子の六年間は、それほどに大きいもののようだ。

「ヴィルフリート様！　お会いしとうございました！」

「……ミランダ姫、なぜこんなところに」

飛びかかるように近づいてきた彼女から身を避けて、作り笑いを浮かべて応対する。ぷんと香る甘い香水といい、谷間すら見えるほど深く開いた胸元といい、婚前の女性の装いとしては少々扇情的すぎるのではないか。

二人きりにならないよう無理矢理リュカを引きずってきて本当に良かった。こんなほとんど半裸のような格好の女性と共にいては、変な誤解を受けかねない。こんなはしたない格好は全く好みではないにもかかわらずだ。

たとえばるりがこんなに大胆な服を着て、媚を売るような視線を向けてきたとしても――駄目だ。かわいい。かわいすぎる。一度でいいから見てみたい。もちろん俺しか見られないところで。

……るりは何を着ても似合ってしまうから仕方ないな。まだ触れられない頃に着ていたふわふわの服も可愛かった。露出はミランダ姫より多いくらいだったが、天真爛漫な笑顔のせいか嫌らしさはなく、剥き出しのおへそも眩しかった。

「お父様が変なジジイに嫁げと言うので、逃げてきたんですの。私はヴィルフリート様と結婚しますと置手紙をして」

「……申し訳ありませんが、私には既に伴侶がおります」

「こちらの国では一夫多妻が許されていると、存じていましてよ。その方を第二夫人となさればいいですわ」

にっこりと艶やかに笑う彼女は、一般的には魅力的な女性なんだろう。堂々たる自信が全身から溢れていて眩しいくらいだ。だがその言葉に穏やかでいられるものはここにはいない。

るりを第二夫人にだと？　ふざけたことを！

ビキッと額に青筋が浮かび、作り笑顔の口元が引き攣る。それは隣に控えるリュカも同様で、辺りに剣呑な気配が満ちる。

まだ紅茶も冷めていないほどの時間しか経っていないが、既に不愉快極まりない。一刻も早くここから叩き出して、自国にお帰り願いたい。仮にも一国の姫で、尻を叩いて追い出すわけにもいかないのがつらいところだが。

「お断りします。私は妻のみを愛しておりますので、」

「いやですわ、ヴィル様。再会して数分で何がわかると言うんですの？　お答えはじっくり私を知って頂いたうえで頂戴したいですわ」

「ヴィルではなく、ヴィルフリートとお呼びください」

貴方に愛称で呼ぶことを許したつもりはない。そう言外に伝えても、彼女は全く怯まなかった。

「あら、ごめんなさい」とわざとらしく微笑む顔には、傲慢なまでの自信がありありと見えている。

自分の美しさによほど自信があるのだろう。ぽってりとした紅い唇といい、やたらと主張する膨らみといい、どこか蠱惑的な甘い香りといい。こんな女性に甘えるようにして名前を呼ばれたら、大抵の男はぐらつくだろう。そうわかっているからこその自信。

——申し訳ないが、全く俺には響かないが。

花も恥じらうほどの美貌を持ちながら、それに全く無頓着なるりがいい。白い肌が汚れるのを厭わず屋敷の掃除を手伝いたがり、顔いっぱいで笑うるりがいい。自分の魅力を露ほども理解していなくて、未だにキスひとつで頬を染めて。明るく無邪気な昼の顔とは裏腹に、夜は華奢な肢体を快感に震わせ、淫らに瞳をとろかせる。石鹸の香りの中にほんの少しだけ花のような香りがまざる、るりがいい。

るりじゃなきゃ、嫌だ。


いったいどう言葉を重ねれば諦めてもらえるのか。そう考えた矢先に、ニーノがノックして部屋に入ってきた。先程国王陛下にどう対処すべきかの指示を仰いだため、その返答が来たのだろう。初めて使う緊急回線だったが、こういうときはありがたい。

期待を籠めてニーノを見つめると、気まずそうに目が逸らされた。そうして耳元で囁かれたのは、『嫁入り前の娘に傷をつけることなく、隣国との関係のために良好な友人関係を保ちつつ丁重にもてなせ。本国からの迎えはこちらで手配する』というもの。

——無茶ぶりにも程があるだろう！

「私、長旅で少々疲れましたの。お部屋に案内していただけます？」

ふわぁ、とわざとらしく欠伸をしながら流し目を送るミランダ姫に、苛立ちがどんどん募っていく。俺が部屋に案内などしたら、この女豹に何をされるかわかったものではない。何の連絡もなく押しかけて、既成事実さえ作ればこっちのもの——透けて見えるそんな思惑に、乗ってやるつもりなど毛頭ない。

「女性に案内させましょう。しばらくお待ちください」

もはや笑みを浮かべる余裕もなく、頭を下げて表情を隠す。

彼女の国から迎えが来るまで、いったいどれくらいかかるだろうか。最も早くて十日程度はかかるとして……十日以上もこのワガママ姫の相手をするのか。

前途多難な日々が始まる予感に、早くも家に帰りたくなった。

＊　＊　＊

それからの日々は、もう悲惨の一言だ。

て待ち構えていた。

渋々領主館に泊めた翌日、執務室の扉を開けると大層ご立腹されたミランダ姫が執務机に座っ
こちらにも一定数の使用人は置いているが何か不都合でもあっただろうか、と思ったのは一瞬だけ。むくれた彼女が言い放った一言には、唖然とした表情を隠すので精一杯だった。

「一人寝が寂しくてお部屋に行きましたのに、もぬけの殻でしたの。ヴィルフリート様は一体どういうおつもりなのですか？」

どういうおつもりなのか、俺が聞きたい。いや、彼女は端から俺と結婚するつもりで来ているのだから、行動としては一貫しているのかもしれないが。——少し、情熱的に過ぎるのではないか。


——これはきっと、想像以上に苦労する。


そう予感した通り、いやそれ以上にそれからの日々は大変だった。

仕事も満足にできないほど姫のわがままは強烈で、やれ街が見たいだのワインが飲みたいだの言われたら都合をつけて案内せねばならなくなる。ずっと横で騒がれている方が余程仕事の邪魔だからだ。

けれど迷惑と顔に書いて接するわけにもいかず、べたべたと纏わり付く姫を笑顔であしらいながら、機嫌を損ねない程度に持ち上げながら突き放す。

家に帰ればるりがいる、それだけを心の支えにして耐えに耐える日々だった。

「ヴィル、なんか甘い匂いがするね」

そんなとき、るりに言われたこの言葉には正直血の気が引く思いがした。後ろめたいところは全くない。べたべたと纏わり付かれはしても、失礼でない程度に振り払っている。だが、るりから見たらどうだろうか。甘ったるいこの香水の匂いが、他の女性のものと知れたら嫌な思いをするのではないか。下手したら嫌われてしまうのではないか。

そう思えば出迎えのときのハグもキスもできなくなってしまった。そそくさと風呂で嫌なものを洗い流し、綺麗な姿でるりと向き合う。そうしてあとはいつもどおりに……という目論見は、それほど上手くはいかなかった。

断じてやましいことはない。天に誓って、るりただ一人だと言い切れる。なのにるりと身体を繋げる幸せなひとときに、るりの瞳を見ることができなくなってしまった。理性が薄れているときに、あの星空色の瞳で見つめられたら、きっとあらぬことを口走ってしまう。愚痴とも悪口ともつかない戯言を全部るりに打ち明けて、情けなくるりに縋ってしまう。

一緒に領主館に来てくれだとか、妻としてあのワガママ姫を撃退してくれとか――そんな情けない本音を漏らしてしまいそうになる。

だが本当は、打ち明けたときに起こることを、俺は一番恐れていた。

ただでさえ控えめなるりだ。相手の身分に恐れをなして、妻の座を譲ると言い出すのではないか。もっと悪ければせっかく作った実体を捨てて、ネコヤナギの精霊に戻ってしまうのではないか。友達に戻るから大丈夫と言って、俺は捨てられてしまうのではないか。

想像もできないほどに幸せな日々。

るりと二人で過ごすこの幸福な日々を、失うことが怖かった。

＊＊＊

流暢に言葉を話せるようになり、貴族らしい所作も覚えたことで、るりは自由に街に降りるようになった。そうして街に降りるときはいつもにこにこと「今日は街に行くんだ」と教えてくれて、帰ると何かお土産を俺に渡してくれる。

美味しそうな匂いがしたパンだったり、目を和ませる植物だったり。ささやかなものが多いけれど、誰かと出かけているときもるりが俺を想ってくれていることが何よりも嬉しい。

——今、るりは近くにいるのだろうか。

なんとかワガママ姫を追い出した静かな執務室で、窓の外に目を向ける。賑やかな大通りに人がたくさんいるのが見えるが、るりは見える範囲にはいないようだ。仕事が溜まっていなければ、俺も街に出て会いに行くのに。

深くため息を吐いたとき、アンナが執務室に飛び込んできた。

「ぁ、あのっ、るり様が……!」

それだけ言ってくずおれて泣きじゃくるアンナの様子は尋常ではない。手に入浴剤らしきものを握ったまま、ここまでまっすぐに駆けて来たのだろう。メイド服の裾も靴も土でかなり汚れているが、構う余裕はないようだ。

るりがどうした、何があったと、できる限り落ち着いた声を出す。気持ちは逸《はや》るばかりだが、アンナから事情を聞き出さないとるりの現状は把握できない。

「りょ、領主様のせいです! だからるり様、消えて……!!」

目を吊り上げてそう叫んで、再びアンナは泣き崩れた。噂、消えた、という言葉を譫言のように呟きながら悲痛な声で泣き続けるけれど、呆然とした頭では理解できない。


――るりが、消えた……?


誰かに攫われたわけではなく、アンナの目の前で消えたのか? 街に買い物にきていたはずなのに? 一体るりに何が起きたんだ?

もう少し話をと問い詰めても、わんわんと泣くアンナはそれ以上話せはしなかった。ここにいても埒が明かないとアンナを無理矢理馬に乗せて屋敷へと戻り、玄関扉を乱暴に開ける。

アンナはるりが消えたと言ったが、錯乱しているだけの可能性もある。ただ迷子になっただけで、案外ここに戻ってきているかも――いや、そうであってくれと祈りながら、大声でるりの名前を呼ぶ。

「どうしました、血相を変えて。……泣き声はアンナさんでしたか。るり様がどうされました?」

「それがわからないんだ。『噂が』と『消えた』と言うばかりで。……るりは、戻ってきていないのか?」

「戻ってきていませんね。アンナさんから話を聞いておきますから、外を探して来てください」

言われなくても、と言い返す時間も惜しく来た道を駆け戻る。まずはネコヤナギ。次にそのすぐそばにある小屋。そして、庭にいる精霊たちのところ。どこを駆け回ってもるりの姿はどこにもなく、どの精霊とも会うことは叶わなかった。

消えたって、いったいどういうことなんだ。過去に一度るりが姿を消したのは、実体化の魔法を使うときだった。周りの精霊たちが、るりは眠っているだけだと教えてくれた。

でも今回は何か違う。大きな魔法を使うような前兆もなく、精霊たちは冷たくその身を隠している。拒絶するような雰囲気が、辺りに重く垂れこめている。

――嫌な予感しかしない。

居ても立ってもいられず屋敷に戻ると、自分の馬を牽いたケヴィンが待っていた。執事服はそのままに手袋だけを黒革に変え、鋭い視線を俺に向ける。

ぴりぴりと引き締まった表情に、ぐっと奥歯を噛み締める。

「状況はわかりました。ミランダ姫との噂を耳にしたるり様が胸を押さえて蹲《うずくま》り、指先から消えかかったそうです。そして、偶然通りかかったるり様の仲間と名乗る者が、るり様を抱いて道の奥に掻き消えたと」

端的に話したケヴィンの言葉に、心臓が止まりそうになる。

ミランダ姫との噂？　それはどんな噂だ？　などと間の抜けた質問をしている場合ではない。

噂になっているとは知らなかったが、どんな噂かくらいは想像がつく。

それで……？

それを聞いたるりが消えかけて、るりの仲間に連れ去られたと……？

前を走るケヴィンを追いかけて無茶苦茶に馬を走らせながら、ぐっと唇を噛みしめる。

ようやくわかった事実は到底受け入れがたく、そうしないと叫び出してしまいそうだった。

＊＊＊

るりが消えたという場所は、大通りと小道が交わるところだった。角にある雑貨店で買い物をした直後、噂を耳にしたるりが強い動揺を示したという。

火のないところに煙は立たないというが、姫をあちこち案内したのは事実だ。街を歩く最中べたべたと纏わり付かれても、笑顔で軽くあしらう程度に済ませていた。姫のわがままの対応に追われるあまりに、その姿を領民が見たらどう思うかなど、完全に頭から抜け落ちていた。

――こんな誤解で、るりを喪《うしな》ったら……？

いつだったか、るりが話していた言葉を思い出す。

樹との繋がりを断ち切って、俺と絆を結んだるり。だけど人との絆は完全ではなく、るりの存在も不安定なものだと。

「絆が揺らげば消えちゃうんだって。絆が揺らぐってどういうことだと思う？」と話して、不思議そうに首を傾げていたるり。誰から聞いたのかと尋ねても、「秘密」と笑うだけだった。

るりが消えたと聞いた場所でその痕跡を探しても、何ひとつ手がかりは残っていない。道の奥に掻き消えたという情報を信じて進んでみるしかない。

「行き止まりですね」

「何を言っている？　続いているだろう」

曲がりくねった道に足を踏み入れ、振り返るとケヴィンがいなかった。周囲の景色は見えていたものと変わらないはずだが、どこか異様な静けさが耳を打つ。きっとここだという確信に駆け出して辺りに素早く視線を走らせると、樹に呑み込まれたような家があった。

その家の奥、家を守るように枝を広げる大樹の枝に、るりがいる。こっちを見ている。

「るりっ……‼」

「こないでっ!!」

近づこうとした途端の、強い拒絶の声。それに驚いて足を止めるまでもなく、辺りに強い風が吹き荒れる。俺を追い返すような意志を持つ風に煽られて、とても近づくことなどできやしない。足を動かすどころか立っていることさえ難しく、かろうじて門を掴んで耐える。そんな強い風の中を、ひとりの少年がふわりと浮いてるりに近寄り、その身体を強く抱き寄せる。

見たこともない少年だった。

ひと目で、人ではないとわかる美しさだった。

雪のように白い髪は、うなじのあたりから淡く染まり、毛先は紫がかった濃いピンクに色を変える。不思議な色の睫毛に縁取られた瞳は毛先と同じ濃いピンク色。人間にはありえない色合いと美貌に、彼こそがるりの仲間だと知れる。

二人は何を話したのだろう。吹き荒れる風の中では何も聞こえない。俺がるりと呼ぶ声も、るりには届いていないらしい。

彼を抱きしめ返したるりの手が、足が、後ろの景色を透かしている。手首から先がほとんど消えてしまったその姿に、心が恐怖で締め付けられる。

「……そこの人。出ていってくれないかな？ それとも強制的に追い出してほしい？」

るりの仲間らしき少年の声は、風の中でもはっきりと聞こえた。だが、でも、と食い下がる俺に凍てつくような視線を向け、値踏みするように目を細める。

るりを優しく抱きしめながら向けられるその瞳は静かな怒りを宿していて、迫力に呑まれてしまいそうになる。

「消したくないなら、去ることだ。誰のせいでこうなっているか、よく考えるといい」

厳かな宣告と共に、美しい指が軽く振られた。ただそれだけの仕草で門が閉まり、隆起した木の根が絡み付く。るりを消したくないなら去れと言われたら、それ以上留まることなどできはしない。後ろ髪を引かれる思いで何度も後ろを振り返りながら、重い身体を引きずって歩く。

——誰のせいで？　……俺のせいだ。

色々な事情があったとはいえ、誤解を招く行動を取った。周りからどう見えるかにも考えが及ばず、当然のように流れた噂についても、その存在すら知らなかった。

るりは、噂を聞いてどう思っただろう。

俺の最近の行動を思い出しただろうか。帰ってすぐに抱きしめなくなったとか、香水を流してから部屋に戻るようになったとか。るりは何も言わなかったけれど、不審に思うことも多かっただろう。そして、噂を耳にしたことで、すべてが繋がってしまった。

——これで誤解するななんて、言えるはずがない。

一言でもるりに言っておけば良かった。

結婚を迫られているとまでは言わなくても、隣国からきたワガママ姫の接待で疲れていると。

困っていると。変に格好つけずに話せばよかった。

重い後悔を抱えて戻った道の先にはケヴィンがいた。少し目を見開いて俺を見て、俺が出てきた道を指す。後ろに何か、とわずかに期待して振り返った目に映ったのは、ただの壁。触っても確かな感触があり、この先に道があるようには見えない。

るりへの道は閉ざされてしまったということだろう。

あの、鈴の音のような冷たい声を思い出す。

見惚れるほどに美しい、るりを抱きしめる少年の美貌を。

完成した絵画のように完璧な、二人の姿を。

ずきりと胸が強く痛んで、きつく唇を噛み締めた。

＊　＊　＊

るりの悲痛な叫びを聞いたのは初めてだった。マティアス兄様の罠に嵌まり、男たちに囲まれていたときも落ち着いた様子だったのに。『こないでっ!!』と叫ぶるりの声が耳に蘇り、一人には広すぎるベッドで寝返りを打つ。

るりは今どうしているだろうか。

消えかけていた身体は、ちゃんと元に戻ったのだろうか。

——泣いては、いないだろうか。

夜が更け、空が白み始めても睡魔は一向に訪れず、諦めて窓のそばの椅子に身を預けた。るりがよく座っていたお気に入りの椅子だ。足をぶらぶらさせながら窓の外を眺めて、時折瑠璃色の小鳥を作って遊ばせていた。指に小鳥をとまらせて微笑むるりが可愛らしくて声をかけるのを躊躇うと、やがてるりが俺に気づいてふわりと笑う。

それがとても、好きだった。


どこから何を間違ったのだろう。

どうしたら、もう一度るりに会えるのだろう。

俺は、このままるりを失うのだろうか。


暗澹とした気持ちのままぼうっと外を眺めていたら、瑠璃色の小鳥が横切った。

――るり！

あの鳥はるりの鳥だ。るりが連れ去られたとき、俺をるりの元に導いてくれた鳥だ。今は何か手紙らしきものを咥えて、朝の空を切り裂いていく。

窓から乗り出して行き先を確認し、部屋を飛び出して走り出した。

「ケヴィン、るりの手紙は」

「先程受け取りましたが、それが何か」

「中身は!?」

「ヴィルフリート様にはお見せしないようにと」

――なんだ、それは！

なぜ俺ではなくケヴィンに送る。しかも見せないようにってなんだ。いったい何が書かれているんだ。

でも、瑠璃色の小鳥を飛ばせたということは、手紙が書けたということは、それくらいには回復しているということだ。透けて景色と同化していた小さな手が、ペンを持てるまで実体を取り戻したということだ。

良かった、るりは無事なんだ。

きちんと話をしたら、またるりに会える可能性もあるんだ。

だがやはり手紙の内容は気になる。やけにいい笑顔で笑うケヴィンが教えてくれないことはわかっているし、騎士を生業としていたケヴィンから手紙を奪うのはさすがに無理だ。

そして、るりが見せたくないと言っているものを暴きたくはない。

暴きたくはないのだが。

「なんでお前たちにも来るんだ！」

もたもたと支度して領主館に向かえば、まさに瑠璃色の小鳥が飛び立つところを見た。それも二羽。放ったのはリュカとニーノで、やはりるりからの手紙が来たのだという。

まさか俺宛の手紙もこちらに届いたのでは——そんな甘い期待はあっさりと首を振った二人によって打ち砕かれた。

「そりゃあ、怒ってるのに本人に手紙は書かないでしょう」

「奥様は、ヴィル様が浮気していると思っているわけですし。それでもこうして事実かどうかを確認してくださるなんて、本当に良い奥様ですよねぇ」

その通りだ、その通りなのだが、…………その通りだ。

ぐうの音も出ないとはこのことだろうか。俺の行動のせいで誤解させて、危うくるりは消えてしまうところだった。それなのにこうして真実を見極めようとしてくれているのは、るりが本当に優しいからだ。疑わしい行動を取った時点で俺が悪いと断罪されても仕方ないのに、思慮深く行動してくれている。

「そう、だな……」

そんなるりを傷つけた。

その事実に改めて打ちのめされて、自分でも驚くほど弱々しい声が出る。

慌てた部下たちに必死に慰められたけれど、心が晴れるはずもなかった。

＊＊＊

その日もるりは戻らなかった。

もしかしてと期待してるりがいるはずの場所に行ってみたが、道は冷たく閉ざされていた。俺にできることは何もないとでもいうように、壁が行き先を遮るように立ちふさがっていた。

今、るりは彼とともにいるのだろうか。不思議な髪色の、美しい少年。けれどその表情はとても少年が浮かべるようなものではなく、その瞳にすべてを見透かされてしまうようだった。

彼がるりの生命を助けてくれた。それはきっと間違いない。だが、心にはもやもやとしたものが広がる。夫の浮気に傷ついた妻を慰めた美しい人……まるでロマンス小説のようではないか。樹の上で抱き合っている二人の姿には、とても入り込めない何かがあった。るりは精霊で、俺は人間。そんなことわかり切っていたはずなのに、現実を見せつけられたような気がした。住む世界が違うということは、きっとああいうことなんだ。

「今日も冴えないお顔ですのね。アンニュイな表情も素敵ですわ」

婉然と微笑みながら伸ばされた手を避け、無表情のまま「光栄です」とだけ返す。るりには二晩も会えていないのに、どうしてこいつは毎日来るんだ。元はといえばこのワガママ姫がやってきたせいで——いや、エレオノール姉様から忠告は頂いていた。来てしまった時点でるりに伝えていたらここまで事態は拗《こじ》れなかった。

最も悪いのは俺であることに間違いない。だが、この姫が近くにいるとどうしようもなくイライラが募る。

るりに会えない。どうしたら再び会うことができるのかもわからない。

るりが眠りについていたときは、そこにるりがいると思えば頑張れた。三年待てば会えるともわかっていた。……でも、今は。

何の先も見出せない状況が、るりを喪《うしな》うかもしれない恐怖がこんなにも恐ろしいものだなんて、わかりたくなかった。

待ち望んだ隣国からのお迎えは、今日到着する予定になっている。姫は何も知らないが、馬車に押し込んでしまえばこっちのものだ。るり以外を娶《めと》るつもりはないともう一度きっぱり意志を伝えて、さっさと国に送り返そう。

そうしたら後の仕事を部下たちに任せて、屋敷でるりの帰りを待とう。

「領主様、隣国の方がいらっしゃいました」

「来たか」

「あの、それから、奥様ともう一人、」

部下がすべてを言い終わらないうちに走り出した。

隣国の高官が通されているらしい応接室を素通りし、控えめなるりがいつも待つ玄関へと向かう。廊下を駆け抜け階段を駆け下り、玄関ホールの隅っこのいつものるりの定位置に、たしかにるりはいてくれた。

いつもと違って厳しい顔つきで、大きな瞳で俺をひたりと見据えながら、唇をきゅっと引き結んでいた。

――るり、

出かけたときとは違う、見たことのない服を着ている。真っ白でふわふわとした素材のワンピースに、薄紫の帽子と手袋。腰や肩を飾るリボンも同じく俺の瞳よりはかなり薄い紫色で、るりの迷いを示しているようだ。

そして、その隣でるりをエスコートしているのは、例の不思議な髪色の少年だった。黒の燕尾服を身に纏い、エメラルドグリーンのリボンで長い髪を一つに結わえている。

「ヴィル」

ああ、でも、るりだ。るりの声だ。

表情は硬く、長い睫毛の先は緊張に微かに震えている。けれどるりが俺を見ている。手の届く距離に、るりがいる。

心が震えて何も言葉にできないまま、ふらふらと足を踏み出した。その矢先にるりがつっと視線を横に逸らし、俺の背後へと目を向ける。

近づいたから拒絶された……？

いや、違う。この足音は、

「もう、私を置いていってしまわれるなんて、ひどいですわ。奥様がいらしたなら是非私もご挨拶を――」

ぺらぺらと話しながら歩み寄ってきた姫が、俺の斜め後ろで止まる。俺の陰に隠れていたるりがようやく目に入ったのだろう。後ろを見なくてもその驚きが伝わってくる。

対するるりは、姫の姿にほのかに眉を顰めた。唇を噛んで睫毛を伏せ、少年に縋るように手を握りしめる。片手で胸を押さえながら、青褪めた顔で俺を見上げる。

「ヴィル、浮気、した？」

「してないっ！　るりしかいない！　るりだけしか、いらない！」

上手い言葉なんて出てこなくて、るりだけだと何度も言い募る。深々と頭を下げて「お願いだ」「戻ってきてくれ」と繰り返し、動かないるりの足先を見つめる。

情けないし、格好悪い。呆れられるかもしれない。

でもこの二日でよくわかった。俺はるりがいないと本当に駄目で、るりがいなければ意味がなくて。

るりが隣で笑っていてくれることだけが、俺のただ一つの望みだから。

「頭上げて。かがんで」

それが何を意味するかも考えず、るりの指示通りに身体を動かす。床に跪《ひざまず》き、許しを請うてじっとるりの瞳を見つめる。白銀の睫毛に縁取られた、星空のような美しい瞳。きらめくそれにどこか底しれない気持ちを宿して、るりがまっすぐに見つめ返してくる。

ぺち、と頬に手が当たった。

叩くとは言えないほど弱く、けれど確かな抗議を示して。驚きに瞬いた俺の視界を、るりの顔が埋め尽くす。唇にふにゅりと柔らかいものが押し当てられて、またゆっくりと離れていく。

「俺、怒ってる。でもわかったから、もう帰る。帰ってきたら、詳しく聞くから」

ぱっと離れたるりが、少年の手を引いて背を向ける。

その姿に胸は痛んだけれど、許された安堵に力が抜けて、そのまましばらく動けずにいた。

＊＊＊

隣国からの迎えにミランダ姫を引き渡した。もっとごねるかと思っていた姫は意外にもすんなりと馬車に乗って、「最初から勝ち目のない戦いでしたのね」と呟いていた。ずっとそう言っていたはずだが、わかってくれたのなら良しとしよう。領主の務めとして馬車が去るまで見送った後、仕事を放り出して馬に飛び乗った。

るりは帰ると言っていたけれど、本当に家にいてくれるのだろうか。不安に駆られて大急ぎで馬を駆り、乗り捨てるようにして玄関に飛び込む。出迎えにるりの姿はなかったが、ケヴィンが端的に「お部屋です」と告げた声に走り出した。

階段を駆け上り、ばたんと寝室の扉を開ける。そこにはちゃんとベッドに腰掛けているるりがいて、への字に唇を引き結んで俺を睨む。

「…………くさい」

鼻に皺を寄せてそんなことを言って、ぷいっと顔を背ける。

しまった香水の移り香が、と気がついて大慌てで水を浴びて舞い戻り、るりの足元に跪く。

昼に着ていた服ではなく、頼りない寝巻一枚の姿だ。華奢な身体から石鹸の香りが漂ってきて、清楚な色気に呑まれてしまう。

ふらふらと吸い寄せられるように名前を呼んで手を伸ばし、なめらかな頬に触れようとしたところで、るりにするりと避けられた。

「ヴィル。俺、怒ってるって言った。まだ謝ってもらってない」

「るり、ごめん。誤解させてごめん。傷つけてごめん」

「やだ。お仕置き。…………いいって言うまで、触るの禁止」

ぷいっと顔を背けたるりが立ち上がり、そのまますとんと寝巻を脱いだ。月明かりの下にその白い肌を惜しげもなくさらけ出し、怒りに尻尾を逆立ててベッドの上に寝転がる。

ここに来いと言うようにぽすりと自分の横を叩き、上半身だけを起こしてじっと俺を見つめている。

――触るの禁止、と言われたはずだが、

まさかこれは、そういう拷問なのだろうか。一日と空けずに繋がっていたのに、この二日るりに触れていない。その状態で、こんなに扇情的なるりを目の前にして共寝をしろということなのか。

だがそれが罰だというのなら、すでに勃ち上がったものから必死に気を逸らすしかない。

ごくりと生唾を飲み込んで歯を食いしばり、仰向けに寝て目を閉じた。睡魔は今日も訪れないだろうが、るりが横にいてくれるならいい。

そう思った直後、ぎしりと寝台が軋んでるりが腿に跨ってきた。唇をへの字に曲げたまま俺の下穿きを下ろし、ぼろんと飛び出した剛直にやわく牙を立てる。甘噛みする子猫のように軽く牙を立てた後、宥めるようにねっとりと舐《ねぶ》る。

「る、るりっ、」

「触るの禁止」

思わず止めようと手を伸ばしたが、再び命令が下された。

これは間違いなく拷問なのだろう。

小さな口がめいっぱいに開かれて、亀頭までを口に含む。じゅうっとそこを吸い上げながら、舌がちろちろと鈴口をくすぐり、咥えきれない竿の部分をやわらかな両手がすりすりと撫でる。ときおり双珠に触れ、下生えに触れ、裏筋をくすぐるようにたどる指に、いいように翻弄されるまま。るりに触れたくて動きそうになる指をシーツを掴んで堪えながら、波のように込み上げる射精感をぎりぎりでこらえる。

縋るような視線を向けると、るりがとろけた瞳を色っぽく眇めた。

「だひて」

ちゅぽんと口を外したるりが、張り出したところを舐めながら囁く。卑猥すぎる光景にひとたまりもなく放てば、るりがすぐに亀頭を咥え込んだ。顔にかかった飛沫をそのままに、精液をねだるように舌を這わせる。追いつめて貪るようなその刺激に、目の前が白く霞んでいく。

「っ、るり……」

るりは、一体どうしたのだろう。

口いっぱいに精液を溜め込んで、俺の腰のところで膝立ちになる。顔の前に両手を差し出し、そこに精液を吐き出して、白い両手を白濁に染める。頬に散った精液はそのままに、白濁に塗れた片手を胸に、片手を股間へと持って行き、自ら乳首を、蕾を弄る。

つんと尖った乳首に、ふるふると揺れる花芯。くちくちといやらしい音を立てる慎ましい蕾。瞳は潤み、顔は真っ赤で、きっと恥ずかしくて仕方ないのだろう。それでも手が止まらないというように、華奢な指が精液を蕾に塗り込めていく。甘い吐息を漏らしながら目を伏せて、ぶるぶると身体を震わせて。

「ふっ……ヴィ、ル……」

ぼろっと涙がこぼれ、白銀の睫毛が涙に煌めく。

それを拭いたいけれど、手を動かしただけで「だめ」というるりは、まだ許してはくれないらしい。ぐちゅぐちゅという水音。口から漏れる、控えめな吐息。触れていないのに花芯からはとろとろと蜜がこぼれて、ぽたりと落ちたそれが俺の剛直を伝う。

譫言《うわごと》のように何度も呼ぶのは、俺の名前。

こんな光景を前にして、触れることも許されないなんて。

「るり、触りたい。触らせて」

「だめ」

ちいさな手が俺の上着にかかり、ひとつひとつボタンを外した。胸の、腹の筋肉をたどるように指が動いて、そこにひとつずつキスが落とされる。鎖骨《さこつ》にかしりと歯を立てて、心臓の上に唇を落とし、へその切れ込みを舌でなぞる。

脳の血管が、焼き切れそうだ。

理性なんてもうかけらもないのに、許しが出るまではとぎりぎりと歯を食いしばり、手のひらに爪を立ててただ耐える。

ぎしりとまた寝台が軋んで、反り返る剛直にるりの手がかかった。先端に蕾が押し当てられて、ゆっくりと腰が下ろされていく。片手で剛直をしっかりと支え、片手で身体を支えながら、少しずつそれを呑み込んでいく。

ふーっ、ふーっという荒い吐息は、快感からか、苦しさからか。それとも力を抜こうとしているのか。

どこか必死の面持ちでるりが少しずつ腰を落とし、焦らされているのかと思うほど長い時間をかけて、ようやくすべてが収まった。

「ぁ……ヴィル………」

また、ぼろぼろとるりが泣いた。

今度は涙が止まらずに、俺と深く繋がったまま顔を覆って身を震わす。声もなく、ただ身体だけを震わせるるりの手の隙間から、涙がぽたぽたとこぼれ落ちてくる。

「ゔぃる、おれ、………っ、おれのこと、すき?」

その言葉に、触るなと言われているのも忘れてるりを掻き抱いた。

ここまで、悲しませた。消えかけるほどに追い詰めた。

いつも元気なるりが、キスひとつで恥じらうるりが、泣きながらこんなことをするくらいに、傷つけた。

半ば強引に身体を繋げて、俺のすべてを受け入れてから、ようやくこの言葉を唇にのせて。聞きたかったけど聞けなかったとでも言うように、それを口にした途端さらにぼろぼろと涙をこぼして。

ごめん。好き。大好き。愛してる。

それ以外何も言えなくて何度も何度も繰り返し、震える身体を抱きしめた。

ずっと一緒に

ヴィルはきっと浮気していない。押しかけてきたお姫様に振り回されているだけ。接待でエスコートしていたのを、領民に誤解されちゃっただけ。……きっと、そのはず。

皆の手紙でそう確信したはずなのに、寝て起きるとまたむくむくと不安がこみ上げてくる。

お帰りのハグやキスをしなくなったのはどうして？

あの甘い香りはそのお姫様のもの？　一緒にいるだけでそんなに移るものなのかな？

えっちのとき、目を合わせなくなったのはなんで？

……本当にやましいことはないの？

タキシード姿のロビンに手を引かれて歩いているのに、だんだん足取りが重くなっていく。会いたい気持ちより怖さの方が大きくなって、回れ右して逃げ出したくなってしまう。

おかしいな。俺、こんなに弱かったっけ。

気持ち切り替えて吹っ切って、ヴィルに文句言ってやろう！　くらいに思ってたのに。

「不安ですか？」

うん、と頷いて目を伏せる。ヴィルを信じたい。信じたいけど、ヴィルがモテるのはよくわかってる。格好いいし、王子！　って感じだし。いきなりお姫様が押しかけてきた理由は誰も書いていなかったけど、たぶんヴィルのことが好きだから、はるばる会いに来たんだろう。

綺麗な人に熱烈に告白されたりしたら、ぐらっときても仕方ない。……なんて、なかなかそうは思えないけど。一途に俺を好きでいてほしいなんて、勝手なことを考えてるけど。

「以前、僕たちがどうやって生まれたのか、話したことを覚えていますか？」

「うん。……精霊の瞳を持つ人の愛で出来たって」

よく覚えてる。ヴィルがネコヤナギに愛情を注いだから俺が生まれて、恋してくれたから絆を結べて。俺はどこまでヴィルの愛で出来てるんだろうって思ったもん。

でも、悲しいことにそれがずっと続くとは限らない。俺はこれ以上大きくならないみたいだし、そもそも男だし、噂のお姫様みたいに肉感的な美女だなんて、一生言われないだろう。

精霊なら自由に変化できるとか男にも女にもなれるとか言われてたけど、やり方がわからないまま、もう実体化しちゃったし。

もし、ヴィルが本当はボンキュッボンなお姉さんが好きだったら、俺は逆立ちしたってそうはなれない。ぺたんこな胸と貧相な身体で、ちんこさえもついている俺は、きっと諦めるしかなくなるんだ。

「僕、魔法は得意だけど変化は苦手なんです。こんなに目立つ髪色でも、色を変えることさえ難しい。るりもそうじゃありませんか？」

「う、うん……？　そうだけど、どうして？」

なんで俺が、変化のことを考えてたってわかったんだろう。もしかしてロビン、エスパーなのかな？　それとも、心を読む魔法があったりする？

きょとりと目を丸くしてぱちぱちと瞬いたら、ロビンがそっと笑みを深めた。繋いだ手をきゅっと握って、ちらりと頭の上に視線を送る。帽子で隠れた耳を揶揄するような視線に首を傾げると、視線を合わせてにっこりと微笑む。

「全部、生まれのせいなんです。彼らの愛で出来たから、僕たちは必然的に彼らの望む姿で生まれてきた。だから変化が苦手なんですよ」

るりのヴィルは、猫が好きなのかな？　とロビンが笑うから、こくんと一つ頷いた。

確かにヴィルは猫が好きだ。俺の耳や尻尾が好きで、何かにつけて触ってくる。かわいいとか、綺麗とかもたくさん言われる。好きとか愛してるとかも、いっぱいいっぱい伝えてくれる。

不安ばっかり膨らんで、忘れかけてしまっていた。

きっと、大丈夫。ヴィルに会って話したら、ちゃんと気持ちはわかるはず。もう一度キスで絆を繋いで、やり直すことができるはず。

「ん、俺、頑張ってみる」

「ええ。るりならきっと大丈夫」

にっこりと笑ったロビンが、きゅっと手を握ってくれる。

それに勇気づけられて前を向いたら、立派な領主館が見えてきていた。

＊　＊　＊

玄関に踏み込むと、褐色の肌をした男の人が応接室に案内されていくところだった。不思議に思って眺めていると、メイドさんが「ミランダ姫を迎えに来られたのですよ」と教えてくれる。

そっか、じゃあこれからお見送りなのかな、タイミング悪いときに来ちゃったかな、と居心地悪く立っていると、血相を変えたヴィルが階段を駆け下りてきた。

二日離れていただけなのに、なんだか別の人みたいだ。いつも丁寧に整えられている髪は乱れているし、目の下は暗く落ち窪んでいる。やつれたような表情の中瞳だけが輝いていて、まっすぐに俺を見つめてくる。こんな姿でもイケメンには変わりない、というか別の種類のイケメンになった感じだけど、もしかしてちゃんと寝てないのかな。

寝られないくらいに、心配してくれていたのかな。

何から話したらいいのかわからなくて、ヴィルの名前を呼ぶ。緊張に湿る手のひらを、ぎゅっとロビンが握ってくれる。

まずは、と口を開きかけたとき、ヴィルの後ろから軽やかなヒールの音が近づいてきた。

「もう、私を置いていってしまわれるなんて、ひどいですわ。奥様がいらしたなら是非私もご挨拶を――」

この人がそうだとすぐにわかった。

肉感的な美女という噂通り、いやそれ以上に綺麗で、そしてセクシーだ。胸もお尻も大きくて、だけど腰はきゅっとくびれて。目のやり場に困るほど褐色の肌を晒しながら、堂々と笑みを浮かべている。ぽってりした紅い唇も、ちらりとヴィルを見る流し目も色っぽくて、声は蜂蜜のようにどろりと甘い。

自信がみなぎるその姿を見ていると急速に不安がむくむくと頭をもたげてきて、ぎゅっとロビンの手を握った。

お姫様がどんな人でも関係ない。俺はヴィルに会いに来たんだから。ヴィルに、本当のことを聞きに来たんだから。

そう自分に言い聞かせて、脈打つ心臓を無理矢理に押さえる。

「ヴィル、浮気、した?」

「してないっ！　るりしかいない！　るりだけしか、いらない！」

あまりの勢いに、驚いて目を丸くする。

深々と頭を下げて懇願するヴィルの言葉に嘘はないみたいだけど、領主様なのにこんなことしていいのかな。元王子様がこんなに深く頭を下げるとか、ちょっとどうしたらいいかわからない。

ええと、ええと、どうしよう……？

弱りきって佇んでいると、ロビンがきゅっと手を引いた。それにつられて視線を上げると、にっこりと笑って指で自分の唇を指す。

──あ、そっか、キスしないと。

絆を結び直すまでは、俺はロビンと離れられない。家に帰ることもできない。

ヴィルに屈んでもらうようお願いすると、予想外に床に両膝をついてじっと俺を見上げてくる。まっすぐな瞳にはただ俺だけが映っていて、後ろにいるお姫様のことは気にもとめてないみたいだ。

ヴィルにとっては本当に、接待をしていたつもりだったんだろう。自分が好意を向けられていても、よくあることだからと放っておいたんだろう。


──この色男め。少しは俺の気も考えろ。


腹いせにぺちりと頬を叩いてから、ヴィルの唇に口付ける。

およそ二日ぶりの柔らかな感触に身体が震えて、千切れた絆が再び繋がるのがわかった。思い切り怒って泣いたとしても、これでもう消えたりはしないだろう。

「俺、怒ってる。でもわかったから、もう帰る。帰ってきたら、詳しく聞くから」

ヴィルはまだお仕事の時間だし、お姫様のお迎えも来ていたし、あとは家で話したらいい。

そんなに騒いだ覚えはなかったけど、いつの間にかたくさんの領主館の人たちに囲まれてるし。

キスも見られていたと思うと、ちょっと恥ずかしくて死にそうだ。

集まった人たちにぺこりと頭を下げてから、ロビンの手を引いてそそくさとその場を後にした。

＊　＊　＊

二日ぶりに帰ったら、屋敷は結構な大騒ぎになった。

アンナは抱きついてわんわん泣くし、メイド長までうるうるしてたし。料理長のベンさんまで表に出てきて頷くし。ちょっと家出してただけなのに拍手で迎えられて気まずいくらいだ。

唯一いつも通りだったのは安定のケヴィン。俺の姿を見て片眉を上げて、「お仕置きはお済みですか？」なんて聞いてくる。お仕置きって、ケヴィンが言うとなんかヤバい。鞭と蝋燭の幻覚が見える。

――でもそれもアリかも……？

鞭と蝋燭は無理だけど、ちょっと今回は、さすがの俺でも怒ってる。ヴィルにまったくそんな気がなかったのはわかったけど、ああいうのはちょっと面白くない。旦那にべたべたされるとかさ、接待とはいえ秘密でデートしてるとかさ、誰だって嫌だろ。

しかもあの香水。少し前に嗅いだときに指摘したのを思い出したけど、そのせいでヴィルは先に風呂を済ますようになったんだよな。

これに関してはもう本当に、違うだろ！　って言いたい。

香水を先に流そうとするんじゃなくて、このときにお姫様のことを話すべきだっただろ。そんでできれば、香水がつかないくらいに距離を取るようにすべきだろ。

一人で考えてたらだんだんむかむかしてきて、先に風呂を済ませて寝巻に着替えた。一体誰が着るんだって思ってたひらっひらのやつ。下着はつけない。

『触るの禁止』ってお仕置きにして、聞きたいこと全部聞きだしてやる。いつも俺が啼かされてばっかだし、今日は俺がヴィルを啼かせて、正直に全部話させてやる！

……そんなふうに思ってたんだけど。

仕事が終わって駆け込んできたヴィルが纏っていた彼女の香りに、二人の部屋に入り込んだ異物に、ぷつんと何かがキレてしまった。

『触るの禁止』を申し渡して、ヴィルのものを口いっぱいに頬張る。吐き出された精液を潤滑剤に後ろを解して、つんと立った乳首を弄る。恥ずかしい、恥ずかしいと心は訴えるけど、ヴィルがぎらぎらした目で見つめてくれるから。きっと今この瞬間は、彼女のことなんてカケラも考えていないから。

何かに追い立てられるようにヴィルに跨り、剛直を支えて腰を落とした。

久しぶりでキツいナカを大きなものがこじ開けて、はくはくと息を逃してそれに耐える。内壁を擦り上げられて唇を噛み、奥までひろげられて吐息を漏らす。

我慢できたのはそこまでだった。

ヴィルと繋がっている。そう思った途端堪《こら》えていた涙がぼろぼろとこぼれて、顔を覆って泣きじゃくる。

怒っていた。不安だった。たくさん文句を言いたくて、たくさん話を聞きたかった。

どうして話してくれなかったのか、なんで目を見なくなったのか。本当に少しも、彼女にぐらっと来なかったのか。

そんな疑問がぷかりぷかりと浮かんでくるけど、本当に聞きたいことは、一つしかない。

「ゔぃる、おれ、………っ、おれのこと、すき？」

まだ俺のことを好きでいてくれるのか。

いつか俺に言ってくれたみたいに、まだ愛していてくれるのか。

ただそれだけの言葉をくれたら、ちゃんと、すぐに、泣き止むから。

ヴィルがきつく抱きしめてくれて、耳元でたくさん愛を囁く。

ごめん。泣かせてごめん。好きだよ。大好き。愛してる。

何度も何度もそんな言葉を吹き込んで、俺の手をそうっと握り込んで。ぼろぼろとこぼれる涙を唇ですくって、背中を優しく撫でてくれる。

その仕草にかえって涙が止まらなくなって、ヴィルに縋りついてしばらく泣いた。

＊＊＊

あー泣いた泣いた。俺何回泣くんだろうね、泣きすぎだよね。歳を取ると涙腺が脆くなって困っちゃうよね。まだ精霊としては若いはずだけどね。

ぎゅうっとヴィルにしがみ付いたまま、涙を拭《ぬぐ》って洟《はな》をすする。きっと顔はぐちゃぐちゃだろう。もう恥ずかしいもくそもないけど。

「大丈夫？」

「ん」

「良かった。……ごめんね」

「ん。でもこれからは、何でも話して」

「うん。本当に、ごめん」

怒ってた、けど、もういいや。アレコレ細かく言わなくてもさ、きっとヴィルはわかってるだろうし。こんなやつれた顔見たら、もう何も言えなくなっちゃうし。

これから何でも話してくれたら、きっとこんなふうにすれ違うこともないだろう。……そうだといいな。

たった二晩離れただけでこんなにぼろぼろになっちゃう俺たちは、まだまだ修行が足りないみたい。ロビンとエリアスのそれみたいに、しっかりした絆じゃないみたい。

でも、俺たちは俺たちなりに、ゆっくりのんびりやればいいよな。たまにちょっと喧嘩して、仲直りして、一緒にいたらいいんだよな。

「ね、るり。…………ひとつだけ、聞いてもいい？」

繋がったままのヴィルのそれが気になりだしてもぞもぞしてたら、ヴィルが真面目な声を出した。

なに？　と首を傾げて見上げると、そこにはひどく真剣な顔。眉を顰めて、唇をぎゅっと引き結んで、言葉を探すように瞳を揺らす。

「あの、変わった髪色の少年は、誰ですか？」

「ロビンのこと？」

なんでいきなり敬語なの？　とこてんと首を傾げたら、ヴィルが苦虫を噛み潰したみたいな顔をした。

綺麗な鼻に皺《しわ》を寄せて唇を少し歪ませた、なんともバツが悪そうな顔。気になっているけど聞きたくないって、顔にはっきり書いてある。

――これって、もしかして、

「ヴィル、やきもち？」

くてんと首を傾げて聞くと、ますます苦い顔をしたヴィルが、眉を顰めて目を逸らす。ちょっとだけ目元が赤いのは照れてるからかな。

ヴィルも、やきもちとか、焼くんだ。

俺だけじゃなくて、きっとヴィルも不安だったんだ。

いきなり俺が消えたって聞いて、焦って探しに行ったらロビンといて。力の暴走を止めるためにロビンに抱きしめてもらったし、領主館ではロビンと手を繋いだままだった。そうしないと消えちゃうからだったんだけど、ヴィルはそんなこと知らないもんな。

傍から見たら、俺とロビンの方が浮気っぽく見えたかもしんない。……子どもが手を繋いでるくらいにしか見えないような気もするけど。

「ロビンはね、俺と同じような存在で、エリアスっていう伴侶がいるよ」

ほら、エメラルドグリーンのリボンとブローチしてたでしょ？　と付け加えたら、ヴィルがほうっと力を抜いた。

エリアスはずっと前に亡くなってるんだけど、それを聞いたらどう思うのかな。ちょっと不安になるのかな。


――なぁんだ、俺だけじゃないんだ。

俺ばっかり不安に思ってるような気がしてた。ヴィルはイケメンだし格好いいし、お見合いの話もたくさんあったみたいだし。俺は貴族どころか人間ですらないから、もっとヴィルに相応しい人がいるんじゃないかってどこか不安に思ってた。

でも、それはヴィルも同じだったんだ。

俺が誰かと仲良くしてたら、ヴィルもやきもち焼いたりするんだ。

「ヴィル、ありがと」

ヴィルが俺を好きでいてくれて、俺を信じてくれている。

だから俺は今ここにいて、こうして触れ合えることができる。ロビンから聞いたこの秘密は、ちょっと教えてはあげられないけど。


――好きでいてくれてありがとう。


心の中で想いを伝えて、ちゅっとヴィルに口付ける。

すぐそばで煌めく紫の瞳が、欲を孕んで妖しく揺れた。

＊　＊　＊

ヴィルの唇を柔く食むと、唇を舌でなぞられた。ぞくぞくとした快感が奔《はし》り、口を開けて吐息を逃がす。そこに舌が挿し込まれて、優しく舌がからめとられた。

じれったいくらいにゆっくりと、粘膜と粘膜が擦り合わされる。互いの唾液が混ざりあって、舌先が触れ合って小さく震えて。キスだけじゃ全然足りないのに、唇を離すことができない。ぴちゃぴちゃと淫らな音を立てながら舌を絡める。ただそれだけの刺激なのに、萎れていた性器が再びじわりと兆し始める。それは俺の中にいるヴィルも同じで、どんどん熱く硬くなっていくのがはっきりとわかる。

「ん、……ぁ、」

「るり。……触っても、いい？」

わずかに唇を外して尋ねられて、目を潤ませて頷いた。唇に吐息がかかるだけで、背筋にぞくぞくと快感が奔る。ずっと気を逸らしていた身体の疼きが、一気に全身で弾けるみたいだ。ヴィルと触れ合っているところから、どんどん気持ちいいが駆け巡っていく。

ヴィルがそうっと乳首に触れた。つんと尖ったそこを親指でくにりと押しつぶして、転がすように刺激する。時々二本の指でつまんで、喘ぐ唇に舌を這わす。

いたずらな指は次第に大胆さを増していった。

背骨をゆるく辿ったと思えば、尻尾の付け根をさわりと撫でる。ぞわりとした快感に毛を逆立てると、もう片手で根元から先までを辿る。ぎちぎちに拡がった蕾の縁を指先でなぞられると、ねだるように内壁が締まった。

「ん、んっ……！　っふ、ぅっ……！」

唇をずっとキスで塞がれているせいで、快感がどこにも逃がせない。決定的な刺激のない、ひたすら甘くとろかすような愛撫に限界が来るのはすぐだった。

ヴィルの首に縋りついて、ねだるように腰を揺らす。最奥の襞が先端で嬲られ、嬌声を上げて背を反らす。とろとろに濡れた内壁が、剛直をもっともっとと締め付ける。

「るり、好きだよ」

「ああっ……、ッん！　そこっ、ぁああッ……！」

「大好き」

とろりと甘い声で囁きながら、ヴィルがぐちゅりとナカをかき混ぜる。俺の腰を支えてわずかに引き抜き、内壁を擦りながら深く埋め込む。少しだけ強く一番奥が突き上げられると、性器からとぷとぷと蜜が溢れた。

気持ちいい。気持ちいい。

キスが欲しくて唇を開くと、すぐにキスが降ってくる。柔く食んで舌でなぞって、差し出した舌をからめとって。甘えるように尻尾をヴィルの手に巻き付けると、その付け根をとんとんと刺激して。

「ッあ、あ……！　だめ、だめ、も、イく……！　イく……ッ！」

「ん、イって、るり。……俺も、」

「～～～～～ッ!!」

「……っく、」

かりりと耳に歯を立てられて、堪えきれずにびくびくとイく。同時に熱いものがナカで噴き上げて、目の前が白く弾けていく。少しでも奥まで送り込もうとヴィルが腰を揺らすから、イくのが全然止まらない。がくがくと全身を震わせながら、ヴィルに縋りつくことしかできない。

「っ、ゔぃるぅ……、どう、しよ、とまんな……ッ！」

「うん、もっと気持ちよくなって」

え、と思った瞬間、ヴィルにきつく抱きすくめられた。そのまま下に引き下ろされて、同時に剛直が突き上げられる。最奥の襞がこじあけられて、その衝撃でまた深くイく。

ヴィルにすっぽりと包み込まれて、もうヴィル以外は何も見えない。耳に飛び込んでくる音も、ヴィルの甘い囁きばかり。五感の全部がヴィルに染められ、思考がどんどんとろけていく。

離れていたときの寂しさが、幸せに塗り替えられていく。

甘いキスと優しい愛撫にどろどろになるまでとろかされて、何度も何度も好きだと啼いた。

繰り返し囁かれる愛の言葉が、心と身体を満たしていった。

＊＊＊

仲直りしてしばらくは、片時も離れない生活を送った。

お姫様が来てからのことをヴィルに聞いて、俺もロビンとのことを話して。ヴィルは本当にお姫様が苦手みたいで顔を顰めながら話すから、終いにはお姫様がかわいそうになってしまったくらいだった。

俺から話すロビンのことは、これが案外長くなった。

収穫祭より前に知り合って、瑠璃色の小鳥の作り方を教えてもらったって話したら、どうやって会ってたのかっていう話になって。小鳥姿でやってきたロビンと部屋で遊んでたって言ったらヴィルがやきもち焼いたりして。

でも、俺が消えそうになったときの話や、ロビンが自分の樹と繋いでくれたこと、手を繋いでたのも樹との仲介役だったことを話したら、ヴィルは神妙な顔をしていた。

ロビンがいなかったら、俺たちはすれ違ったまま二度と会えなかったかもしれない。瑠璃色の小鳥の作り方を聞いていなかったら、マティアスに脱がされそうになったときも助かってなかったかもしれない。

「二度二人で、お礼を言いに行かないと」

ヴィルがそう言ってくれたのは、ただひたすらに嬉しかった。ロビンは大切な友達だし、ヴィルは大好きな人だから、その二人が仲良くなったら俺も嬉しい。あんまり人前に出たがらないロビンだけど、ヴィルならきっと大丈夫のはず。

久しぶりにヴィルと二人で街に降りて、雑貨屋のある角を曲がる。俺が消えそうになってたときは小道が見えなくなってたらしいんだけど、今はちゃんと道がある。ロビンの家へと続く魔法の小道。いつもしんと静かなくねくね道をヴィルと手を繋いで歩いていくと、鬱蒼と樹の繁った家が見えてくる。

——あれ？　……花だ。

いつもは緑ばかりの庭。俺がお邪魔していたときも蕾はまったくなかったのに、ひときわ大きなロビンの樹が満開の花を咲かせていた。

ロビンの髪とそっくりの、白から濃いピンクへと色が移り変わる不思議な花が、枝を美しく彩っている。

「更紗木蓮？　——狂い咲きか？」

「狂い咲きって？」

「違う季節に咲いてしまうことだよ。本当は春に咲く花だから」

ヴィルの言葉になるほどと頷くけど、なんで狂い咲きしたんだろう？　春と間違えたってことは、ロビンに限ってないと思うんだけど。

うーんと首を捻りながら歩いていくと、静かな道に弾けるような笑い声が響いた。

ロビンの家から聞こえたけど、ロビンの声じゃないことはわかる。ロビンはあんな風に笑わないし、鈴を鳴らしたみたいな声だから。

でも、ロビンじゃなかったら誰だろう？　誰か友達でも来てるのかな？

「ロビン！」

門からひょっこりと覗いてみると、ロビンを呼んだ少年がロビンに駆け寄るのが見えた。ちょうど出会ったときのヴィルくらいだろうか。ロビンよりはまだ小さいけど、きっとぬかすのはすぐだろう。

後ろ姿ではその瞳の色はわからないけど、彼が誰かはすぐにわかった。

とろけるような笑顔を、愛おしむようなその瞳をロビンが向ける相手なんて、きっとこの世に一人しかいない。


微笑みながら何かを話す二人がそっと手を繋いで、更紗木蓮の大樹を見上げる。

ロビンの髪の色とおなじ花は、ひとつひとつが大ぶりでチューリップみたいな形をしていて。枝にたくさんそれが並ぶ様子は、たくさんの小鳥がとまってるみたいだ。

あ、もしかして、それで小鳥《ロビン》？

「なんだかお邪魔みたいだから、また来ようか。あの綺麗な花が終わった頃に」

ひっそりとヴィルが囁いて、いたずらっぽい笑みを浮かべる。それに大きく頷き返して、またそろそろと道を戻った。


――ロビン、嬉しそうだったな。

何十年も孤独に耐えて、ようやくエリアスに再会できたんだもん。そりゃあ絶対、嬉しいよね。

幸せそうなロビンの姿を思い返し、思わず口元を綻ばせながら、俺とヴィルの未来を思う。

必ず生まれ変わって会いに来るからと、ロビンを一人遺したエリアス。魔法で無理矢理に樹との絆を結んで、そして本当に戻ってきた。

俺とヴィルは、どうなるんだろう。

無理な魔法を使わなければ、ヴィルがいなくなったら俺も消える。自然の摂理に任せるなら、ヴィルからもらっていた力を使い切ったときが、俺の死ぬときなんだろう。

ゆっくりと力が減って死ぬのを待つか、思い切って使い切っちゃうのかはそのときにならないとわからないけど。

「ねぇ、ヴィルはさ、俺に一緒に死んでほしい？　それとも、ヴィルを看取って、次にヴィルが生まれてくるまで待っててほしい？」

「どういうこと？」

怪訝な顔をしたヴィルに、ロビンとエリアスの話をする。

樹との絆を結び直す魔法があって、それがあれば実体を持ったまま精霊として生き永らえること。ロビンがエリアスを待って長い時を過ごしたみたいに、ヴィルの生まれ変わりを待てること。

でもその魔法を使わなければ、俺はヴィルと一緒に逝くことになって、生まれ変わった後のことはわからない。

俺の下手くそな説明に耳を傾けていたヴィルの答えは、すぐだった。

「るり。俺は、俺と一緒に生きて、一緒に死んでほしいかな。るりを長い間ひとりぼっちにさせたくないし、その間に誰かに攫われたら困る」

外を歩くときはいつも繋ぐ手を、ヴィルが確かめるようにぎゅっと握る。二人の間を心地よい風が吹き抜けていき、ふわりとスカートの裾を揺らす。

それに、とヴィルが呟いたから、続きを促すようにその顔を見上げた。きらきらと輝く紫の瞳が、俺を見て優しく細められる。内緒話をするためにヴィルがぐっと顔を近づけて、低い声でそっと囁く。

「それに、次は人間同士や精霊同士に生まれるのも、きっと楽しいと思うんだ。俺はどんなふうに出会っても、絶対るりに恋をするから」

胸に抱いた宝物を見せるみたいに、ヴィルが言葉を風にのせた。俺を愛おしげに見つめるヴィルの目元が、ほんのりと紅く染まっている。

とろけるようなヴィルの笑顔に、俺も心のままに笑みを浮かべる。

甘い花の香りが夏風に乗って、優しく髪を撫でていった。

エピローグ・愛してる　《ヴィル視点》

秋の陽射しが窓から射し込み、眠るるりの頬を照らす。日に焼けることのない白磁の肌が眩く輝き、長い睫毛の影が落ちる。あまりにも美しい光景を息を詰めて見つめながら、華奢なるりの手に指を絡めた。

るりに触れられるようになって、もう一年半も経っている。その間、本当にたくさんのことがあった。収穫祭を楽しんだり、パーティーで美しく装ったるりと踊ったり。二人で街をぶらぶらと歩いて、ロビンたちに会いに行ったり。

そうした幸せな日々を送っているけれど、時々夢じゃないかと思うときがある。あまりにも幸せすぎて、現実味が薄いように感じてしまう。……今がまさにそのときだった。

いつもにこにこと明るく笑うるりは、眠っていると神聖なまでに美しい。夜はあれほど淫らに啼いていたなんて、まったく想像できないくらいだ。本当に触れることができるのかと、いつも心配になってしまう。

「ん……」

陽の光が瞼に差しかかり、少し眩しく感じたのだろう。るりが少し眉を顰めて、むにゅりと唇を動かした。俺の指をきゅうっと握って、可愛い耳をぴくぴくと動かす。そろそろ目覚めが近いのだろう。足の爪先をきゅっと丸めて伸びをした後、白銀の睫毛がふっさりと上がり、星空の瞳があらわれた。

「るり、おはよう」

「んにゃ……おはよー」

空いた手でごしごしと瞳を擦り、るりが照れくさそうに微笑む。ふにゃりと柔らかなその笑顔で静謐な美しさは霧散して、可愛いばかりの愛しい人が戻ってくる。

涙が浮かぶ目元にキスを落としたら、白磁の頬が紅く染まった。太陽でも色を変えない白い肌は、俺が触れるとさあっとその色を変えていく。何度身体を重ねても恥じらうるりが、唇を尖らせて瞳を揺らす。

このまま、その唇を貪ってしまおうか。

柔らかなそれに歯を立てて、小さな舌をからめとって、朝日の下でじっくりとるりを味わってしまおうか。

あまりの可愛らしさに欲に流されそうになってしまったが、それを堪えて額にキスを落とすに留める。

「今日は少し出かけようか」

そういった瞬間ぱあっと明るくなったるりの表情に、俺もつられて頬を緩めた。

＊　＊　＊

元々王家の保養地があるような北の地だ。夏は避暑のためにやってくる貴族も多く、街もにわかに賑わいを見せる。貴族たちは街を歩いたりはしないが、その護衛や使用人たちはその限りではないからだ。

だが、そうして賑わっていた街も収穫祭が終わり秋が深まる時分には、いつもの様子が戻ってくる。この地は秋こそが美しいのにだ。


今日のるりの格好は少年用の乗馬服一式。真っ白で脚にぴたりと沿う長ズボンに、膝下までのロングブーツ。かっちりとした黒のベストとダブルボタンのジャケットで華奢な身体を覆い隠している。手には革の手袋を嵌めているため、全身で肌が露出しているところはほとんどない。それにもかかわらず、きゅっと細い腰やまろいお尻のラインが衣服の上からも見て取れて、清楚な色気を醸し出している。

「馬だ！　馬、乗るの⁉」

「そうだよ。俺の前に座るより、自分で乗りたいかと思って」

「乗りたい！」

手を上げて元気よく答えたるりが乗る馬は、大人しい性格の牝馬だ。よく人に慣れているから大丈夫だろうと思っていたら、るりがちょこちょこと馬の顔の方に寄っていった。「初めてだからよろしく！」「下手くそだったらごめんなー」というるりの言葉に馬が軽く鳴いて返すその様子は、まるで本当に会話しているようだ。精霊は動物の言葉もわかるんだろうか？

馬との会話が功を奏したのかどうかはわからないが、るりは初めてとは思えないほどに筋がよかった。乗るときだけは苦労したものの、乗った後の姿勢と視線を向ける先が良い。木登りに慣れているからか高い視点に怯えることもなく簡単な指示もすぐに覚えて、さほど経たずに庭をぐるっと回れるようになった。

「行ってくる。夕方には戻る」

「いってきまーす！」

ケヴィンや使用人たちに見送られて、二人並んで馬を歩かせる。俺の馬には簡単な軽食が括《くく》り付けられているから、景色の良いところで食べるつもりだ。

いつも向かう街とは逆の山方面に馬首を向けて、ゆったりとした歩みに身を任せた。ゆるやかな山道を登った先には、美しい水を湛える湖がある。その湖畔にはオレンジや黄色に葉っぱを染めた樹木が空に向かって枝を広げていて、鏡のような湖面に映るそれがなんとも言えず幻想的だ。

紅葉の赤とはまた違った魅力があって、きっとるりも気に入るだろう。

「う、わぁ……！」

山道の先に見えてきた景色に、るりは感嘆の声を上げた。キャスケットのせいで見えないけれど、きっと耳をぴんと立てているんだろう。大きな瞳をまんまるに見開いて、じっと景色に見惚れている。

湖畔について馬から抱き下ろすと、るりはすぐさま湖の際に近寄った。ぎりぎりまで近づいて湖を覗き込み、底に沈む枝まで見えると嬉しそうに教えてくれる。

俺が馬を木に繋いで戻ってくるまでの間も、きょろきょろと辺りを見ていたらしい。俺にたたっと駆け寄って向こう岸を指差して、きらきらした瞳を向けてくる。

「ねぇヴィル！　あそこに家がある！　誰か住んでる？」

「山小屋だよ。中には簡単なベッドと暖炉、調理場しかないけど、天気が崩れたときに暖を取れるようになっているんだ。……後で行ってみる？」

「うん！」

ごく普通の山小屋なのだけど、るりにとっては興味の対象だったらしい。雨が降らないかとそわそわ空を確認する姿が可笑しくて思わずしてしまった提案だけど、るりが嬉しそうだから良かった。

草の上に敷布を敷いて、野菜をパンで挟んだ軽食を取り出す。なになに？　と寄ってきたるりに中身を見せると、きらきらとした目で見つめてくる。精霊のるりは人間の食べ物は食べられないんだけど、食への好奇心はとても強い。俺が食べているものや、いい匂いのするものを「これなあに？」と聞いてくるから、だんだんと味の説明が上達してきたほどだ。

「ここなら帽子を取っても大丈夫だよ。ジャケット脱いで、尻尾出したら？」

「ん、そうする！」

ぽいぽいっと帽子とジャケットを脱いだるりが、身体を捩って背中を見る。一見すると普通の乗馬用ズボンだが、お尻の上部の一番腰に近いところは網上げのようになっていて、紐を外すと尻尾が出せるようになっている。

　尻尾のほとんどをズボンにしまい、はみ出た部分はジャケットで覆い隠していたが、やはり窮屈だったんだろう。編み上げた紐をするすると解き尻尾を出すと、るりが満足そうな表情を浮かべた。

「ここ、すごい！　精霊もいっぱい！」

　興奮のしすぎで片言に戻っているるりが、両手を広げて駆けていく。俺には見えないけれど、風や水の精霊がそこにいるんだろう。るりが精霊の言葉で何かを話し、弾けるような声で笑う。るりの髪がくるくると風に乱されて、湖の水面が時々ぱしゃりと飛沫を上げる。楽しそうな姿を見ながら食べる食事は格別に美味しく、幸せな光景に目を細めた。

＊＊＊

　食事が終わってからもほうっとるりに見惚れていたら、俺に気がついたるりが満面の笑みを浮かべて近づいてきた。

「ヴィルも遊ぼう！」と俺の手を掴み、湖の近くへと引っ張っていく。

　るりは昔からずっとこうだ。

　俺がぽつんと一人でいるとこうして誘いに来てくれて、楽しい方へと連れ出してくれる。孤独を感じていた子ども時代が明るく楽しいものになったのは、まず間違いなくるりのおかげだ。るりが生まれてきてくれたこと。るりと出会えたこと。そして、これほどに幸せな今があること。

こんなに美しいところで二人でいると、しみじみと感動してしまう。

笑みを浮かべてるりについていくと、後ろからざあっと強い風が吹いた。とっさにるりを抱き寄せて足を止め、風に飛ばされないように耐える。いつも穏やかなここにこんな風は珍しい……とちらりと上げた視界に、飛んでいくるりの帽子が見えた。

――あ、
敷布の上に置いていたものが風でさらわれてしまったのだろう。あっと言う間にそれは湖の中ほどまで飛んでいき、水面に波紋を作って落ちた。あの位置では泳がない限り届かないが、もう秋もかなり深まっている。日が差していれば暖かいが、風は冷たい。泳いだりしたら風邪を引いてしまうだろう。るりによく似合っていたから残念だけど、諦めるしかない――と、そう思っていたんだが。

俺と同じように帽子を目で追いかけていたるりが、するりと腕の中から抜け出した。小鳥の囀《さえず》りのような精霊の言葉で湖に向かって話しかけ、時折帽子を指差している。

そこに精霊がいるんだろうか？　と思っていたら応えるようにぱちゃりと水が跳ねて、波紋がすうっと帽子に向かって進んでいく。

「取ってくれるって？」

「うん！　風や水の精霊はいたずら好きだから、無理かなって思ったんだけど」

「良かったね」

「うん！」

樹の精霊は落ち着いている人が多い印象だけど、種族によっても性質が違うのか。るりの髪をくるくるとかき混ぜていたのは、もしかしたら遊びの一種だったのかもしれない。

じっと目を凝らして滑るように近づいてくる帽子を眺めていたら、残り少しのところで帽子がぴたりと動きを止めた。と思ったら今度は水面がむくむくと盛り上がり、帽子を高く押し上げる。通常ではあり得ない光景に驚いて瞬きをしているうちに、水の柱のようになったそれが意外な速さで再びこちらに向かってくる。

……まさか、このままの勢いで来るのか!?

「るりっ……！」

慌ててるりを抱き寄せて庇ったものの、降り注ぐ水の中では無意味だった。

頭から爪先までびっしょりと濡れて、ぽかんとしたるりと見つめ合う。るりの頭の上にはぐしょ濡れの帽子が乗っかっていて、……なるほど被せようとしたのかと納得した。

さすがのいたずら好き具合だ。こうなると帽子をさらった風も、わざとではないかと疑いたくなる。

「……っぷ、あははは!!　ヴィル、びしょびしょ!!」

「それはるりもでしょ」

呆れて言い返したけどだんだん笑いが込み上げて来て、るりと一緒になって声を上げて笑い始めた。濡れた身体に風が吹いて、寒い。寒いけど可笑しい。こんなに穏やかな湖で、雲ひとつない晴天で、なのに俺たちだけ土砂降りの雨に降られたように濡れていて可笑しい。

いつもふわふわのるりの髪が、濡れて額に貼り付いている。それを掻き分けて額にキスを落としたら、るりがびっくりしたように固まった。

＊　＊　＊

しばらく笑い合っていたけど流石に身体が冷えてきて、二人で山小屋に駆け込んだ。俺が薪に魔法で火をつける間、るりが簡単に部屋の埃を払い、二人で毛布をかき集める。ある程度小屋が暖まったところで、水で貼り付く衣服を脱いだ。

服を乾かさないと屋敷には帰れないし、身体もずっと温まらない。精霊が風邪を引くのかはわからないけれど、万一風邪を引いたら薬さえも飲めないと思うと、いよいよるりが心配になる。

苦心して脱いだ衣服を絞って身体を拭い、柔らかなるりの肌に触れた。いつも少し冷たいるりの身体が、今日はさらに冷たく感じる。きっと身体の芯まで冷え切ってしまったんだろう。

「るり、大丈夫？　寒くない？」

「へーき」

「何か着られるものがあったらいいんだけど」

「あ！　できるかも！」

シーツに包まったるりが勢いよく立ち上がり、後ろを向いてそれをすとんと床に落とした。暖かな暖炉の光に照らされた、肩甲骨が浮き上がるなめらかな背中。少し屈めた腰に浮かぶ丸い背骨と、お尻を隠すように垂らされた長い尻尾。半端に隠すことによって出来た影が余計に艶めかしさを増している。すらりと伸びる細い足はくるぶしのところできゅっと引き締まり、足先から丹念に舌を這わせたくなる。

ごくりと生唾を飲み込む俺の目の前で、るりがその手をきゅっと握った。おそらく力を使おうとしているんだろう。集中するように瞳を閉じたるりに、きらきらとした光が纏わり付く。

いつか夜桜のときに見た幻想的な光に欲を忘れて見惚れていると、纏わりついたそれがパッと弾けた。

「できたっ！　……けど、なんでこれ……」

むうっと唇を尖らせたるりが、恥ずかしそうに身体の前で尻尾を握り、目元だけほんのりと紅く染めて瞳を揺らす。

その姿は、かつて見慣れたものだった。

胸だけを覆う真っ白でふわふわの服は、肩も背中も見えるほどに布地が少ない。下穿きは股上がかなり浅く、お臍どころか腰骨まで剥き出しで、太腿の付け根までをかろうじて覆っているだけだ。るりが言い訳するように小鳥を作る応用で作ったとか、「なんでもいいから服！」って思ったらこれが出来たとか話しているけど、正直耳に入ってこない。

昔のるりそのままの格好だ。ずっと見慣れていたはずだ。

この格好で、天真爛漫に笑うるりと一緒に、転げるように遊んでいたはずだ。

……なのに、どうしてこんなに欲を煽られるのか。

あの布をほんの少しずり上げれば、つんと尖った乳首が見える。淡く色づくそこに舌を這わせると、るりが甘い吐息を漏らすことを知っている。胸の真ん中に口付けて、臍に舌をさし入れて、腰骨にかしりと歯を立てたら、華奢な身体はびくりと震えて身悶えるだろう。かわいい尻尾が狼狽《うろた》えたように巻き付いてきて、瑠璃色の瞳にじわりと涙が浮かぶかもしれない。

俺はもう、それを知っている。あの肌の柔らかさを、耳から入って脳を直接溶かすような、あの啼き声を知っている。

「……るり、」

「え……？」

欲に染まった声にるりが狼狽えて声を上げたけど、もう止まることなどできなかった。

＊　＊　＊

毛布の山にるりを押し倒し、そっとその足先に口付ける。びくんと身体を震わせたるりが足を引いたけど、それに構わず足の甲に舌を這わせた。柔らかな肌に包まれた、丸いくるぶし。そこにもちゅっと口付けると、るりがささやかな吐息を漏らす。気持ちいいというよりも、どうしたらいいかわからないといった様子できゅっと爪先を丸めて堪えている。

精巧に作られた人形のような指を口に含み、指の間に舌を這わせた。

「あっ……！　やだ、きたな……っ！」

るりが焦った声を上げるけど、るりに汚いところなどあるはずがない。頭のてっぺんから爪先まで、なぜこんなにも綺麗なのかと常々不思議に思っているのに。その美しさに不安になって、時々触れられるか確認してしまうほどなのに。

薄い皮膚をちろちろと舐《ねぶ》り、時折軽く歯を立てる。涙まじりの声を上げているるりは、やりすぎると本当に泣いてしまうかもしれない。程よいところで切り上げて、すべらかな脚へと狙いを変えた。

脛をゆっくり舐め上げてかわいい膝にキスを落とし、内腿を食むように口付けていく。わざと音を立てるとるりがびくりと身を震わせ、脚の付け根に浮かぶ筋を舌で舐るとふわふわの服が鼻先をくすぐる。

「も……、なん、で……っ」

抗議の声に視線を上げると、顔を真っ赤にしたるりがいた。

小さな手で懸命に前を隠して潤んだ瞳で睨んでくるが、股間の膨らみは隠せていない。その手の甲にも口付けを落とすと、るりが困ったように耳を垂らした。きっと恥ずかしくて堪らないのだろう。

敢えて直接的なところには触れず、下腹に唇を押し当てた。腰骨、へそ、肋骨《ろっこつ》のふち。少しずつるりの身体を辿っていき、ふわふわの服をたくし上げる。あらわれた乳首は既に硬く立ち上がっていて、吸い寄せられるように舌先でちろりとそこを舐める。

「んッ……ぁ、あッ……！」

「ここ、好き？」

ぶんぶんと首を横に振るけれど、仰け反らせた背が快感を伝えている。唾液に濡れた乳首は艶めかしくその存在を主張して、わずかな吐息にもふるりと震える。うっすらと色づく乳輪を指先でなぞれば、るりがもどかしそうに腰を揺らした。

ねだるように擦り付けられる熱く張り詰めたものに、縋るようなるりの視線に煽られて、性急に先に進みたくなってしまう。無理矢理下穿きをずり下ろして、期待に濡れる後蕾を弄り、雄を深く穿ちたくなる。

――でも、今日はゆっくりととろけさせたい。

全身くまなく味わい尽くして、これは夢じゃないって信じたい。

乳首をじゅっと吸い上げて、先端を舌先でちろちろとくすぐる。もう片方は指先でやんわりと押しつぶし、きゅっと摘んでくりくりと転がす。

猫のような悲鳴を上げて、るりが俺の頭を掴んだ。もがくように髪を掻き乱し、性器を太腿に押し当ててくる。

「ぁあああッ、っや、だめッ、ヴィルっ……！」

「るり、かわいい」

「ひぅッ…………っ！」

かしりと乳首に歯を立てたとき、華奢な身体がびくんと跳ねた。そのままかくかくと腰を震わせ、性器を俺に擦り付けてくる。じわりとそこが湿っていなくても、陶然としたその瞳を見れば、るりがイッたことはすぐにわかった。

まだ決定的なところには触っていない。舌を絡めるキスもしていない。それなのに、乳首だけでイッたのか。

るりの理性が戻らないうちに、ずるりと下穿きを引き下ろした。ピンクの蕾に指を挿し込み、濡れた花芯を口に含む。くちゅくちゅと口の中で転がしながら蜜を全部舐めとっていくと、きゅうきゅうとナカが締め付けてくる。

内壁を探るように指を曲げると、るりが甘やかな声を漏らした。どこもかしこも敏感なるりの身体の中で、ここがいちばん弱いところだ。前立腺でなくても、最奥でなくても、襞を引っ掻くだけでるりが身体をくねらせる。瞳に涙を滲《にじ》ませて、頬を羞恥に赤く染めながら、与えられる悦楽に酔う。

花芯から口を離して舌でゆっくりと会陰をたどる頃には、蕾はふっくらと綻んでいた。しとどに濡れて俺の指を咥え込み、奥へ奥へと俺を誘う。もっともっとと欲しがるように、美味しそうに指をしゃぶる。

もう我慢の限界だった。

指を性急に引き抜いて、先端をひたりと蕾に宛てがう。吸い付くような襞に招かれるように腰を進め、その熱さに小さく吐息を漏らす。

ノックの音が響いたのはそのときだった。

このノックの仕方はおそらくケヴィンだろう。俺たちの帰りが遅いから様子を見に来て、入室の許可を求めるためにノックをしたというところか。

……だが、今ここでとは、あまりにもタイミングが良すぎはしないか。

まだ雄は一部を埋め込んだだけ。前立腺までもう少しというところだ。この状態でやめるなんて生殺しでしかないが、ここでやめるしかないのだろうか。

だが、でも、と逡巡してるりを見つめると、るりがふわりと両手を上げた。それに応えて上体を折ると、きゅっと首に抱きついてくる。間近ではくりと唇を開いて、とろけた瞳で俺を見る。

「……っはや、くぅ……」

甘えるように鼻筋を寄せて、るりが焦れたように腰を揺らす。その白い腹には白濁が散り、乳首は唾液に濡れててらてらと光る。とろけきった瑠璃色の瞳は、どこか虚ろに彷徨ったまま。おそらくは快感だけを追い求めているのだろう。

焦らしたつもりはなかったが、執拗な愛撫はるりの理性を奪うには十分だったらしい。俺に縋り付きながらへこへこと腰を振る様は、はっきり言って目の毒だ。

「……外にケヴィンがいるのに、いいの？」

「いいからっ……！　ッ、いいから、も、はやくぅっ……！」

「ん。声、我慢してね」

ちゅっと口付けて舌をからめとり、同時に剛直を突き入れる。前立腺を擦り上げ最奥まで一度に突き上げると、るりが声も出せずに仰け反った。性器は何もこぼしてはいないが、再び絶頂に達したのだろう。内壁がキツく締め付けてきて、精を搾り取ろうと淫らに蠢《うごめ》く。

　それに導かれるまま最奥の襞をこじ開けると、すっぽりと雄が包み込まれた。あまりの気持ちよさに吐息を漏らして快感を逃がす。そうしないとすぐに達してしまいそうになる。

「……っぁ、……ぁ、」

　雄が馴染むまで待っている間も、るりはイくのが止まらないようだった。微かな声だけ漏らしながら、ねだるように舌先を差し出す。それに舌を絡めると、内壁が喜びにきゅうっと締まる。びくびくと身体を震わせてもどかしげに腰を揺らしながら、かわいい顔を淫らにとろかす。

「ごめん。……後でいっぱい謝るから」

　ゆっくりしようと思っていた。るりが声を堪えられるくらいに、声が漏れないようにキスをしたまま、じっくりとるりを味わおうと思っていた。

　けれどこんなるりを前にして、我慢なんてできるはずがない。

　外に人がいようとなんだろうと、存分にるりを貪るしかない。

　るりの両脚を肩に担ぎ上げ、華奢な腰を両手で掴む。引き寄せると同時に腰を進めて、最奥の襞をぐじゅりと潰す。こねるように腰を使い快楽だけを追い求めて、欲望のままに内壁を嬲る。

　耳をくすぐる甘い悲鳴に煽られながら、るりの身体に溺れていった。

＊＊＊

一度したくらいで興奮が収まるはずもなく、何度も何度も肌を重ねた。一滴残らずるりのナカに注ぎ込み、精液が漏れそうになったら剛直で再び栓をした。

魔法で作られた服はいつのまにか消えていて、るりのしなやかな身体が暖炉の光に照らされている。炎の影が肌を舐めるように揺れるのにさえ煽られて、華奢な身体を白く汚した。

後始末をしなければと室内を見回すが、山小屋に置いてあるものなど多くはない。シーツは既にひどく汚れてしまったし、乾かしていた服で拭うと着て帰るものがなくなってしまう。

……これは、ケヴィンにお願いするしかないだろう。

どんな嫌味を言われるかわからないが、仕方ない。るりの肌が見えないよう丁寧にシーツで包んでから、シャツを羽織って扉の方を振り返る。

気配はない、姿も見えない。だがケヴィンなら、まず間違いなくそこにいる。

「ケヴィン、いるか」

「はい。失礼します」

しれっと答えて入ってきたケヴィンは、室内の様子を眺めてひょいと片方の眉を上げた。言葉にするなら『おやおや、大変情熱的な時間をお過ごしになったようですね』といったところか。顔しか見えないるりに目を留めて肩を竦めて、ゆったりと扉から外に出ていく。

持ってくるものを頼もうとしたんだが――と思った次の瞬間には、戻ってきたケヴィンの手には清潔なリネンと替えの衣服、食料が入っているらしいバスケットがあった。

――さすがに、用意周到すぎやしないか。

「一度窺った際の様子から必要だろうと判断しました。今晩はこちらでゆっくりお身体を休めて、明日お二人でお戻りください」

もう馬の世話は済んでいるだの、水は近くに汲み置いただの、流れるように続く言葉に唇をへの字に曲げて無言で頷く。

必要だろうという判断は間違っていない。むしろ的確に欲するものを用意されているのだが、表情一つで内心を読まれ行動を先読みされるのは、何とも言えず居心地が悪い。

「……世話をかける」

「いえ。想定内です」

ケヴィンの言葉により気まずさを感じながら、てきぱきと寝台を整える背中を見る。執事服の上からでもわかる鍛えられた肉体は、元騎士らしいといえばそうなのだろう。真っ白な騎士服から真っ黒な燕尾服へと服の色は真逆になったが、不思議と印象は変わらないままだ。

昔も今も、いまいち掴みどころのない男。影のようにそこにいて、何食わぬ顔で全ての処理を済ませている男。

——マティアス兄様はどうなったのか。

るりが攫われた一件の後、ケヴィンにその後始末を任せた。その後どうなったのか聞いたときは『つつがなく終わりました』とだけ報告を受けたけれど。

王都から遠く離れたこの地まで、兄様が婚姻寸前で破談になったとか、実家にも縁を切られて小さな領地で暮らしているという噂が届いたが、それは事実なのだろうか。

――いや、まさかな。

いくらケヴィンでも、さすがにそこまではできないだろう。

噂はきっとただの噂だ。おそらくここに届くまでの間に、原形を留めないほど変わってしまったんだろう。

ただ、あれ以来マティアス兄様から絡まれていないのは紛れもない事実だ。ケヴィンは余程上手く始末をつけたんだろう。


そっとるりを抱き上げて、つるりと白い頬を見下ろす。ぴくぴくと三角の耳が動いて、唇がむにゅりと歪められる。

可愛らしい寝顔を見ていると、愛おしさが胸にせり上がってくる。

「……これからも、よろしく頼む」

「お任せください」

優雅に一礼したケヴィンが、ちらりとるりに視線を送る。

本当に察しのいい男だ。俺が言外に含んだ意味も汲み取って、視線だけで答えたのだろう。

何の気負いも感じさせず去っていく姿を見送りながら、腕の中の温もりをきつく抱きしめる。

――この先に、何が待ち受けていても。

るりが、るりらしくいられるように。
いつも笑っていてくれるように。
ただそれだけが、俺の望みだから。

「愛してる」

想いを籠めて耳元で囁き、額にひとつ口付けを落とす。
瑠璃色の瞳は瞼に隠されて見えなくても、眩しい笑顔は心にしっかり焼き付いていた。

ねこみみ精霊に転生したら、王子に溺愛されちゃいました！　【完】

書き下ろし番外編

猫よりもっと

1、

ネコヤナギのそばに仰向けに寝転んで、ぼーっと春の空を眺める。

パキッした夏の空とは違う、ちょっと霞んだ感じの優しい青空。

白の絵の具で描いたみたいな雲は今にも消えそうな薄さだし、ふわふわとして頼りない。

「もう春も終わりかー」

冬は長く感じるのに、春はいつもあっという間に過ぎていく。

手を伸ばして触れたネコヤナギの花芽はもうほとんど終わりかけていて、思わず唇を尖らせた。

夏は水遊びができて楽しいいし、秋は落ち葉を踏むのが楽しい。冬は寒いけど雪だるまを作るのは好きだし、なんだかんだで一年中楽しい。

でも、ちょっぴりアンニュイな気持ちになっちゃうのは、やっぱり春が終わるせいなんだろうか。

アンニュイってこの使い方であってるよな？

もう透けてない手をお日さまにかざして、うーんと大きく伸びをする。

しっかり寝てるのに眠たくなるのも、たぶんきっと春のせい。

ぽかぽかとして気持ちが良くて、風がさらさらと芝生を揺らすのを聞いていると、うとうとと瞼も落ちてくる。

眠たいし、ちょっとだけ寝ちゃおうかなー。

ヴィルの帰りは遅いはずだし。ケヴィンの宿題はやらなきゃだけど、後で頑張ればなんとかなると思うし。

ほんのちょっと昼寝するだけなら、休憩のうちってことでいいよな？

ふわーあと大きくあくびをして、日差しに背を向けてころりと丸まる。ついでにしっぽもお尻に沿う感じで丸めると、なんかすごく落ち着くんだよな。

前世はしっぽなんてなかったのに、今はしっぽがない方が不思議な感じだ。

びっくりしたときにぶわっと膨らんだり、嬉しいときにピーンと立ったり。

我ながら猫みたいだなって思うけど、元はネコヤナギの精霊だし、あながち間違ってないのかも。

日向ぼっこも大好きだしね。

『はるだー』

『はるー』

ぽかぽかとした陽気だからか、小鳥たちも嬉しいみたいだ。

瞼は重たすぎて開けられないけど、さえずりながら飛び回っているのがわかる。

ネコヤナギの枝から枝へ花芽をつついて遊んだら、次は寝ている俺のところへ。

肩のあたりに止まってみたり、耳をくちばしで引っ張ったり。

かわいいけど、遊びたいけど、でも眠い。

ぴくっと耳の先を動かしてみてもやっぱり眠気には勝てなくて、ゆっくりと意識が沈んでいく。

『ねこさん倒れてるー』

『こっちのねこさんも元気ないー?』

再びうとうとと寝かかったところで、違和感にぱっちりと目を開いた。

今、こっちのねこさんって言ったよな?

こっちのねこさん『も』って。

てことは、どこかに俺以外の元気のない猫さんがいるってことか……?

思わずがばっと起き上がると、小鳥たちが慌てて飛ぶ。

「驚かせてごめん! 今のってどういうこと!?」

『今の?』

『なんのはなしー?』

「どっかに倒れてるっていうねこさんの話!」

俺の声が大きかったのか、また小鳥たちが飛び上がった。

うう、ごめん、でもどうしても気になるんだって。

本当にどこかで倒れてるなら、探してあげないとって思ったんだって。

そう内心で言い訳しつつ、小鳥たちの話を頑張って聞き出す。

倒れてたからつっついてみたけど、ちょっと動いたから慌てて逃げた……ってことは生きてる？

見つけたのはお腹が空いてたときで、あんまり春のにおいがしない場所。その近くでリスと一緒に遊んだ。

……うん、全ッ然わっかんねぇ！

「つれてって！」

半ば食らいつくように叫んで、小鳥たちとともに走り出す。

どうか間に合いますように。

頭にあるのはそれだけだった。

◆

倒れているって言うから心配したけど、猫さんは幸いにも寝ていただけだった。

なあんだ俺と同じかーとほっとしたのは一瞬だけ。

両手に乗るくらいの大きさの子猫なのに、辺りに親猫の気配はないし、やせ細って汚れている。

はぐれたのか育児放棄かはわかんないけど、まだミルクしか飲めないくらいの小ささだ。

このままほっといたら飢え死にするか、獣か鳥に食べられるか——無事に育つ方が難しいことは俺でもわかる。

え、えーと。

こういうときってどうしたらいいんだ？

今は寝てるだけっぽいけど、とりあえず拾う？

ヴィルがアレルギーだから飼うのは無理だけど、それでも拾っていいもの？

責任を負えないなら安易に拾っちゃいけませんって、前世のおかんは言ってたけど。

俺の気配に気づいたのか、もぞもぞと動いた子猫の目が開く。

まだ子猫特有の青い目だ。

前足を突っ張って伸びをして、耳をふるふると震わせて、大口開けたあくびをひとつ。小さな牙が覗いたけど、やっぱり歯は生えそろっていないみたいだ。

いったいいつから一人ぼっちでいたんだろう。

こんなにやせ細ってるし、絶対お腹空いてるよな？

安易に拾うのはダメだろうけど——逆に言えば、ちゃんと責任を取るならいいってことか？

家で飼うのは無理でもとりあえず保護して、もらってくれる人を探せばいい……よな？

「えーと、はじめまして。お腹空いてない？」

「にゃあ」

「わわ、そっか、赤ちゃんだからまだ言葉わかんないのか。えーと、どうしよう……とりあえずウチくる？」

「にゃ」

せっかくのバイリンガル能力も、子猫相手には通じなかった。

それでもタイミング良く鳴いてくれる子猫にそろーっと手を近づけて、両手でそうっと抱き上げてみる。

思ったよりもだいぶ軽いし、毛はところどころ絡まっている。どろどろに汚れているから全体的に灰色で、元の色もよくわからない。

でも、なんだろーね、このかわいさ。

くりくりと丸い目と、汚れていてもピンクの肉球。

手から伝わってくる温もりが、なんとかしてこの子を守らなきゃって気分にさせる。

（とりあえずミルクあげてお風呂に入れて、ヴィルが入らない部屋で寝かせて——誰かに任せて俺もお風呂に入っとかないと。ヴィルがくしゃみしたら可哀想だもんな）

猫アレルギーには詳しくないけど、猫の毛を全部洗い流して着替えたらきっと大丈夫なはず……だよ、な？

でも、猫に触ったらくしゃみが止まらなくなったとも言ってたような……。

う、うーん。

よし。

全身ピカピカにしてヴィルを出迎えて、大丈夫かどうかじーっと見て、今日は念のためえっちもなし。そうやってちょっとずつ、どこまでならセーフか確認すればいいかな？

そんで、できるだけ早く飼ってくれる人を探す！

これしかない！

手の中で暴れる子猫を落とさないようきゅっと掴んで、屋敷に向かって走り出した。

2、

るりがおかしい。

何がおかしいって――と挙げ始めたらキリがないくらいにおかしいし、挙動不審だ。

るりは素直でかわいいから、隠しごとが苦手ですぐに顔に出る。

いつものように「今日はどうだった?」って聞いただけなのに「な、な、なんでもないよー」と言いながら目を逸らすし、そわそわと落ち着きがなくなるし、何か理由をつけて逃げようとする。

誤魔化し笑いも下手くそだし、話題の転換も強引でわざとらしい。

これで気づくなと言う方が無理だ。

もちろんそんなところもかわいいんだけど……今度はいったい何を隠しているんだろう?

隠しごとの発生は、おそらく一週間前。

少し早く家に帰れたのに、すでに入浴を済ませたるりが待っていた。

まだ日も暮れておらず、いつもなら泥だらけになって遊んでいるような時間だが、こういうことは稀にある。

シャボン玉で遊んでいたら頭から水をかぶっただとか、水たまりに足を取られて尻もちをついただとか、大抵は服が盛大に汚れてしまったときのことだ。

だから今日はどんなことがあったんだろうと思い、るりを抱き上げて話を聞こうとして、鋭く制止されたのが最初の違和感だった。

「ヴィル、まって！」

「ん？」

「体調は？　くしゃみ、鼻、目、だいじょうぶ!?」

伸ばした俺の手をさっと避けて、焦るあまりかカタコトになった言葉での質問。

どこか必死に、穴が空くほど見つめてくるるりに首を傾げて、大丈夫だと言い聞かせてから抱き上げて——珍しくるりが俺の頬に手を添えてくれたから、思わずキスを期待した。

けれどその後に待っていたのは、キスではなく観察。

鼻をつまみ下瞼を引っ張り、至近距離でまじまじと見つめ。

いったい何が気になるのか、どうしたのかと質問すれば「なななんでもないよー！　ほら！いつも通り！」という言葉。

……これに騙される人がいたら、見せてほしいものだ。

その日は結局るりを抱くことはできず、不審な行動の理由も聞き出せなかった。

そして、それから今日に至るまで、るりの挙動は落ち着かないままだ。

相変わらず入浴は早くに済ませているし、いつもじいっと観察される。

触れようとすると躱されたり身構えられたりするし、厨房の方に足を向けようとしたら必死に止められたりもする。

――浮気……では、ない。絶対に。

俺の浮気疑惑のときと、状況はよく似ている。

入浴を先に済まされることや、触れ合いに躊躇いが見えること。その他の些細な違和感まで積み上げたら、状況は浮気を示しているように思えてしまう。

それなのに確実に違うと言い切れるのは、るりの存在が少しも揺らいでいないから。

俺たちの絆が揺らげば、るりは消えてしまう。

それを目の当たりにしたからこそ、安心してしまうなんておかしいけれど。

そして、俺を疑うしかなかったあのときのるりがどれほどつらかったか、どんな想いで許してくれたのかと、感じ入ってしまうけれど。

さすがにそろそろ、秘密を暴いても許されるだろうか。

「なあ、ケヴィン」

「私から申し上げることは何もありません」

「……」

「ですが、そうですね……ときには奥様と昼食をとられるのもいいかと」

なるほど。

早めに仕事を切り上げるのではなく、昼に様子を見に戻れば何かがわかるということか。

微塵も表情を変えないケヴィンに頷きで返し、今日の予定を思い浮かべる。

ちょうど午後からの予定がないのは、果たして偶然なのだろうか。

……まったく、有能すぎて恐ろしい執事だ。

◆

予定通り昼に仕事を切り上げて屋敷に戻ると、出迎えはケヴィンだけだった。

突然帰ってきたのだから当然だが、るりは間に合わなかったらしい。

軽く見た庭には姿が見えなかったが、部屋で勉強でもしているのだろうか——と部屋に足を向けかけたところで、ケヴィンの静かな声がかかった。

「奥様でしたら、中庭におられます」

「……中庭？」

もともと自然が豊かなところが気に入って買った屋敷だが、前の持ち主はよほど緑を好んだのだろう。精霊つきの木々があふれる広大な庭とは別に、観賞用の中庭もついている。

観賞用だけあって比較的こぢんまりとしているが、季節ごとの花が目を楽しませてくれる良い庭だ。

もっともるりは、水たまりもできないし精霊たちもいない、遊びには向かない庭と思っているようだが――そんな中庭に、どうしてるりが？


疑問を抱えながら足を向けると、そこには確かにるりがいた。

近くにいるメイド服姿の女性は、よく話に出るアンナだろうか。

浮気を疑ってはいなかったが、男の姿はやはりない。……そのことに少しほっとしてしまうのだから、やはりどこか不安だったのかもしれない。

小さな背中に向かって足を進める間も、口元が緩むのを止められない。

「るり！」

十分に近づいたところで声をかけると、こちらを振り向いたるりが固まった。

驚愕、衝撃、そして焦りか。

みるみるうちに表情を変えたるりが、声も出せないまま慌て始める。

あわあわと辺りを見渡して、耳やしっぽを忙しなく動かし、立ち上がって両腕を広げる。

「っ、ヴィル、まって！　とまって！」

「止まれって、どうして？」

「ななな、なんでもない！　べつになんでもないけど！　とまって！」

それはむしろ何かあると自白しているようなものだ。

ぶんぶんと手を振ったり跳ねたりして何かを隠そうとしている姿はかわいいが、るりの小さな身体で隠せるものはそう多くない。

足を止めつつるりの周囲を見渡しただけで、ひらひらと揺れる服の裾にじゃれつくものが目に入った。

頭と足先にわずかに黒い毛の混じる、白い毛の子猫だ。

まだ瞳が青いところを見るに、生まれてからそれほど経っていないだろう。

毛並みは手入れされているが痩せているし、母猫とはぐれたか捨てられたかしたところをるりが保護したのかもしれない。

いったい何を隠しているのかと思っていたけど、まさか子猫だったとは。

思ったよりずっと些細な隠しごとで、ここ最近の悩みが心底馬鹿らしく思えてくる。

どうしようと言いたげな顔で慌てているるりには申し訳ないが、かわいすぎて笑ってしまいそうだ。顔を背けて口元を隠してなんとか笑いを堪えているけど、肩は震えているかもしれない。

ここは一旦仕切りなおした方がいいだろう。

「……えっと、じゃあ、部屋で」

待ってるねと言い終わる前にくしゃみが出て、るりが眉を下げて俺を見た。

近づきかけて立ち止まって、手を伸ばしかけて引っ込めて――心配だけど近づけないと言外に示す行動に、堪えていた笑いが込み上げてくる。

確かに少しはむずむずするしくしゃみも出るけど、そんなに心配しなくてもいいのに。

緩む口元を隠すために背を向けて、るりと過ごす部屋へと向かう。

もやもやと巣食っていた不安な気持ちは、今日の空のように晴れていた。

◆

入浴して着替えてきてくれたるりが、しょんぼりと耳を垂らしている。

ときどきちらっと俺を見ては慌ててうつむき、華奢な指先で服の裾をいじっている。

まるでこれから怒られる子どものようだが――もしかしてるりは、俺に怒られると思っているんだろうか。

中庭では話せないから部屋に来てもらったけど、るりを叱るつもりなんてない。というか、叱るようなことが何もない。

保護しなければ死んでしまいそうな子猫がいたら、るりなら拾おうとするだろう。

でもそこに、猫に触れられない俺がいたら。まだ小さい頃、猫に触れられなくて悲しかったと言っていたのを覚えていたらどうするのか。

そうしてるりが出した答えが、『子猫は拾うけど、俺に見つからないように隠す』だったんだろう。

――確かに昔は悲しかったが。

幼い頃のあの悲しさには、寂しさが多く含まれていたように思う。

人とは違う目を持ち、兄弟にも馴染めなかったあの頃。遠巻きにされるか意地悪をされるかという日々の中、初めて触れた温かな子猫。人は無理でも猫なら一緒にいられるんだと期待した矢先に、俺は猫に触れられないのだと知った。

あのときは確かに、自分の居場所はどこにもないと言われたかのようで、やり切れなくて悲しかった。

でもそんな気持ちは、ネコヤナギに触れるたびに薄れていって。

やがてるりと出会って、恋をして——触れたいのに触れられない相手は、いつしか猫からるりへと変わって。

『君に触れられたらいいのに』

そんな叶うはずのない願いさえ、るりは魔法のように叶えてくれた。

そんなるりと一緒に暮らして、好きなだけ触れ合うことができるのに、それ以上望むことなんてない。

確かに子猫はかわいいし、二人と一匹で遊べたら素敵だと思うけど、そんなに気にしなくていいのに。

「えと、その……ごめん」

「どうして謝るの？　あの子猫、拾って助けてあげたんでしょう？」

「うん……でも……」

こくりと頷いたるりは、まだ何か迷いがあるらしい。

口を開きかけてはまた閉じて、少し膨らんだしっぽをぎゅうぎゅうと両手で握りしめて、何かをずっと躊躇っている。

俺の様子を窺って動くかわいい耳と、子どもらしさの抜けない華奢な身体。きゅっと引き結ばれた淡いピンクの唇は、今は噛み締められて赤く染まっている。

頬にかかる睫毛の影が震えているのを見つめ続けてどれくらい経ったか。

たっぷりの逡巡と躊躇いの後、るりがまっすぐに俺を見た。

「ヴィルは触れないのに、猫ひろってごめん！　内緒でかわいがっててごめん！」

「ん、いいよ。でも……そうだね、少し寂しかったかな」

猫に触れられないことじゃなくて、るりに隠しごとをされることが寂しかった。

避けられていたわけでは、決してない。

俺が帰ってからはずっと一緒にいてくれたし、俺の様子を観察していた初日以外は、いつも通りに身を重ねていた。猫に関することだけは話してくれなかったけど、その日あったあれこれを話して、頬をくっつけて抱きしめあって、キスをしながら交わった。

それでも寂しく思うのだから、なんとも贅沢になったものだと思う。

幼い頃の俺が見たらどう思うか……心底呆れた目を向けられるかもしれない。

その想像に自嘲気味に笑みを浮かべたら、なぜかるりが慌て始めた。

きょろきょろと辺りを見渡して、落ち着かなげにしっぽをにぎにぎして、はくはくと唇を開いたり閉じたり――何をそんなに慌てているんだろう？

「でっ……でもヴィルには俺がいるじゃん⁉　猫じゃなくて俺を撫でたらいいじゃん⁉」

内心で首を傾げていた俺に、るりがずいっと近づいてくる。

必死の形相で俺の手を掴んで、導く先は小さな頭。ふわふわの耳に触れたところで、すりっと頭を擦り寄せてくる。

——俺が寂しいと言ったから、慰めてくれているのか？

『君に触れられたらいいのに』とこぼしてしまったあのときのように。

いつもは恥ずかしがり屋で、こんなふうに擦り寄ってくれることなんてほとんどないのに。

きゅっと引き結んだ唇と、睨むかのような真剣な瞳。眉間にはくっきりと皺が寄って、撫でられている人の顔にはまったく見えない。

それでも、寂しがる俺を慰めるために、必死な顔で慣れないことをして——どうしよう。るりがかわいすぎる。

少し寂しかったのは本当なのに、あっという間に吹き飛んでしまった。

今はそんなことよりむしろ、るりに触れたくて仕方ない。

猫にするように撫でて吸って舐めてかじって、猫にはできないこともしたい。

「そうだね、じゃあ撫でさせてもらおうかな」

「うん！　そりゃもう思う存分——って、え？　ヴィル……？」

「ん？　どうかした？」

「え、えっ、ええっと……？」

薄い耳をくにくにといじり、さらさらの髪を指で梳《す》く。細い首を指先でたどり、小さな背中を手のひらで味わう。

るりは目を白黒させて驚いているが、まだ撫でているだけだ。

華奢な身体を腕の中に抱き込んで、その体温を味わっているだけ。

少々触り方がいやらしいと言われそうだが、存分に撫でてもいいと言ったのはるりだ。

こんな絶好の機会はめったにないから、しっかりと堪能しなければ。

「っ、ヴィルっ……！」

下穿きの隙間に手を差し込んで、うねるしっぽの付け根を掴む。

るりがふるふると首を振っているのは、ここがひどく敏感だから。

こぼれ落ちそうな大きな瞳に涙を溜めて、真っ赤な顔で名前を呼んで——そんな顔で止められても、ただかわいいだけなんだけど。

安心させるように薄く微笑み、ゆっくりとそこを撫でさする。

毛並みに沿ってするすると撫でて、今度は逆にしごき上げて。一番弱いしっぽの付け根は、指の腹でじっくりといじって。

その動きに翻弄されて縋りついてくるるりが、息をひどく乱している。がくがくと膝を震わせながら俺の服を握りしめ、抱きつくようにして耐えている。

小さな頭に唇を寄せて耳に軽く歯を立てると、ふわりと石鹸の香りが漂った。

——かわいい、な。

るりと出会ってもう何年も経つけれど、想いはどんどん増していくばかりだ。

甘い初恋を会えない寂しさが愛へと変えて、触れられる喜びが日に日に想いを育てていく。

るりの瞳を覗き込むだけで、華奢な身体を抱き込むだけで、溢れ出す気持ちに溺れそうになってしまう。

隠しごとをされたのは悲しかったし寂しかったけど、わけを知ってしまえば愛おしいだけだ。

俺が悲しまないように猫の存在を隠そうとして、俺が体調を崩さないように毎日早くにお風呂に入って猫の毛を落として。

そして、俺が少し寂しかったと口にしたら、必死な顔で慰めてくれる。

それが何より嬉しくて、るりがどうしようもなくかわいくて、愛おしすぎて苦しいくらいだ。

「るり、好きだよ」

耳に甘く吹き込みながら、夜着のリボンをしゅるりと解いた。

それだけで顕《あらわ》になる陽を知らない肌は、白い夜着よりなお白い。

しっとりと吸い付くような手触りを確かめるように指をすべらすと、るりの身体がびくびくと跳ねる。

あえて触れていない乳首も性器もぴんと尖って、俺の指を待っている。

「っ、なん……っ、あッ」

顔を真っ赤にしたるりが、慌てて自分の口をふさいだ。

きっと「なんでいきなり」とでも言いたかったんだろう。大人しく耳を傾けていたら「まだ昼なのに」と続いたかもしれない。

水気の増した星空の瞳が、窓と扉を行き来している。

明るい春の日差しと、廊下を行き交う人の気配。そんな中でただ一人裸でいることが、恥ずかしくて落ち着かないのだろう。

もし気づかれてしまったらどうしようと、揺れる瞳がかわいらしい。

脱がせやすい夜着を着せた使用人たちは絶対にこうなるとわかっていただろうが、それは言わない方がいいかもしれない。


軽く微笑み返してるりを長椅子に座らせて、その足元にひざまずく。恥ずかしいのか膝を抱えて丸まっているけれど、下穿き一枚ではほとんど何も隠せていない。

きゅっと丸まる小さな足をうやうやしく掲げて、桜色の爪にキスを落とした。

足の甲の骨をたどって、くるぶしをべろりと舐め上げて。ふくらはぎを優しく食んだら、膝小僧から内腿へ。

肉付きの薄い身体でも、内腿はふにふにと柔らかい。

そこにがじりと歯を立てると、るりが小さく悲鳴を上げる。

「ひゃうっ……!」

「くすぐったかった?」

「っ、うん! そう! くすぐったい! くすぐったいから!」

ぱっと表情を明るくしたるりが、こくこくと何度も頷いている。

もしかして、くすぐったいと言えばやめてもらえると思ったんだろうか。ここでやめたら、むしろつらいと思うのだけど。

かわいらしい姿に小さく笑みをこぼしてから、噛んだところに舌を這わせる。

ついばむように唇を動かし、時折きつく吸って跡をつけて、少しずつ脚の付け根へと近づいていく。

おそらくるりも察したのだろう。

動きを止めるために髪に絡みついた華奢な指が、縋りつくように握りこまれる。目線だけ上げてるりの様子を窺うと、涙目のまま小さく首を振っている。

だめ、とるりの唇が動いた。

長い睫毛に縁取られた瞳に浮かぶのは、かすかな恐れと羞恥と期待。縋るようなその視線に煽られながら、見せびらかすように舌を出す。

狙う先はもちろん、下穿きに覆われた中心だ。

すでに先走りでぐしょぐしょに湿り、性器に張り付く薄い下穿き。

その上から一度だけべろりと舐めると、先端部分の湿り気が増した。

「敏感だね。期待してるの?」

「っ、ちが……っん、んッ……!」

「本当に?」

濡れた下穿きに手をかけると、つうっと白く糸を引く。

先走りだけとは考えにくいから、軽くイッたのかもしれない。

ぬちゃりという水音といいてらてらと光る性器といい、卑猥すぎる光景だ。

まだ理性が残っているらしいるりはどうしても否定したいようだが、身体は続きを欲しがっている。

「じゃあ、おねだりしたくなるまで撫でさせてもらうね。せっかく『思う存分』なんだし、ね?」

心のままに微笑んで告げると、るりが唇を震わせた。

3、

数え切れないほど身体を繋げてきたから、るりの身体で触れていないところはないだろう。

だが、こんな絶好の機会を逃す理由もない。

しとどに濡れて限界まで張りつめた性器は可哀想だけど、全身を味わう方を優先することにした。

背中と脚を味わったから、次は上半身のお腹側を。

あえて肝心なところを避けて脚の付け根にキスを落とし、腰骨にやわく歯を立てる。

すべらかな肌の下の薄い筋肉を味わいながら、小さなおへそにキスを落とす。

身体の中心に急所が集まっていると聞いたことがあるが、敏感なところも中心に沿っているのだろうか。

鳩尾《みぞおち》や肋骨、鎖骨や肩の小さな骨。ささやかな凹凸《おうとつ》と感触の違いを舌と唇で味わいながら、ひそめた喘ぎを耳で愉《たの》しむ。

小さな両手で懸命に口を押さえているるりが、時折扉に視線を向ける。皆が活動している明い時間に、人払いもしていないことがどうしても気にかかるのだろう。

それなのに身体は従順に快楽にとろけて、もじもじと膝を擦り合わせている。

そのいじらしくも淫らな姿に、煽られない男などいるのだろうか。

「膝を抱えて、よく見せて」

「ヴィルぅ……」

「ん、すぐに触ってあげるから。ね？」

決定的なところに触れない愛撫では、快感が降り積もるだけなのだろう。

へしょりと垂れた耳に、首筋まで赤く染まった肌。泣きそうに瞳を潤ませたるりが、逡巡しながら手を伸ばす。

もどかしいけど、恥ずかしい。恥ずかしいけど、触ってほしい。

そう全身で告げながら、顔を伏せて膝裏を抱える。

ようやく顕になった蕾は、蜜に濡れてひくついていた。

指先で性器の先に触れ、裏筋をつうっと撫で下ろす。

小ぶりな二つの膨らみを超え、短い会陰をゆるく揉みこみ、赤く熟《う》れた粘膜へ。周囲を撫でてからつぷりと指を差し入れると、るりが鋭く息を呑んだ。

「熱いし、すごくうねってる。イきそうなんだ？」

「んっ、ん、ヴィル……っ！」

「おねだりしたくなってきた？」

「……ッ！」

ちょうど性器の裏側にある弱いところ。

その寸前で指を止めて、ゆっくりと内壁を撫でさする。

ぐるりと中をかき混ぜて、引っ掻くように刺激して、イけないぎりぎりの快感を与える。

羞恥に震えて喘ぐるりは、俺の意図に気がついているんだろう。

もどかしげに腰を揺らすのにその分だけ俺が指を引くから、潤んだ瞳で俺を見る。

かわいい耳をしょんぼりと垂らし、きゅっと唇を噛み締めて――焦らされるつらさが羞恥の堰《せき》を超えるまで、それほど長くはかからなかった。

「ぅあ、もっ……！　ヴィル……っ、おねが……っ！」

「どうしてほしい？」

「も、はやく……っ、きて、いれてっ……！」

「……いいの？　まだ苦しいと思うけど」

「いいッ、いいからぁっ……！」

へこへこと腰を揺らしながら、るりが俺に手を伸ばす。

一回イかせてあげるつもりだったのだが、どうやら焦らしすぎてしまったらしい。

快楽に飛んだ目で雄をねだる姿はすさまじく淫靡で煽情的で、日頃のるりからは考えられないほど。俺が衣服をくつろげる間も性器からたらたらと蜜をこぼし、蕾を淫らにひくつかせている。

指を引き抜くと同時にそこに雄を押し当てると、熱い粘膜が歓喜に震えた。

ほぐし足りないせいで少しキツいが、それ以上に気持ちがいい。熱くうねって絡みついてくる内壁に、すぐに持っていかれてしまいそうだ。

細い太腿を掴んで快楽に耐え、粘膜を振り切るように腰を進める。

「ひぁッ……だめ、イく……イっちゃ……ッあああっ！」

ごりゅっと前側の弱いところを擦り上げると、とうとうるりが背を反らしてイった。

その途端にきゅうっと雄が締め付けられ、危うくイきそうになるのを懸命に堪える。

存分にるりを味わうために、少しでも長く繋がっていたい。

その一心でなんとか耐えきり、くったりと沈んだるりを見つめる。

涙の飾られた長い睫毛。唾液で濡れた赤い唇。はくはくと喘ぐばかりのそれにキスを落とすと、焦点の合わない瞳が俺を見る。

さらさらとした白銀の髪と、頭のてっぺんに生えた三角の耳。無意識に絡みついてくるしっぽ。

猫みたいだけど猫じゃない、猫よりもっと愛おしい人。

俺が唯一触れられる、かわいくて淫らな俺だけの猫。

「るり」

あまりの愛おしさに胸が詰まって、名前を呼ぶことしかできなかった。

けれどそれで良かったんだろう。

ぼんやりと俺を見つめたるりが、照れくさそうにふにゃりと笑う。

俺の手を両手で握りしめて、そこにすりっと頬を寄せて。猫のしぐさで甘えながら、淫らに身体をくねらせる。

——るりには本当に、敵《かな》わないな。

ふっと小さく笑みをこぼして、再びゆっくりと動き始める。

そこからはもう、るりに溺れるだけだった。

◆

子猫は結局、食料庫のねずみ捕り係として雇うことになった。

報酬は三度の食事と温かな寝床。ときどきの入浴とブラッシング。

たっぷりの栄養をもらい美しく毛並みを手入れされた子猫には、もう野良猫時代の名残はない。

瑠璃色のリボンを首輪の代わりに巻き付けて、週に三度るりと遊ぶ。それ以外の時間はねずみを捕ったり使用人たちにおやつをもらったり、なかなか楽しく暮らしているようだ。

猫に触れない俺は遠くから眺めたり話を聞いたりするだけだけれど、るりが嬉しそうだから俺も嬉しい。

微笑ましく部屋から中庭を眺めていたら、俺に気がついたるりがぶんぶんと大きく手を振った。

汚れても良い服に着替えて子猫と庭を転げるるりは、思わずこちらの頬が緩むくらいに楽しそうだ。

「ヴィルー!」

三角の耳を隠すベレー帽と、かわいい膝の出る半ズボン。

週に三度もあの笑顔を見られるのなら、子猫を飼うくらい安いものだと思ってしまう。

——猫の代わりに撫でてもいいって、言ってくれるしね。

るりに小さく手を振り返し、手元の書類に視線を戻す。

処理済みの山はまだ低く、処理待ちの山はまだまだ高い。

それでもこれを終わらせれば、また存分にるりを撫でられる。華奢な身体を腕に閉じ込め、その存在を愛でられる。

そんな夜に思いを馳せれば、山積みの仕事も苦ではなかった。

書き下ろし番外編・猫よりもっと【完】

初出一覧

ねこみみ精霊に転生したら、王子に溺愛されちゃいました!

(旧題 / 転生したら精霊になったみたいです?) ムーンライトノベルズ (https://mnlt.syosetu.com/) 掲載作品を加筆修正

猫よりもっと　書き下ろし

FGマーキュリー
FG MERCURY

ねこみみ精霊に転生したら、王子に溺愛されちゃいました！

2023年7月10日　第1刷発行

著　者　桃瀬わさび

発　行　フリードゲート合同会社

発　売　株式会社 星雲社（共同出版社 流通責任出版社）

印刷所　株式会社 光邦

校　正　雨里

ISBN 978-4-434-32141-2 C0093

お買い上げありがとうございます。当作品へのご意見・ご感想をお寄せください。
〒104-0061 東京都中央区銀座1-22-11 銀座大竹ビジデンス2F
フリードゲート合同会社　編集部